블루덴 대륙
드래곤의 섬
류블라드
N
W
E
S
미도스
드래곤의 승곡선
칼라할 사막
노스 산맥
그린젬 대륙
리플라 강
아들
이스
니아 섬
엠파이어 산
훈트 반도
에디
알
훈트
자이르 강
이브
슈켄트
에덴
엠파이어 산맥
에이스
다바드
벌로
모르간
베론
무아브
사카
니아
제논
라카스
훈트 연합국
로컬트
오브 강

미다가스 반도
디아스
포카트
포카트
토요
푸트라 강
브라마 강
모노 산
마오
브레그마
노스 산맥
드워프의 산
Ars Nova
Oma
빌로우 노스 산맥
후디스 제국
셀레베스 만
하이트론 성국
헤이트
일리나 강
시피 강
버려진 땅
카이렌
미드 산맥
트라이어드 산
라디칼
이스트 산맥
바스테르 산
엘프의 숲
바스테르 산맥
물 산맥
타르
랑라
그람
엘 강
비스
마케인 제국
로피탈
론
사우스 산맥
포스 산
하쿠
레세프 호수
케르마 사막
레사프 강
라이어 강
알류 섬

케이

Kei

케이 1
신가 판타지 장편 소설

초판 1쇄 찍은 날 § 2004년 2월 15일
초판 1쇄 펴낸 날 § 2004년 2월 25일

지은이 § 신가
펴낸이 § 서경석

편집장 § 문혜영
편집책임 § 김민정
편집 § 장상수 · 김희정
마케팅 § 정필 · 강양원 · 이선구 · 김규진 · 홍현경

펴낸곳 § 도서출판 청어람
등록번호 § 제1081-1-89호
등록일자 § 1999. 5. 31
어람번호 § 제1-0456호

주소 § 경기도 부천시 원미구 심곡1동 350-1 남성B/D 3F (우) 420-011
전화 § 032-656-4452 팩스 § 032-656-4453
http://www.chungeoram.com
E-mail § eoram99@chollian.net

ⓒ 신가, 2004

ISBN 89-5831-001-4 04810
ISBN 89-5831-000-6 (SET)

신가 판타지 장편 소설

The Page of Oracle

케이
:kei

1

환생, 그리고 류블라드

도서출판
청어람

차례

작가의 말

작가의 말

　작가의 말이라… 제가 이런 것을 쓰게 될 줄은 몰랐군요. 설마 출판까지 할 거라고는 생각지도 못하고 시작한 이야기였습니다. 제가 '케이' 라는 이야기를 쓰게 된 계기는 아주 사소한 것이었습니다. 그저 오랜만에 내려간 집에서 기르고 있던 개들과 놀다가 불현듯 떠오른 생각 때문이죠. '얘들이 생각을 할 수 있다면? 이라는 생각이 왜인지는 모르지만 아주 우연히 제 머리 속을 스치고 지나갔습니다. 그리고 그때부터 이 생각 저 생각 해보았지요. 그리고 내린 결론이 "이거 재미있는 이야기가 되겠는걸!" 이었습니다.

　이미 무협과 판타지의 세계에 완벽하게 침몰해서 허우적거리던 저였기에 그 생각이 자꾸 판타지로 이어져 이어져 가더군요. 그러다가 집에서 학교로 돌아가기 위해 오른 기차에서 저는 연습장과 볼펜을 꺼내 들었습니다. 다섯 시간이나 걸리는 여정이었기에 그 지루한 시간을 어떻게 보낼까 하다가 집에서 떠올랐던 이야기를 적어보자는 데 생각이 미친 것이죠.

　흔들리는 기차에서 이야기를 적어 나간다고 힘들었습니다만 도입 부분은 완성할 수 있었습니다. 그리고 자취방에 도착하자마자 인물들과 세계관 등 기본적인 틀을 잡았죠. 그리고 하나하나 이야기를 써 나가고 조아라에 올리기 시작했습니다.

　나날이 올라가는 조회수가 저를 흐뭇하게 하더군요. 코멘트와 조회 수, 추천 수를 보는 재미에 이야기를 적어나갔습니다. 그러다가 어느 날 청어람으로부터 출판 제의가 들어왔고 저는 아주 진지하게 고민했습니다. 어디까지나 취미 삼아, 재미 삼아 쓰던 글이었습니다. 그런데 출판하자는 이야기를 들은 것입니다. 인터넷에 소설이라 이름 붙은 이야기를 써 올리시는 대부분의 분들의 목표가 아마 출판이겠죠. 그런 기회가 제 앞에 나타났습니다. 하지만 기회에는 그에 걸맞는 책임이 따르는 법이죠. 그 책임이 저에게는 제법 무거워 보이더군요. 그래서 제법 고민을 많이 했고 결국은 출판이라는 커다란 유혹을 거부하지 못하고 이렇게 부족하나마 책으로 내게 되었습니다.

많이 부족한 이야기입니다. 그러하기에 저는 제 글을 '소설' 이라 하지 않고 '이야기' 라 하는 것입니다. 아직은 제가 당당히 소설이라 부를 정도의 글이 아니기에 지금은 재미있는 이야기 정도에 만족하렵니다. 하지만 언젠가는 제 스스로도 독자 분들께 정말 열심히 쓴 '소설' 입니다라는 이야기를 할 수 있도록 노력하겠습니다. 지켜봐 주십시오.

그리고 저를 판타지라는 세계로 끌어들여 일상생활과 학점 유지를 함에 있어서 지대한 어려움에 부딪치게 만드는 데 혁혁한 공을 세우신 영운이 형에게 심심한 감사를 드리고 싶네요. 형이 아니었다면 이렇게 글을 쓰는 일도 출판을 하게 되는 일도 없었을 테니 말이죠.

마지막으로 출판하게끔 도와주신 청어람의 모든 관계자 여러분께 감사드립니다.

제 0 식

붕괴(崩壞)

붕괴(崩壞)

띠. 띠. 띠. 띠.

일정한 간격으로 울리는 소리 속에 녹색 옷을 입은 사람들이 여럿 서 있다. 천장에서는 밝은 빛이 쏟아지고 그 바로 아래로는 녹색의 천을 덮은 사람이 누워 있다. 그 천 위의 일부분에 구멍이 뚫려 있고 그 구멍 위에서 여러 사람의 손이 바쁘게 움직이고 있었다.

"메스."

옆에서 건네주는 메스를 받아 든 손은 천 위에 뚫려 있는 구멍으로 드러난 피부 위를 날렵하게 지나갔고 그 흔적을 보여주려는 듯 얇은 핏물이 베어 나왔다.

"겸자."

조용한 가운데 한 사람의 목소리만이 조용히 울리고 있었다. 그렇게 그 사람은 손을 바쁘게 놀렸다. 어느 정도의 시간이 흐르고……

"봉합 완료. 현재 시간 16시 23분. 수술 완료."

조용히, 그러나 바쁘게 손을 놀리던 그는 수술 도구를 놓으며 말했다.

"후, 이제 끝났네."

"수고하셨어요, 제갈 선생님."

수술을 이끌어가던 남자는 수술용 장갑을 벗으며 한숨을 쉬었고 옆에서 보조해 주던 이가 한마디 건넸다.

"참, 선생님도. 맹장 수술같이 간단한 수술인데 너무 집중해서 하시는 거 아니에요?"

수술 뒷정리를 하던 간호사로 보이는 여자가 말했다.

"아아, 난 이제부터 휴가니까 완벽하게 해놓고 가야죠."

간호사의 말에 그 남자가 싱긋 웃으며 말했다.

"참, 제갈 선생님. 모레까지 휴가라고 하셨죠? 여동생 생일이라고요?"

간호사가 깜빡했다는 표정으로 물었다.

"예, 내일이 생일이라서요. 오늘 빨리 선물 사서 저녁 기차로 내려가 봐야 합니다. 서울에서 부산까지는 제법 멀거든요."

이제부터 휴가라는 사실에 기분이 좋은지 연신 기분 좋은 미소를 지으며 대답했다.

"후후, 제갈 선생님도 여동생은 끔찍이 아끼시네요. 그럼 어서 나가 보세요. 이제 저희들로도 충분하니까요. 휴가 잘 다녀오시구요."

간호사가 싱긋 웃으며 말했고 그 말에 제갈 선생이라 불린 남자는 웃으며 대답했다.

"하하, 고마워요. 이거 돌아올 때 박 간호사님 드릴 선물 하나라도 사 와야겠네요."

"앗, 그 말 꼭 기억할 거예요."

박 간호사라 불린 여자가 짓궂은 웃음을 지으며 말했고 남자는 손을 흔들며 수술실 밖으로 나갔다.

"이크, 늦겠군. 빨리 준비해서 나가야겠네. 백화점 들러서 선물도 사려면 바쁘겠는걸."

어느새 백색의 가운으로 갈아입고 수술실을 빠져나온 제갈 선생이라 불린 사내는 손목의 시계를 보며 걸음을 서둘렀다. 이 사내의 이름은 제갈효. 외모는 무척이나 어려 보였다. 비록 간단한 맹장 수술이라고는 하나 그 정도의 수술을 집도하려면 적어도 레지던트 3, 4년 차는 되어야 가능한데 그의 모습은 풋풋한 대학생 새내기 같았다. 동안이라 생각한다고 해도 지나치게 어려 보였다. 제갈효는 방으로 들어와 가운을 벗어 걸어놓고 재빨리 양복 상의를 입고는 다시 병원 입구를 향해 서둘러 나갔다. 어느새 시계는 오후 5시를 가리키고 있었다. 저녁 7시 30분 서울발 부산행 새마을 기차를 예매해 놓았기 때문에 서둘러야 했다. 몸이 좀 불편했지만 그에게는 하나밖에 없는 여동생이고 이 세상에서 그를 가장 잘 이해해 주는 무엇과도 바꿀 수 없는 존재였다. 그런 여동생의 생일이기에 원래는 이 시기에 받기 힘든 휴가를 받아내서 집으로 향하는 것이다. 이것은 그가 인턴 생활을 시작할 때부터 해오던 연례 행사라 이제 병원 사람이라면 누구나 그런 그의 모습을 자연스럽게 받아들였다.

요즘 바쁜 병원 일정으로 인해 아직 선물조차 사놓지 못했기에 선물까지 준비하려면 더욱 시간이 없었다. 공부를 하라면 너무나 쉽게 하는 그였지만 여동생에게 줄 선물을 고르는 것은 정말 어려운 일이었다. 매년 여동생의 생일은 가장 즐거운 날이지만 그전에 있는 여동생을 위한 선물을 고르는 시간은 늘 그에게는 고역이었다.

'후, 바쁘겠는걸. 정말 선물도 골라야 하는데… 또 힘들겠군. 난 이런 쪽으로는 센스가 없는 건가? 너무 힘들단 말야.'

7월에 접어드는 여름의 날씨에 땀을 흘리며 선물을 고를 생각에 지끈거리는 머리를 한 손으로 짚고는 재빠르게 병원 앞 도로 쪽으로 갔다. 마침 빈 택시가 눈에 띄었고 제갈효는 손을 흔들어 택시를 잡아탔다.

"어디로 가십니까?"

"삼풍 백화점으로 가주세요. 가급적 빨리요."

얼굴에 맺힌 땀을 훔치며 제갈효가 대답했다.

"바쁘신가 보네요? 최선을 다해 모셔다 드리죠. 하하."

택시 기사는 기분 좋은 웃음을 지으며 대답했고 택시는 출발했다. 제갈효의 손목시계가 오후 5시 30분을 가리킬 때쯤 택시는 백화점 앞에 섰다. 재빨리 택시비를 치른 제갈효는 날아가듯이 택시에서 내려 백화점으로 뛰어들어 갔다.

"휴, 서울역까지 가는 시간 한 시간 정도를 제하고 나면 선물 고를 시간은 한 시간밖에 없는 건가? 이거 너무 빡빡한걸."

그렇게 중얼거린 제갈효는 백화점 이곳저곳을 둘러보기 시작했다. 그러기를 20분여… 도저히 동생의 마음에 들 만한 선물을 고를 수가 없었다. 결국 제갈효는 매년 그래왔듯이 공중전화 박스로 다가가 집 전화번호를 눌렀다. 이번에도 결국은 동생에게 뭐가 필요한지 물어보게 된 것이다.

뚜. 뚜. 뚜. 뚜.

전화 수화음이 흐르고 얼마 있지 않아서 전화를 받았다.

「여보세요?」

"어, 란이니? 오빠다."

「오빠? 내일이 내 생일인 건 알고 있지? 언제 내려올 거야? 나, 오빠 목 빠지게 기다리고 있단 말야.」

란이라고 불린 제갈효의 여동생은 오빠임을 확인하자마자 투정부터 부렸다.

"아아, 미안. 오늘 저녁 7시 30분 기차로 내려가니까 새벽 1시쯤은 되야 집에 들어갈 수 있을 것 같으니까 오빠 기다리지 말고 그냥 자."

항상 그가 올 때까지 기다리고 있던 동생이었기에 이번에는 일찍 자라고 말하는 제갈효였다. 작년에는 그래도 밤 11시까지는 도착할 수 있게 출발을 했었는데 이번에는 갑자기 잡힌 수술 스케줄 때문에 출발 시간이 많이 늦어져 버렸다. 그 늦은 시간까지 동생이 혹시라도 안 자고 기다릴까 봐 걱정이 되었던 것이다.

「뭐야! 그렇게 늦게? 피, 뭐 그래도 안 자고 기다릴 거다.」

동생은 그런 제갈효의 말에 짐짓 화난 척 말을 꺼냈지만 그래도 기다리겠다고 하는 것을 보면 어지간히 사이가 좋은 남매 같았다.

"휴, 웬만하면 그냥 자. 눈 퉁퉁 부어서 억지로 버티지 말고. 아, 그것보다 너, 뭐 필요한 거 없니? 오빠 지금 네 선물 사려고 삼풍 백화점와 있거든. 올해야말로 오빠가 골라보려고 했는데 도저히 못 고르겠다. 야, 게다가 기차 시간도 얼마 안 남았고."

머쓱하게 수화기 너머로 들려오는 제갈효의 목소리에 동생이 대답했다.

「치, 항상 그러네. 올해는 지금껏 전화가 없길래 오빠가 직접 골라오나 했는데… 역시 이번에도 이것 때문에 전화한 거야?」

역시 매년 있었던 전화였기에 동생도 대충은 짐작을 하고 있었던지 기운 빠진다는 듯한 목소리로 대답했다. 아니, 투정에 가까운 목소리라고 할까? 그렇게 동생이 오빠에게 투정을 부리고 있을 때,

꽈르릉!

수화기 너머로 시끄러운 소리가 들려왔다. 마치 무언가가 무너지는 소리 같았다. 그 소리에 놀란 제갈효의 동생은 급하게 소리쳤다.

「어? 이게 무슨 소리지? 오빠! 오빠! 무슨 일 있어?」

뚜우~

그러나 수화기에서는 전화가 끊겼다는 신호음만이 묵묵히 흘러나올 뿐이었다. 그때 시계는 5시 55분을 가리키고 있었다.

갑작스럽게 들린 커다란 소리와 동시에 끊겨 버린 전화에 놀란 듯 제갈효의 동생은 초조한 표정으로 전화기만을 바라보고 있었다. 곧 오빠가 한 전화가 다시 울릴 거라 믿으며 전화를 받기 위해 전화기 앞을 지키고 있었다. 보통 사람이라면 이리저리 서성거리면서 안절부절못할 법한데 그저 전화기만 바라보고 있었다. 그녀는 휠체어에 타고 있었던 것이다. 그렇게 한참을 전화기를 보고 있을 때 거실에서 TV를 보고 있던 어머니의 목소리가 들렸다.

"어머, 란아! 서울에 백화점이 무너졌다는구나. 뉴스 속보라면서 자막이 뜨는데."

어머니의 말에 불길함에 온몸을 떨며 제갈효의 동생은 재빠르게 물었다.

"어… 엄마… 어… 느 백화… 점이래?"

"응? 너 목소리가 왜 그러니? 삼풍 백화점이라는 곳이라던데?"

풀썩.

어머니의 대답에 그녀는 하늘이 노래지는 것을 느꼈다. 그녀의 눈에 비친 노래지는 하늘과는 달리 그녀의 얼굴은 급격히 새하얗게 질렸으며 곧 정신을 잃고는 휠체어 아래로 쓰러졌다. 그녀가 쓰러지는 소리에 놀라서 어머니가 달려왔다.

"어머! 란아, 왜 그러니?"

*　　　　*　　　　*

"우, 이게 어떻게 된 일이지?"

갑작스럽게 닥쳐온 강렬한 충격에 정신을 잃었던 제갈효가 온몸을 두드리는 통증에 정신을 차렸다. 그런 그의 눈에는 시꺼먼 암흑만이 눈에 비칠 뿐이었다. 그리고 느껴지는 것이라고는 몸 여기저기서 고통을 호소하는 통증뿐. 잠시 눈이 이 어둠에 적응하기를 기다리며 기다리자 서서히 흐릿하나마 주위를 구분할 수 있게 되었다. 그는 지금 거대한 콘크리트 더미 사이의 작게 난 틈에 끼어 있었다. 아주 미묘하게 무게의 중심을 맞추어 들어찬 콘크리트 더미로 인해 제법 넓은 공간이 만들어져 있었다. 불행 중 다행이라고 해야 할까?

"으, 건물이 무너진 건가? 젠장, 이 빌어먹을 나라는… 부실 공사 부실 공사 하더니 결국은 백화점이 무너지는군. 한강에 다리 하나 부러 뜨려 먹은 지 얼마나 지났다고 이번에는 백화점이야? 그나저나 란이가 걱정하겠는걸. 이럴 줄 알았으면 전화를 하지 않는 건데……."

멀쩡하던 백화점이 갑자기 무너진다는 것 자체가 상식밖의 일이었다. 세상에 어느 누가 자신이 있는 건물이 무너질 것을 걱정하여 주위 사람에게 소재지를 숨기겠는가? 하지만 제갈효가 동생에게 말한 백화점은 이렇게 무너져 내려 있었다.

어느 정도 몸을 추스른 제갈효는 몸 이곳저곳을 살펴보았다. 아무래도 무너지는 건물에서 떨어지는 충격이 상당했을 테니 자신이 입은 상처가 어느 정도인지 살펴보는 것이었다.

"쩝, 아무래도 갈비뼈가 부러진 것 같은걸. 후, 그리고 다른 곳은 별 이상이 없나. 피부에 상처가 난 것 말고는 별 상처가 없군. 이거 다행이라고 해야 하나?"

무너지는 건물 더미에 깔렸다고는 생각할 수 없을 정도로 제갈효의 상처는 경미했다. 그리고 현재 그가 있는 장소도 혼자 있기에는 충분한 공간이었고 어느 정도 공기도 들어오는 것 같았다. 마실 물만 있다면 그럭저럭 며칠은 버틸 수 있을 것 같았다. 그렇게 생각을 정리한 제갈효는 눈을 감고 잠을 청했다. 아직 체력이 남아 있을 때 최대한 에너지 소비를 줄여서 체력을 아껴야 했다. 구조가 빨리 이루어진다면 모르겠지만 시일이 걸린다면 나중에는 자고 싶어도 못 자는 일이 생길 수 있었다. 체력이 극도로 떨어지고 체온 저하가 일어났을 때의 달콤한 잠의 유혹은 죽음으로의 사신의 손짓이라는 것을 의사라는 직업을 가진 제갈효는 너무도 잘 알았던 것이다.

차갑고도 축축한 느낌이 피부를 강하게 때리자 잠겼던 제갈효의 눈꺼풀이 파르르 떨리더니 서서히 검은 동공을 드러냈다. 그런 제갈효의 귀로 분명 물 흐르는 소리가 들렸다. 손을 들어 얼굴을 만져 보았다. 얼굴에서 만져지는 그것은 분명 물이었다. 아마도 지상에서 물을 뿌리고 있는 모양이었다. 과연 매몰된 생존자들의 식수를 위해서 뿌리는 것인지 아니면 건물의 붕괴와 함께 일어난 화재를 진압하기 위해 뿌려진 소방용수인지는 모르겠지만 어쨌든 물이 내려왔다는 것은 희망적인 일이었다. 이것으로 며칠은 버틸 희망이 생긴 것이다. 비록 물이 잔뜩 오염되어 식중독 같은 것을 일으킬 위험은 다분했지만 구조될 때까지 살아만 있으면 된다. 그러면 어떻게든 될 것이다.

시간이 얼마나 흐른 것일까. 왼팔 손목에 감긴 시계는 이미 건물이 무너질 때 그 생을 다했다. 아마도 떨어지는 와중에 충격으로 부서진 것이리라. 덕분에 제갈효는 시간의 흐름을 느낄 수가 없었다. 그리고 그것은 제갈효에게 큰 두려움으로 다가왔다. 어떻게든 살아서 동생 란이의 얼굴을 보고 말겠다던 맹세도 차츰 바람에 흩날려 사라지는 모래처럼 희미해져 갔다. 언제부터인지 뱃속이 미쳐 버린 바다처럼 요동을 쳤다. 아마도 그동안 마신 물들이 그 원인인 것 같았다. 온몸을 감싸고도는 고통이 점점 커져 갔다. 칠흑 같은 어둠이 주는 두려움도 점점 커져 갔다. 아무도 없는 적막함 속에 홀로 누워 있다는 공포심도 점점 깊어만 갔다.

태어나서 지금껏 힘든 일이라고는 아무것도 해본 적이 없었다. 그저 책상에 앉아 공부만 열심히 했을 뿐이었다. 그런 제갈효에게 지금 닥친 상황은 너무나 가혹한 시련이었다. 그런 제갈효에게 악마의 속삭임 같은 달콤한 수마의 유혹이 다가왔다. 여기서 저 유혹에 넘어가면 죽는다는 것을 너무도 잘 알았다. 그러나 이제 더 이상 버틸 수가 없었다. 동생 란이의 얼굴도 더 이상 떠오르지 않았다. 이런 고통과 외로움과 무서움을 이겨내면서까지 이곳에서 질긴 목숨을 이어나가야 할 어떠한 이유도 찾을 수가 없었다. 너무나 괴로웠다. 귓가에 열심히 꿀물 같은 달콤한 수마의 유혹을 펼쳐 내는 저 악마의 유혹에 순순히 넘어가고 싶었다. 아니, 넘어가겠다고 마음을 먹었다. 그리고 편안한 안식의 잠 속에 빠져들기 위해 눈을 감으려 했다.

살며시 눈꺼풀이 감기는 그때, 얇디얇은 눈꺼풀 위로 강렬한 빛이 덮쳐 왔다. 순간 제갈효는 드디어 구조대가 도착했나 하고 생각했다. 하지만 곧 고개를 저었다. 그렇다고 생각하기에는 너무도 조용했다. 구조대가 자신을 발견했다면 이렇게 죽음 같은 고요 속에 그가 누워 있을 리가 없었다. 사람들의 소란스러움과 분주함이 느껴져야 했다. 그러고 보니 자신을 가두고 있는 콘크리트 더미들이 치워지는 소리도 들리지 않았다. 그렇다면 저 빛은 뭔가? 제갈효는 살며시 감아가던 눈을 다시 떴다. 그리고 눈을 살짝 찌푸리며 앞을 보았다. 이미 이 어둠에 적응할 만큼 적응한 그의 눈은 갑자기 나타난 저 빛을 바로 직시할 여유가 없었던 탓이다. 어느 정도 시간이 지나고 눈앞의 빛에 익숙해진 제갈효는 그것을 똑바로 볼 수 있었다. 그것은 하얗게 빛나는 가운데 검게 아가리를 벌린 무엇인지 알 수 없는 구멍이었다. 그리고 지금 그 구멍은 점점 작아지고 있었다. 그것을 본 제갈효는 화급히 움직여 그 구멍으로 몸을 들이밀었다. 도대체 무엇인지는 모르겠지만 어쨌든 지금의 상황을 벗어날 수는 있을 것 같았다. 이 지옥 같은 고통과 괴로움에서 벗어날 수 있을지도 모른다는 작은 희망이 무지(無知)의 두려움을 이겨내고 제갈효가 그 구멍으로 몸을 던지도록 만들었다.

그렇게 제갈효는 갑작스레 나타난 구멍 속으로 사라졌다. 그리고 구멍은 곧 사라졌다. 얼마의 시간이 흐른 후 제갈효가 누워 있던 공간의 윗부분에서 콘크리트 부스러기들이 떨어지기 시작하더니 곧 요란한 소리를 내며 콘크리트들이 무너져 내렸다. 그리고 제갈효가 누워 있던 공간은 콘크리트들로 가득 메워졌다.

제 1 식

죽음

한 사내가 가슴에 검이 꽂힌 채 허허롭게 웃고 있다. 그의 앞에는 목 없는 시체가 누워 있었다. 그리고 좀 떨어진 곳에 그 시체의 주인으로 짐작되는 머리가 을씨년스럽게 놓여 있었다. 믿을 수 없다는 듯이 두 눈을 부릅뜨고서는. 가슴에 검이 꽂힌 사내는 주변을 둘러보고는 살며시 미소를 지었다. 그의 주위에는 또 다른 여덟 구의 시체가 누워 있었다.

'후, 제갈효(諸葛曉)야! 이제 너의 생도 이것으로 끝이구나. 이유도 모른 채 이곳에 떨어져 보낸 지도 어느새 35년. 짧지 않은 세월 동안 인연을 맺은 사람들을 위해 검을 들어 이렇게 죽는구나. 길지 않은 생, 한도 많고 후회도 많았지만 이렇게 생을 마감하니 한편으로는 후련하구나.'

스스로를 제갈효라 부른 사내는 그런 상념을 마치고는 조용히 눈을 감았다. 꼿꼿이 서 있는 채로. 그리고 이제 이곳은 살아 있는 사람 없이 황량한 바람만이 불며 혈향을 퍼뜨리고 있었다.

얼마의 시간이 흐른 후 한쪽에서 일단의 무리가 제갈효라는 사내가 눈을 감은 곳으로 빠른 속도로 다가오고 있었다. 이마에 맺힌 땀방울로 보아 경공을 전력을 다해 펼치고 있는 것 같았다. 곧 선두의 무사가 제갈효가 눈을 감은 곳에 도착했고 이어서 다른 사람들도 속속들이 도착했다. 그러나 그들은 아무런 말도 없었다. 그저 멍한 눈으로 이미 숨이 끊어진 제갈효를 바라볼 뿐이었다. 멍한 채로 있던 그들의 눈은 붉게 물들었고 곧 누군가 절규하듯 외쳤다.

"말도 안 돼!"

그 절규가 시발점이라도 된 듯 여기저기서 흐느끼는 소리가 들렸고 제일 처음 이곳에 도착했던 사내는 털썩 무릎을 꿇었다. 그리고 나직이 한마디만을 내뱉었다.

"사부님⋯⋯."

그런 그의 눈가로 굵은 한줄기의 눈물이 흘러내렸다. 그는 두 눈을 부릅뜬 채 그저 그렇게 눈물을 흘리며 굳어 있었다. 눈물은 쉼없이 흘렀고 어느새 붉게 변하여 피눈물이 되어 있었다. 그때 중인들 사이에서 한 승려가 나왔다. 그 승인의 눈에서도 눈물이 흐르고 있었다. 그 승려는 나직이 불호를 외며 피눈물을 흘리고 있는 사내에게 말했다.

"아미타불. 백리단(白里斷) 시주, 이만 진정하시지요. 천무검황(天武劍皇) 제갈효 대협께서는 마교의 천마팔호법(天魔八護法)과 교주를 단신으로 척살하시고 저렇듯 미소를 지으시며 열반에 드시지 않으셨습니까? 제갈 대협께서 백리 시주의 이런 모습을 보신하면 노하실 겁니다."

"자공(慈空) 대사님……."

백리단은 자공 대사라는 승려를 보고 고개를 끄덕이며 일어섰다. 그러나 그의 눈에서는 여전히 붉디붉은 피눈물이 흐르고 있었다. 백리단이 그렇게 일어서자 사람들은 제갈효의 시신을 수습하여 곧 그 자리를 떠났다.

"녀석, 충격을 받을 거라 생각은 했지만 저 정도일 줄은 몰랐군. 내가 역시 제자 하나는 잘 둔 것인가?"

사람들이 떠난 곳에서 하나의 인영이 그리 말하며 웃고 있었다. 얼마 전 죽은 제갈효의 모습을 하고는. 바로 제갈효의 영혼이었다.

"그나저나 죽으면 어떻게 되나 항상 궁금했었는데 이렇게 되는군. 역시 영혼은 존재했어. 그럼 귀신이라는 것도 역시 존재하겠군. 허참, 그런데 이제는 어쩌지? 저승사자라도 기다려야 하나?"

그러고는 그 자리에 풀썩 주저앉았다. 아무래도 정말로 저승사자를 기다리려는 것 같았다. 그렇게 그가 주저앉고 긴 시간이 흘렀다. 어느새 날이 저물고 하늘엔 보름달이 떠올라 밝게 빛나고 있었다. 어느 곳에서든 풀벌레 소리가 들릴 법도 하건만 아무런 소리도 없는 고요한 밤이었다. 그때 제갈효가 갑자기 일어났다. 그리곤 갑자기 하늘에다 대고 고래고래 소리를 지르기 시작했다.

"젠장~ 나보고 어쩌라는 거야! 옛날이야기에서는 이럴 때 저승사자가 나타나서 죽은 자의 영혼을 인도한다며! 그렇다면 내 앞에 뭔가라도 나타나야 할 거 아니야! 생전 처음 죽어본 내가 죽은 다음에 어떻게 해야 하는지 어떻게 아냐고! 망할."

아예 하늘에 삿대질까지 해가면서 욕을 하고 있었다. 만일 누군가가 지금 이 모습을 보았다면 절대로 믿지 못했을 것이다. 지금 하늘에 삿대질하며 욕을 하고 있는 이가 누군가? 천무검황이라 불리는 천하제일인이 아닌가! 그런 그가 지금 이런 모습이라니…….

천무검황 제갈효.

천하의 그 누구라도 부정하지 못하는 무림제일인. 천하에서 가장 강한 사람이었다. 삼백 년 만에 나타난 심검(心劍)의 경지에 이른 검의 절대자. 그가 익힌 혼원신공(混元神功)은 하루 열두 시진 내내 운공을 할 수 있게 해주어 마르지 않는 내공을 쌓을 수 있었고, 그의 독문 검법인 혼원검법(混元劍法)은 더 이상은 발전할 수 없는 검법의 최정화라고까지 일컬어지지 않았던가! 항상 과묵했고 행동 하나하나에서 절대자의 기품이 저절로 흘러나왔던 이 시대 최고의 무인. 그런 그가 지금 하늘에다가 삿대질을 하며 욕까지 해대고 있으니 누가 그를 천무검황이라 하겠는가. 그런 그의 발광(?)에 가까운 몸부림은 동이 터올 때까지 계속되었다. 멀리서 날이 밝아오자 그는 잠잠해졌고 아예 퍼지고 누워버렸다.

"젠장, 이젠 나도 몰라."

라는 말을 남기며…….

다시 해가 지고 어김없이 달이 떠올랐다. 여전히 힘이 빠진 모습으로 누워 있던 제갈효의 귀에 낯선 목소리가 들려왔다.

[신기하군, 이런 곳에 영혼이 있다니. 저 녀석에게서 풍겨 나오는 기운은 지박령 따위가 아니라 죽은 지 하루 정도밖에 지나지 않은 신선한 영혼인 것 같은데… 이곳에서 죽을 자가 하나 더 있다는 지시는 받

은 적이 없는데…….]

말소리가 들리자마자 제갈효의 고개가 획 돌아갔고 통기듯 일어나며 방금 말한 자에게 다가갔다.

"너! 저승사자지? 젠장, 왜 이렇게 늦게 온 거야? 내가 얼마나 지루했는지 알아? 저승사자면 빨리빨리 죽은 자를 찾아와 인도를 해줘야 할 거 아냐? 응?"

갑자기 일어나 자신에게 달려들어 이런 말들을 쏟아내자 일순간 저승사자는 멍한 얼굴이 되었다. 그러나 저승사자의 얼굴이 어떻게 변하든지 상관 않고 제갈효는 여전히 제 할 말만을 쏟아내고 있었다. 물론 적당한 욕설과 함께.

잠시 후 진정한 듯 제갈효는 입을 다물었다. 얼굴은 여전히 험상궂게 일그러져 있었지만. 그런 제갈효에게 저승사자가 확인하듯이 하나하나 묻기 시작했다.

[그러니까 네 녀석이 천무검황 제갈효라고?]

"응."

[그리고 어제 낮에 이곳에서 마교의 천마팔호법과 교주를 죽였다고?]

"응."

그러자 저승사자의 표정이 미묘하게 변했다. 그런 그의 표정을 보며 제갈효가 물었다.

"왜 그러는데?"

저승사자는 크게 한숨을 쉬며 제갈효에게 대답했다.

[후, 네 녀석이 들으면 어찌 생각할지 모르겠지만 모든 생명체는 태어나는 그 순간 죽는 순간도 결정된다. 그 누구도 예외는 없어. 그리고

정해진 순간이 되면 영혼은 육신을 벗어나 일정한 장소로 모인다. 물론 세상에 그런 영혼의 집합처는 무수히 많지. 그러면 저승사자는 그곳에 모여든 영혼을 거둬 염라부(閻羅府)로 가는 거지. 알겠냐?]

이야기를 가만히 듣던 제갈효가 다시 물었다.

"그러니까 죽는 순간 영혼은 육신을 빠져나가 정해진 곳으로 간다고? 그런데 난 여기 계속 있었고? 가만… 그러고 보니 내가 죽인 마교의 아홉 떨거지는 어디 갔지? 그간 생각을 못했는데 그놈들의 영혼은?"

저승사자는 품속에서 주머니를 하나 꺼내더니 거기에서 아홉 개의 검은 구슬을 꺼내 손바닥에 올려 제갈효에게 보여주었다.

[이게 그들이다. 그들도 죽자마자 내가 있는 곳으로 왔지. 그건 정해진 것이니까. 염라첩에 기록된 모든 죽은 자의 영혼은 정해진 곳으로 모이거든.]

눈을 동그랗게 뜨고 저승사자의 손바닥 위의 구슬을 가만히 보던 제갈효는 자신을 손가락으로 가리키며 물었다.

"그럼 나는?"

[그러니까 신기한 일이라는 거다. 내가 오늘까지 거둬들여야 할 영혼은 인간의 것이 모두 일백여든하나. 그리고 동물의 것이 삼백스물둘인데 하나도 빠짐 없이 거뒀다. 네가 있는 이곳도 내가 담당하는 구역이니까 너의 영혼은 나에게 왔어야 정상이다. 지금 내 손에 올려진 이 아홉의 영혼처럼. 하지만 염라첩에는 마교 교주와 천마팔호법의 죽음만이 기록되어 있었고 넌 없었다. 이게 어찌 된 일인지…….]

가만히 저승사자의 말을 듣던 제갈효의 머리 속에 무언가 번쩍하고 스쳐 지나가는 것이 있었다. 이런 일이 생기게 된 이유를 짐작한 것이다. 지금까지의 일이 정리가 되자 제갈효의 표정은 담담하게 안정되었다.

"뭐, 내가 이렇게 된 이유는 염라대왕을 만나보면 알게 되겠지. 뭐, 그럼 슬슬 저승이라는 곳으로 가보자구."

그러면서 털레털레 걸어가기 시작했다. 그러나 저승사자의 한마디에 멈춰 서야 했다.

[너, 저승이 어디로 가야 하는지는 알고 가는 거냐?]

저승이 어디에 있는지 모르는 제갈효는 멈춰 설 수밖에 없었다. 그렇게 가만히 있는 제갈효에게 저승사자가 다가오더니 그의 손을 잡고는 날아올랐다. 그러고는 어디론가를 향해 날아가기 시작했다. 한참을 날아가는 중에 제갈효가 갑자기 소리쳤다.

"잠깐!"

한참을 날아가던 저승사자는 제갈효의 외침에 멈춰 제갈효를 돌아보았다.

[왜 그러는가?]

"저기, 부탁 하나만 해도 될까? 사실 아무리 나라도 마교의 그 아홉을 물리치는 건 솔직히 어렵다구. 아니, 거의 불가능했었지. 마교 교주와 싸우던 중 깨달은 심득(心得)이 아니었다면 말야. 그걸 조금만 더 빨리 깨달았어도 이렇게 죽지는 않았을 텐데… 뭐, 그건 됐고. 아무튼 하나 있는 제자 놈에게 이 심득을 전하고 싶어서… 잠시 제자에게 들렀다 갈 수 있을까?"

제갈효의 말을 모두 들은 저승사자가 가만히 물었다.

[그건 어려운 일이 아니다. 하지만 넌 이미 죽은 영혼. 네 제자가 널

알아볼 수 없을 텐데 어떻게 심득을 전하려고 하는 거지?)

저승사자의 대답에 밝은 표정을 지으며 제갈효가 입을 열었고 저승사자는 다시 한 번 얼빠진 얼굴이 되었다.

"뭐, 꿈에 들어갈 수 있지 않나? 예전에 들은 이야기들에서는 영혼이 막 꿈에 나타나고 그런다던데? 너, 그렇게 해줄 수 있지?"

라는 능청스런 대답을 제갈효가 했기에…….

삼경이 좀 지난 시각. 백리단은 여전히 스승을 잃은 충격에서 헤어나지 못한 채 그저 술만 마시고 있었다.

"크윽, 사부님. 제게 있어 당신은 사부님이기 이전에 아버님이셨습니다. 아무것도 없이 천하를 떠돌던 거렁뱅이에 불과한 저를 거두어 이렇게 키워주셨으니. 그런데… 그런데… 그 큰 은혜의 만분지 일도 보답해 드리지 못했는데… 그렇게 가시다니요. 크윽."

그렇게 한을 풀며 한 잔 한 잔 술이 백리단의 입으로 흘러 들어갔다. 그리고 그 위에서 저승사자와 제갈효가 그 모습을 지켜보고 있었다. 제자의 모습을 본 제갈효는 씁쓸한 표정을 지으며 저승사자를 돌아보았다.

"자, 이제 시작해 줘. 부탁 좀 하자구."

고개를 끄덕이며 저승사자가 손을 백리단의 머리 위에서 살며시 휘젓자 백리단은 풀썩 쓰러지며 잠에 빠져들었고 그런 백리단의 백회혈로 제갈효가 스며들어 갔다.

너무나도 아름다운 화원. 온갖 기화요초가 피어 있고 이름 모를 나비들이 날아다니는 너무나도 평화롭고도 고요한 그러면서 아름다운 곳이었다. 그곳에서 백리단은 눈을 떴다.

"여긴… 여긴 어디지? 난 분명 내 방에서 술을 마시고 있었던 것 같은데……."

그렇게 백리단이 고개를 갸웃거리고 있을 때 한쪽에서 하나의 인영이 나타나 백리단에게로 다가오고 있었다. 그리고 그 인영의 모습이 제대로 보일 정도로 가까워지자 백리단은 두 눈을 부릅뜬 채 입을 벌릴 수밖에 없었다. 그리고 그런 그의 입에서 나직이 그러나 격동에 떨리는 한마디가 새어 나왔다.

"사부… 님……."

그리고는 그의 눈에서는 두 줄기의 눈물이 흘러내렸다. 그런 그의 모습을 물끄러미 바라보던 제갈효는 백리단에게 크게 소리쳤다.

"갈! 못난 녀석. 인명은 하늘에 달린 것을… 이 사부가 죽을 때가 되어 죽은 것일 뿐인데 네 녀석이 이리 있으면 내가 어찌 안심하고 저승으로 가겠느냐? 이 사부는 그만 가슴에 묻어두고 수련에 정진하여도 모자랄 판에 술로 밤을 지새우고 있으니. 에이, 못난 녀석. 내가 너를 그리 가르쳤더냐?"

제갈효의 호통에 백리단은 아무 말도 못하고 그저 고개를 숙이고 있을 뿐이었다.

"에이, 못난 놈. 고개를 들어라. 그리고 잘 봐둬라. 딱 한 번만 보여줄 터이니. 나도 이제 저승으로 가야 하니 이곳에서 지체할 수는 없다."

그리고는 제갈효가 손을 뻗자 그의 손에 하나의 검이 나타나 잡혔다. 그리고 백리단이 그를 보든 말든 확인도 하지 않고 하나의 검초를 펼쳤다. 제갈효의 말에 얼른 고개를 든 백리단은 그런 제갈효의 모습을 하나부터 열까지 모두 뚜렷이 보고 있었다. 필생의 심력을 다해서. 제갈효가 똑바로 치켜든 검의 움직임은 너무도 평범했다. 백리단이 아는 어떤 검초로도 파해할 수 있을 만큼. 그러나 검초가 진행되면 될수록 제갈효의 입에는 미소가 걸려갔고 백리단은 서서히 굳어갔다. 이미 그 자리엔 제갈효도 없었고 검도 없었다. 그저 거대한 하늘이, 바다가, 태양이, 달이, 산이, 강이 있었다. 그렇게 제갈효와 그의 검은 하나의 자연이 되어 백리단에게 다가왔다. 무엇으로도 항거할 수 없는 자연의 힘은 고요한 밤 바다의 기운으로, 광포한 태풍의 기운으로, 터져 나오는 화산의 기운으로, 무엇으로도 막을 수 없는 그런 절대적인 힘이 백리단에게 다가왔다. 백리단은 스승에게서 완벽한 자연을 보았다. 그리고는 그런 기운이 씻은 듯이 사라지고 그저 담담한 모습으로 제갈효가 서 있었다.

"잘 보았느냐?"

"예……."

"이건 마교 교주의 검이 내 심장에 박혔을 때 깨달은 검이다. 죽으면서 깨달은 그래서 단 한 번만 펼친 검이기도 하지. 마교 교주의 목을 자를 때 펼쳐 보았을 뿐이다. 이것은 심검을 뛰어넘은 그 다음의 경지다. 검이 곧 나의 마음이요, 나의 마음이 곧 검인 경지를 뛰어넘은 것이지. 내가 곧 자연이 되는 경지. 삼라만상(森羅萬象)의 이치를 검에 담아내는 경지이다. 굳이 이름을 붙이자면 자연검(自然劍)이라 할까… 그런 검이다. 그러면 열심히 매진하여 너도 이 경지에 오르도록 해보거라. 이걸 네게 보여주기 위해 저승으로 가는 길을 잠시 지체한 거란다.

그러면… 잘 있거라.”

그 말을 끝으로 제갈효는 사라져 갔다. 그리고는 백리단도 잠에서 깨어났다.

“스승님!”

주위를 둘러보던 백리단은 자신의 방에서 술을 마시다 깜빡 잠이 든 것을 깨달았다. 그러나 그의 눈은 더 이상 슬픔에 젖어 있지 않았다. 여태껏 검의 끝으로 알았던 심검의 경지. 그것을 뛰어넘은 또 다른 차원의 검의 세계를 스승이 보여주고 갔기에 한 명의 검객으로서의 열망이 열정이 깨어난 것이다. 열정에 가득 찬 눈을 한 백리단은 자신의 검을 들고는 후원으로 나갔다. 그리고 한바탕의 검무를 시작했다. 그 모습을 모두 지켜본 제갈효가 저승사자를 보며 말했다.

“이젠 정말로 가자구.”

저승사자는 말없이 다시 제갈효의 손을 잡고 날아올랐다.

[그나저나 대단하군. 일개 영혼이 뿜어내는 힘에 내가 소멸할 뻔하다니…….]

저승사자는 저승으로 날아가면서 나직이 읊조렸다.

“응?”

저승사자의 말에 제갈효가 저승사자를 보며 되물었지만 저승사자는 묵묵히 앞만 보며 갈 뿐이었다.

숭산.

중원 오악(五嶽) 중 중악(中嶽)으로 소림사가 위치한 산. 그래서 더욱 유명한 산이었다. 저승사자와 제갈효는 지금 숭산 위의 하늘에 있었다.

"응? 여긴 숭산 아냐? 왜 여기로 왔지?"

저승사자는 제갈효의 말에 일언반구도 없이 제갈효를 이끌고는 준극봉의 정상으로 내렸다. 그리고는 손을 한차례 휘저었다. 그러자 그들 앞에 검은 구멍이 하나 생겼고 저승사자는 지체없이 제갈효를 데리고 그 안으로 들어갔다.

누런 빛깔을 띤 거대한 강이 유유히 흘러가고 있다. 마치 중원을 가로지르는 황하처럼 고요하고도 광활하게 흘렀다. 그 강 위로 한 척의 나룻배가 건너가고 있었다. 그 나룻배의 가운데에는 제갈효가 앉아 있었고 선미에서는 저승사자가 노를 젓고 있었다.

"호오, 이게 황천(黃川)이라는 거로군. 죽은 자만이 건널 수 있다는 강. 흠, 그냥 이렇게 보니 마치 황하 같은데 그래."

제갈효는 자신이 죽었다는 것에는 별 감흥을 못 느끼는 듯 그저 구경 나온 어린아이처럼 두리번거리며 이런저런 얘기를 떠들고 있었다. 저승사자는 그런 제갈효를 가만히 놔두고 그저 노를 젓는데 열중할 뿐이었다. 저승사자는 아무런 반응도 없고 그저 혼자서 계속 떠드는 것도 지겨웠는지 서서히 제갈효의 말수가 줄더니 곧 입을 닫았다. 그리고는 그저 황천 멀리를 가만히 바라보고만 있었다. 그러다가 뭔가 생각난 듯 저승사자를 돌아보며 물었다.

"그리고 보니 인간이랑 동물의 영혼만 거두어가는 거야? 그리고 아까 보니 마교의 떨거지들 영혼은 구슬이 되어 있던데 난 왜 멀쩡한 거지?"

노 젓는 데만 열중하던 저승사자는 제갈효의 물음에 고개를 돌렸다.

그리고 제갈효를 바라보며 입을 열었다.

[모든 생명체는 영혼을 가지고 있지만 식물이나 또 벌레 같은 하등한 동물들의 영혼은 스스로 염라부로 찾아온다. 굳이 우리가 거둬올 필요는 없지. 단지 몇몇 동물들과 사람들의 영혼만을 거두는 게 우리의 일이지. 그리고 여러 곳에서 죽어 한곳에 모인 영혼들을 거두어 데리고 가자면 여간 힘든 일이 아니지. 그래서 우리에게는 이 초혼령(招魂鈴)이라는 방울이 있는 거다. 염라첩에 죽음이 기록된 영혼들을 구슬로 만드는 영능을 지닌 물건이지. 그리고 물론 너는 염라첩에 죽음이 기록되지 않아서 이렇게 직접 데리고 가는 거다.]

제갈효는 저승사자의 대답을 다 듣고는 궁금증이 풀렸는지 고개를 끄덕이더니 다시 입을 열려 했다.

[다 왔군.]

그러나 저승사자의 말이 빨랐다. 다 왔다는 말에 제갈효는 열려던 입을 다물고는 물끄러미 앞을 봤다. 그곳에는 거대한 문이 있었고 그 문 앞에는 절의 문에 있는 사천왕 상과 비슷하게 생긴 인물들이 넷이 있었다.

"설마… 저들이 사천왕이야?"

[그렇다. 저승의 문을 지키는 수문장들이지. 그럼 어서 들어가자.]

저승사자는 제갈효를 이끌고 사천왕들에게 꾸벅 인사를 하고는 곧바로 문을 지나 안으로 들어갔다. 문 안쪽은 염라대왕이 있는 곳답게 웅장하고 거대했다. 그러니 저승답지 않게 포근하고 평화롭기도 했다. 저승사자는 묵묵히 걸어가더니 어느 건물 앞에 멈춰 섰다. 그리고는 품속에 있던 구슬 주머니를 꺼내서는 그 건물 앞에 있는 사람에게 전해주고는 뭐라 얘기를 했다. 그러고는 돌아서서 제갈효에게 왔다.

[이제 저자를 따라가라. 내가 널 데리고 올 수 있는 것은 여기까지다. 그럼…….]

저승사자의 말에 제갈효는 고개를 끄덕이고는 앞으로 걸어갔다. 그러다가 멈춰서 돌아보며 입을 열었다.

"이봐, 저승사자. 그동안 고마웠어. 근데 아직 자네 이름도 모르는군. 저승사자라도 이름은 있겠지?"

자신이 있을 곳으로 돌아가려던 저승사자는 제갈효의 말에 멈춰서 돌아보며 나직이 대답했다.

[곤(崑).]

"곤이라… 이봐, 곤. 고마웠어. 그럼 잘 가라구~"

제갈효는 곤이라는 저승사자에게 인사를 하고는 터벅터벅 걸어갔다. 그런 제갈효를 바라보던 저승사자는 입 꼬리를 올리며 살며시 웃음을 지었다. 정말 재미있다는 표정으로.

[하, 내 저승사자 생활 500년 만에 저런 녀석은 처음이군. 제갈효라… 재미있는 녀석이야.]

제갈효가 안내를 하는 사내를 따라 건물의 입구에 도착했다. 건물에는 커다랗게 염라전(閻羅殿)이라 적힌 현판이 걸려 있었다.

'음, 여기가 염라대왕이 있는 곳인가?'

사내는 아무런 말 없이 묵묵히 걸어 들어갔고 제갈효도 그저 묵묵히 따라가는 수밖에 없었다. 커다란 건물 안에서 이리저리 모퉁이를 돌고, 문을 지나며 계속해서 들어가자 넓은 대전이 나왔고 대전의 중앙에는 풍도골의 노인이 탁자를 놓고 앉아 있었다. 제갈효 앞에 가던 사내는 그 노인에게 다가가 고개를 숙여 인사를 하더니 아까 밖에서 저승사자에게서 받은 구슬 주머니를 공손히 두 손으로 바쳤고 곧 무어라 말을 하였다. 제갈효가 들어올 때부터 제갈효를 보며 의아한 표정을 짓던 노인은 그의 말에 고개를 끄덕이며 곧 탁자에 펼쳐진 책을 이리저리 뒤적였고, 노인에게 모든 걸 전한 사내는 들어올 때처럼 묵묵히 대전을 빠져나갔다. 넓은 대전에 아무것도 없이 탁자와 노인, 그리고 제갈효만 덩그러니 남아 있었다. 전혀 어울리지 않는 곳에 황량함이 감돌았다. 한참 책을 뒤적이던 노인은 고개를 갸웃거리며 제갈효를 보더니 입을 열었다.

[허, 이거 정말 신기한 노릇이군. 분명 염라첩 어디에도 자네의 죽음은 없네만 어찌 죽어서 이리로 온 것인지. 설사 원혼이 되어 구천을 떠돌든 지박령이 되어 죽은 곳에 못 박히든 그들의 죽음 역시 염라첩에 기록이 되어 있는데… 어찌 이런 경우가…….]

지금까지 있던 일을 묵묵히 지켜보기만 하던 제갈효가 노인에게 말했다.

"당신이 염라대왕이요?"

[그렇다네. 내가 이곳 저승을 관장하는 염라대왕이지. 뭐, 자네의 경우가 기이하기는 하나 일단 지금 도착한 영혼들을 처리해야 하니 자넨 좀 앉아서 기다리게.]

말을 마친 염라대왕이 손을 휘젓자 염라대왕의 탁자 맞은편 조금 떨어진 곳에 의자가 생겼다. 제갈효는 그 의자를 보고는 다가가 앉았다. 염라대왕은 주머니를 끄르더니 구슬을 하나하나 꺼내어 보석 감정하듯이 보고는 탁자의 일정한 부분을 향해 굴렸다. 그러자 탁자에서 갑자기 검은 구멍이 생기며 구슬들이 빨려들어 갔다. 그렇게 모든 구슬을 굴려 없앤 후, 다시 염라대왕이 제갈효를 바라보았다.

[내가 염라대왕이 된 지 이제 1800년 정도 흘렀네. 결코 짧지 않은 세월이지. 그렇다고 크게 긴 세월도 아닐세. 물론 인간들에게는 엄청난 시간이겠네만… 세상에는 그렇지 않은 존재도 있는 법이라네. 그런데 내가 염라대왕 직을 1800년간 수행하면서 이런 일은 처음이구만. 이를 어떻게 처리해야 하나…….]

염라대왕은 검지로 미간을 집으며 얼굴을 찡그렸다. 그로서도 곤혹스러운 일이었기 때문이다.

"나야말로 신기하군. 염라대왕이라면 머리에 뿔이 나고 송곳니가 튀어나왔고 엄청 험악하게 생겼을 거라 생각했는데 신선이라 해도 믿을 정도로 청수한 모습이라니… 그리고 영혼에 대한 심판이 구슬 굴리기라… 이것 참, 살아 생전 듣던 얘기랑 달라도 너무 다르군. 뭐, 어차피 살아 생전 들은 얘기라고 해야 어차피 상상의 산물일 테지만… 저승사자가 오는 것은 맞는데 염라대왕이 이러니. 이거 어찌 된 건지."

염라대왕이 고민에 빠지든 말든 제 할 말만 계속해서 하는 제갈효였다.

그런 제갈효의 말에 염라대왕은 미간에서 손을 떼며 고개를 들었다.

[아, 그건 아마 전대의 염라대왕 모습일걸세. 염라대왕은 종신제가 아니라 임기제로 돌아가면서 하게 돼 있는 거라서 말일세. 옥황상제께서 임명하시고 정해진 임기를 채워야 한다네. 임기는 2500년이고. 아마 전대 염라대왕의 취미가 좀 별나서 그런 분위기를 연출했다고 하더군. 그리고 저승사자의 일이야 옥황상제께서 저승을 만드실 때 그렇게

만드셨으니 염라대왕이 바뀐다고 변하는 건 아니라네. 그리고 인간 세상에 떠도는 저승에 대한 말은 대부분 사실일걸세. 가끔 있다네. 영혼이 뒤바뀌어 오는 바람에 저승 구경하고 나가는 사람들이… 물론 계속해서 구슬로 있지만 그렇다고 해도 자아는 살아 있으니까…….]

고개를 들고 대답을 해주는 염라대왕의 말에 제갈효는 넋이 나간 표정으로 굳었다. 그가 생각하던 사후의 엄숙함과는 무언가 괴리가 있었던 것이다.

"휴, 그래? 뭐 신기하군. 근데 궁금한 게 있는데 말야. 아까 저승사자에게 물어보려 했는데 이곳에 도착하는 바람에 기회가 없었거든. 정말로 인간의 운명이 정해진 건가? 태어난 순간에?"

제갈효의 물음에 염라대왕은 다시 고개를 갸웃거렸다.

[자네가 저승사자에게 무어라 들었는지 모르겠네만… 그건 아마 오해인 듯싶군. 태어나는 순간 운명이 정해졌다고 말하는 저승사자는 없으니 말일세. 태어나는 순간 정해지는 건 오로지 수명뿐. 즉, 죽음의 순간만이 정해진 것이지. 그것 외에 그 인간이 어떤 삶을 사는가에 관해서는 어떠한 간섭도 없으니 그가 노력하기에 따라 운명이 바뀌는 게지. 뭐 가끔 신들의 장난으로 인간의 운명이 정해지기도 하지만 이곳 명수성(明水星)에서는 그런 일이 거의 없다네. 아, 그리고 자식의 수와 성별에 관해서는 정해져 있네. 어차피 삶의 수와 죽음의 수는 정해져 있으니 말일세.]

"그런 것인가. 흠, 그런데 명수성이라고… 그건 뭐지?"

명수성이라는 낯선 말에 제갈효는 다시 염라대왕에게 물었다.

[물론 자네가 살고 있는 땅 전부를 일컫는 말일세. 자네들이 생각하

는 것보다 훨씬 광활한 대지가 둥글게 있다네. 지금 자네는 모르겠지만 말이야. 그리고 그 둥글고 넓은 대지 절반의 죽음은 내가 관장하고 나머지 절반은 다른 자가 관장한다네.]

염라대왕의 말에 제갈효는 고개를 끄덕였다.

"흠, 지구를 말하는 것이었군. 그런데 염라대왕이 지구의 절반만 관장한다? 그럼 나머지 절반은? 그래서 동양과 서양의 저승에 대한 세계관이 다른가? 그런데 설마 다른 반쪽을 관리하는 게 하데스는 아니겠지?"

제갈효의 혼잣말을 듣던 염라대왕은 흠칫했다.

[그렇게 불리기도 하지. 그런데 자네는 어찌 그런 것들을 아는가? 자네가 온 중원에서는 결코 알 수 없는 것들인데…….]

약간은 굳은 얼굴로 염라대왕이 물었다.

"뭐, 별거 아냐. 염라첩에 내 죽음의 기록이 없는 것과 연관된 일이니까. 뭐, 내 궁금증이 좀 더 풀리면 말해 줄게. 말로만 듣고 상상만 하던 저승이라는 곳이 워낙 신기해서 말야."

아무것도 아니라는 듯 태연하게 말하는 제갈효의 모습에 염라대왕은 다시 한 번 흠칫하며 경직되었다.

[그래. 그럼 궁금한 게 무엇인가? 내 성의껏 대답해 주지. 이런 경우는 1800년 만에 처음이라 나도 재미있구먼 그래.]

경직이 풀린 염라대왕이 가벼운 미소를 지으며 말했다.

"그럼… 첫째, 죽음이 정해져 있다면 그 죽음을 바꿀 수는 없는 건가? 둘째, 옥황상제는 어떤 존재이지? 염라대왕과 하데스를 동시에 관장한다니… 마지막으로 셋째, 염라첩에는 어느 정도 세월의 죽음이 기록되었는지도 궁금하군."

[흠, 그런가? 그럼 먼저 첫 번째부터 대답해 주지. 아까도 얘기했듯이 인간은 자신의 운명을 최대한 개척할 수 있다네. 그건 이곳 명수성이든 다른 곳이든 거의 비슷하다네. 물론 특히 이곳 명수성은 그 정도가 크지. 즉, 거의 제약없이 자신의 운명을 만들어 나갈 수 있네. 그런데 죽음만은 안 된다라… 뭔가 모순적이지 않은가? 그래서 염라첩을 수정할 수 있는 방법을 그 대(代)의 염라대왕은 하나씩은 마련해 둔다네. 나머지 반의 관장자도 마찬가지고. 그러나 아쉽게도 내가 관장하는 지역에서는 그 방법이 실전되었지. 대략 1800년 전 내가 처음 염라대왕을 맡았을 때 인간 세상에 흘려 보냈는데… 사람들은 그 방법을 망각해 가더군. 그러니까 대략 1300년쯤 전에 그 방법을 사용한 인간이 있기는 하다네. 아쉽게도 실패했지만… 제갈량이라는 인간이었지.]

'잉? 삼국지에 나오는 그 방법? 그거 정말인가? 그거 소설이라 거짓말인 줄 알았는데… 그리고 그 방법을 마지막으로 사용한 게 우리 시조 할아버님이라… 참.'

잠시 생각에 잠겼던 제갈효가 냉큼 입을 열어 물었다.

"설마 그 방법이라는 게 촛불인지 등불인지 수십 개인가 수백 개인가 켜놓고 그게 안 꺼지도록 하면서 수십 일 동안 기도하는 걸 말하는 거야?"

[엥? 자네, 그것도 알고 있었는가? 대충이긴 하지만 맞다네.]

그 말에 제갈효는 한숨을 푹 쉬면서 염라대왕에게 한마디 해주었다.

"사람들은 그 방법을 모르는 게 아니라 너무 허황되다 생각해서 그 방법이 사실이라는 것을 믿지 않을 뿐이라구."

제갈효의 말을 들은 염라대왕은 땀을 삐질 흘리며 하던 말을 계속했다.

[험험, 그런가? 그럼 내 다른 방법을 강구해 보지. 그리고 두 번째 질문에 대한 답은 옥황상제는 이곳을 창조한 창조주이시네. 혹자는 조물주라, 혹자는 여호와라, 그리고 브라흐마나 알라, 그리고 라라고 부르기도 한다네. 하지만 그 모든 것들이 그분을 가리키는 말이지. 물론 그분 또한 더 위대한 존재께서 창조하신 분이지만 그것까진 알 것 없고 아무튼 상제께서는 이곳 명수성과 그밖에 수십 개의 별을 창조하시고 또한 나와 같은 몇몇 신들을 창조하셨지. 그리고 인간도 물론이고… 뭐, 인간을 창조한 건 원래 더 위대한 그 존재께서 행하신 일이긴 하지만 말야. 이곳 명수성에 인간을 창조하신 분은 분명 상제시니까…….]

'뭐야? 그럼 결국 하느님이나 부처님이 말하는 신이나 마호메트가 말한 알라나 도교에서 말하는 옥황상제나 다 같은 존재라는 말이잖아. 근데 서로 자기가 옳다고 피 터지게 싸웠으니… 할 말 없군.'

제갈효가 그런 상념에 잠겨 있을 때 염라대왕은 이미 마지막 질문에 대한 답을 하고 있었다.

[마지막 질문에 대한 답은 염라첩에 기록된 죽음은 그 대(代)의 염라대왕의 임기와 동일하다네. 즉, 2500년간의 죽음이 기록되어 있지. 그럼 궁금증은 모두 풀렸나?]

"그래? 그런가. 그럼… 흠, 지금이… 영락12년이니까……."

제갈효는 뭔가를 중얼거리면서 생각에 잠겼다.

"그러면 염라첩에서 지금부터 582년 후의 6월 29일쯤에 제갈효라는 이름을 찾아보라구."

염라대왕은 제갈효의 말에 두 눈을 동그랗게 뜨고는 그대로 경직되었다. 곧 정신을 차리고는 염라첩을 뒤적이기 시작했다. 그러기를 일각여. 염라대왕이 고개를 번쩍 들었다.

[분명히 있군. 7월 12일. 무너지는 건물 더미에 깔려 압사라고. 이게 어찌 된 일이지?]

"아마 그게 원래 예정된 나의 죽음일 거야. 아아, 젠장. 그 상태로 13일이나 버티고 있었어야 했단 말야? 정말 죽이려면 그냥 좀 편안하게 죽여주지 그렇게 고통스럽게 만들다니… 뭐, 어떻게 되었냐면 말이지. 언제인지는 정확히 모르겠지만 어쨌든 내가 죽기로 예정된 날 전에 건물 잔해에 깔려 있던 내 발 밑 한 부분이 갑자기 밝게 빛나면서 검은 구멍이 생기더라구. 그래서 그냥 그곳으로 기어들어 갔지. 당시 나에게는 그곳을 빠져나가는 것이 너무나 절실했으니 말이야. 그리고 정신을 차리니 명나라라고 하더군. 나도 어찌 된 것인지는 모르지만… 분명한 것은 난 이 시대의 사람이 아니라는 거야. 그러니 이 시대의 염라첩에 내 이름이 없는 거지. 뭐, 일부러 그런 건 아니지만 여태껏 결혼도 하지 않고 살아왔는데 오히려 그게 다행이었군. 이 세계에 괜한 혼란을 주지 않아서……."

제갈효가 말을 마치고 입을 닫자 염라대왕이 고개를 끄덕였다.

[흠, 그렇게 된 것이로군. 과연… 이런 경우는 분명 전전대 염라대왕 시절에도 한 번 있었다고 들었네. 워낙 희귀한 경우라 생각을 못했구면. 그나저나 시간을 뛰어넘었다라… 또 그 녀석들인가 보군. 이번에는 어느 쪽에 있는 녀석들인지. 흠.]

"무슨 말이지? 그 녀석들이라니?"

　제갈효는 자신이 이곳에 온 이유를 염라대왕이 아는 듯하자 다급히 염라대왕에게 물었다.

　[아, 그런 별이 있네. 상제께서 창조하신 곳은 아니지만 근처라서 말일세. 아마 영향을 받은 모양이군. 그 부근에는 그런 별들이 많다네. 인간이나 다른 존재가 신만의 능력인 차원 이동을 시도하는… 아마 그 때문에 자네가 있던 곳에도 차원 왜곡이 생긴 모양일세. 그런 불안한 차원 이동의 실험은 아무래도 모든 차원에 영향을 주기 마련일세. 그 정도가 극히 미미하더라도 말이야. 자네 같은 경우는 정말 특이한 경우야. 5000년 정도에 한 번 일어나는…….]

　제갈효는 염라대왕의 대답에 허망한 얼굴을 했다.

　'뭐야. 그러니까 어딘지 알지도 못하는 별에서 그곳에 사는 인간들이 한 실험 때문에 내가 이런 과거로 그것도 타국으로 떨어져 그 고생을 하며 살아야 했다고! 젠장이군 정말.'

　그러고는 표정이 점점 험악하게 일그러졌다. 극도로 화가 난 모습이었다.

　[허, 아무래도 화가 난 모양이구먼. 뭐, 그럴 만도 하지. 자신도 모르는 사이 자신의 의지와는 아무 상관 없이 운명이 바뀌어 버렸으니… 하지만 자네는 죽을 운명이 살 운명으로 바뀌었으니 오히려 전화위복이 아닌가?]

　그 말에 제갈효는 흠칫했다. 그렇다. 무너진 백화점 더미 속에서 이젠 죽는구나 하고 죽을 순간만 기다렸다. 위에서 흘러내려 오는 물이라도 악착같이 마시면서 어떻게든 살려는 의지조차 서서히 사라져 가고 있었다. 그저 자신의 몸의 기능들이 하나둘 정지하기만을 기다리며 눈을 감으며 그렇게 삶을 포기했었다. 아무도 없는 지하에서 거대한 건물의 잔해에 깔려 홀로 암흑 속에 있다는 것은 그만큼 고통스러웠기에 그 고통에서 벗어나기 위해 죽음을 택했었다. 그러다가 과거이기는 하지만 삶을 찾았다. 그랬기에 죽음이나 다름없는 고통을 겪었기에 전혀 다른 시대 전혀 다른 나라에서 악착같이 적응해 낸 것인지도 몰랐다. 그랬기에 천하제일고수가 되고 많은 사람을 만나며 나름대로 행복하다고 생각할 만한 삶을 살았는지도 모르는 일이었다. 그런 상념들이 지나가자 제갈효는 온몸의 힘이 빠져나가며 의자에 깊숙이 몸을 묻었다.

[이제 진정이 되었는가? 뭐, 자네에겐 운이 좋았던 게 사실이니 말일세. 이젠 대충 자네를 어찌해야 할지 결정을 내릴 수 있겠구면. 자네를 과거로 가게 했던 원인이 되는 힘. 그 힘이 있는 세계에서 한 번 살아보게나. 내가 보내줄 수 있는 곳에는 그런 곳이 없네만 뭐, 그 정도 부탁이야 들어줄 신들이니까…….]

"지금 날 환생시키겠다는 건가? 그것도 옥황상제가 아닌 전혀 다른 신이 관장하는 세계에?"

의자에 깊숙이 몸을 묻은 채 염라대왕의 말을 듣던 제갈효가 고개를 들어 염라대왕을 바라보며 말했다.

[그렇다네. 어떤가 또 다른 생을 살아보는 건. 내 특별히 자네의 기억을 지우지는 않겠네. 원래 환생을 할 때는 전생의 기억을 지우는 것이 규칙이기는 하네만 자네의 그 기이한 경험을 생각해서 살려놓도록 하지. 아, 그리고 자네가 무엇으로 환생할지는 나도 모르겠네. 자네를 환생시키는 건 내가 아니라 그 세계의 신이니까 말일세. 자, 그럼 이만

가게나.]

　말을 마친 염라대왕은 손을 휘저었다. 그러자 제갈효는 다른 사람들의 영혼처럼 검은 구슬이 되었고 염라대왕은 그 구슬을 바닥에 떨어뜨렸다. 그러자 바닥에 검은 구멍이 생기며 그 속으로 빨려들어 갔다. 그러고는 다시 손을 휘저었다. 그러자 염라대왕의 맞은편 공간에 밝은 빛이 생기면서 새하얀 공간이 동그랗게 열렸고 그 구멍 안에는 이 세상의 존재라고는 믿기지 않는 아름다운 여인이 있었다. 염라대왕은 그 여인을 보며 한참 동안을 이야기했다.

　[…그래서 이렇게 된 거라네. 그러니 그를 적당한 존재로 환생시켜 주게나. 부탁하네, 리야드.]

　리야드라 불린 여인은 고개를 끄덕이며 대답했다.

　[네. 그러도록 하지요, 조야선(造夜仙). 그를 이곳 류블라드 성(星)에 환생하게끔 하겠습니다. 이 정도 일은 제 권한으로도 가능한 일이니까요.]

　[그래, 고맙네. 내 가끔 그곳으로 가서 그가 어찌 지내는지 보도록 하지.]

　[편하신 대로 하세요. 다만 그의 환생은 류블라드에서 정해진 규칙에 따라 이루어질 거예요.]

　[그거야 자네 편한 대로 하게나.]

　[예, 그럼 이만. 차후에 류블라드에 오실 때 뵙도록 하죠.]

　그러고는 그 하얗게 빛나는 공간은 사라졌다. 그리고 잠시간의 정적이 흘렀다. 그런데 갑자기 조야선이라 불린 염라대왕이 들썩이기 시작했다.

[킥킥. 킥. 푸하하하하하!! 이거 재미있겠는걸… 이 따분한 염라대왕을 맡은 지 1800년 만에 재미있는 일이 생겼어. 푸하하하하. 리야드, 미안하네. 내 깜빡하고는 그 영혼의 전생의 기억을 그대로 두었다는 말을 안 했구먼. 푸하하하하. 이래서 늙으면 죽어야 한다니까… 푸하하하.]

눈물까지 찔끔찔끔 흘리면 웃는 염라대왕이었다. 그리고 그의 말로 봐서는 아무래도 제갈효의 기억을 일부러 지우지 않고 그 사실을 일부러 알리지 않은 것 같았다.

[푸하하. 분명 류블라드에는 대기에 기가 충만하다 못해 넘쳐흘렀지? 그런 데도 불구하고 그 많은 기들을 그냥 방치하다니. 기껏 한다는 짓이 형태나 가공해서 별 해괴한 짓이나 하고 말야. 이젠 이곳의 기억을 온전히 간직한 그놈이 갔으니 그 세계가 어찌 될지 무척이나 궁금하군. 앞으로 얼마간은 심심하지 않겠어. 1800년의 지루함 끝에 얻게 되는 잠시간의 유희인가? 앞으로 종종 류블라드에 구경가야겠구먼. 크하하하하하.]

실상 조야선은 신계에서 엄청난 문제신(神)이었다. 가만히 있지를 못하고 별의별 해괴한 장난을 치며 신계를 하루도 조용하게 놔두지를 않았던 것이다. 그래서 이에 보다 못한 옥황상제가 그 벌로 저승을 할 일 없이 지루하게 만든 다음 조야선을 염라대왕으로 앉힌 것이다. 조야선에게 있어서는 일종의 귀양살이였다. 그런 그에게 우연이지만 이런 일이 일어났으니 어찌 가만히 있을 수 있었겠는가. 그러니 제갈효가 전생의 기억을 온전히 가진 채 환생하게 된 것은 순전히 염라대왕 조야선의 장난기 때문이었다.

　물론 제갈효는 이런 사실은 꿈에도 모른 채 환생할 것이다. 하지만 조야선도 1800년 만의 유희에 간과한 것이 하나 있었다. 바로 제갈효가 무엇으로 환생할지는 그도 모른다는 것이다. 그것은 어디까지나 리야드에게 달린 것이기에…….

제 2 식

환생(還生)

　아무것도 없는 공간. 그러나 신성한 기운으로 가득 찬 공간. 이 공간에 검은 구슬이 하나 나타났다. 곧 이어 리야드라 불린 여신이 나타났다.

　리야드.

　생명과 조화의 여신이다. 류블라드에서 죽음을 맞은 모든 영혼들은 리야드가 관장한다. 죽음이 곧 생명이요, 생명이 곧 죽음이라. 생명과 죽음은 둘이 아닌 하나였기에 생명의 여신인 리야드는 곧 죽음의 여신이기도 했다. 그랬기에 사자(死者)의 영혼은 그녀가 관리했고, 또한 심판했다. 그리고 그녀가 가진 환생(還生)의 권능은 심판을 마친 영혼들에게 새로운 생명을 불어넣어 또 다른 삶을 심판 받은 영혼에게 선사했다. 리야드가 나타나자 아무것도 없었던 오직 무(無)만이 존재했던 공간이 세상에는 존재하지 않는 아름다움으로 가득 차기 시작했다. 곳곳에 피어나는 꽃들과 이름 모를 풀들, 그리고 여기저기 날아다니는 벌과 나비들. 아무것도 없는 단지 신성한 기운만이 존재하던 공간이 리야드의 출현과 함께 지상 낙원으로 변해 버렸다.

[그러면 이계(異界)에서 온 영혼이여, 그대의 환생을 결정하도록 하겠어요.]

리야드는 제갈효의 영혼을 살며시 쥐었다가 허공을 향해 던졌다. 그러자 허공에서 갑자기 작은 회오리 바람이 일어나며 제갈효의 영혼은 그 바람에 휘말려 어디론가 떨어졌다.

[환생의 룰렛. 이곳에서 처음 환생하는 영혼의 다음 생을 결정하는 환생의 규칙입니다. 그러면 당신은 이제 환생을 할 것입니다. 부디 뜻 있는 삶을 살아 나가시기를…….]

말을 마친 리야드는 사라졌고 그 공간도 다시 처음처럼 아무것도 없는 무의 공간으로 되돌아갔다.

제갈효의 변(辯).

흠, 어디서부터 이야기를 해야 하나? 염라대왕이라는 녀석이 손을 휘저었을 때부터 이야기하면 되겠군. 그러니까 그 염라대왕이라는 녀석이 갑자기 손을 휘저었어. 그러자 온몸이 뻣뻣하게 마비되는 듯한 느낌이 들더라구. 놀라서 염라대왕 녀석을 쳐다보니 내가 예의 그 검은 구슬로 바뀐 걸 알 수 있겠더군. 그놈의 눈동자에 비친 내 모습이 검은 구슬이었거든. 그리고는 날 어느 구멍으로 밀어넣어 버리는 거야. 뭐 아까 다른 구슬들을 처리하는 모습을 봤기 때문에 그다지 놀라지는 않았어. 그런데 잠시 후 내가 도착한 곳엔 아무것도 없었어. 환생을 시킨다더니 별 이상한 곳에 떨어뜨려 놨더군. 하지만 뭔가 기이한 기운들, 아니, 성스럽다고 해야 하나? 그런 기운들로 가득 차 있더군. 예전에 소림의 방장인 자공의 내공에서 느꼈던 기운이랑 비슷했어. 자공 녀석, 음흉한 심계와는 달리 제법 정심한 내공을 쌓았거든. 정말 수수께끼 같은 일이지. 아무튼 갑자기 이상한 곳으로 이동해서 당황해하고 있을 때 내 앞에 웬 여자가 하나 딱 나타나는 게 아니겠어? 정말 아름다웠어. 내가 산 55년의 세월 동안 장담하건데 그렇게 아름다운 여자는 보지 못했어. 아니, 인간이 저렇게 아름다울 수 있을까라는 의심마저 들더군. 그리고 그런 나의 의심은 맞아떨어졌어. 날 환생시키고 어쩌고저쩌고하는 걸 보니 분명히 신(神)일 거라구. 아니, 여자 신이니 여신인가? 아무튼 한참 나보고 뭐라고 하더니 날 살며시 집어 들어서… 그때는 기분이 정말 좋더군. 내가 살아 있으면서 느낀 어떤 느낌이나 기분보다도 부드럽고 편안했어. 환생이고 뭐고 영원히 그렇게 날 쥐고 있어줬으면 하는 생각마저 들었었다구. 영혼 구슬로 바뀌면 자아가 남는다더니 오감(五感)까지 남아 있더군. 아무튼 그렇게 기분 좋은 순간은 순식간에 끝나고 나를 집어 던지더군. 쩝, 그러더니 웬 바람이 불어와 날 휘감아 올리더라구. 그리곤 곧장 땅으로 떨어졌고. 그 땅은 아까 염라전에서 그랬던 것처럼 구멍이 생기더군. 단지 다른 거라곤 염라전의 구멍은 시꺼먼 기분 나쁜 구멍이었다면 여기 생긴 구멍은 새하얗게 빛나는 정말 기분 좋은 구멍이었어. 그리고 그 빛에 휩싸여 구멍에 떨어지는 순간 난 정신을 잃었지. 그리고 정신을 차리니 지금이야.

아무것도 안 보이고 움직일 수도 없고 단지 쿵쾅거리는 소리만 들릴 뿐이군. 이게 태아 상태라는 건가? 지금까지 내가 얻은 지식으로 생각해 보건데 분명 난 지금 태아 상태로 있는 거야. 그럼 몇 달이나 있어야 하지? 흠, 임신 기간이 270일 정도니. 쩝, 내가 수정되고 나서 얼마만에 정신을 차린 건지도 모르겠고… 흠, 그런데 몸에 아무런 감각이 없는 걸 보니 내가 생긴 지 얼마 안 된 것 같아. 수정 후 대략 3개월 정도 지나면 대충 사람 형상을 띤다고 알고 있거든. 그런데 몸에 아무런 감각이 없으니 아직은 아무것도 안 생겼다는 거고 고로 아직 수정된지 아니, 착상된 지 얼마 안 됐다는 거 아니겠어? 뭐, 뭐야. 그럼 이 상태로 아홉 달 가까이를 있어야 한다고? 그걸 지루해서 어떻게 기다려? 윽, 너무 빨리 정신을 차린 것 같네. 심심해서 그 긴 시간을 어떻게 이렇게 쿵쾅거리는 소리만 듣고 있냐고, 쩝.

내가 앞으로 9개월 가까이 태아의 상태로 있어야 한다니 이거 엄청나게 고민되는걸? 그 긴 시간 동안을 심심하지 않게 보낼 방법이 뭐가 있지? 흠, 뭐야! 아무것도 없잖아! 손발이 없는, 더구나 어머니와 몸이 연결된 태아의 상태로 할 수 있는 건 아무것도 없다구. 젠장, 머리에 쥐가 다 나는군. 뭐가 없을까? 아! 맞다! 그게 있었지. 그러면 되겠군. 응? 뭐냐고? 뭐 그리 신통한 방도는 아냐. 바로 운공이지. 이 상태로 그나마 할 수 있는 게 그것밖에 없잖아. 그런데 가만… 지금 나는 아직 몸이 다 형성이 안 된, 수정란이 세포 분열 중인 상태일 텐데. 아무리 의식이 있다지만 과연 운공이 될까? 에이, 몰라 일단 해보지 뭐. 밑져야 본전인데 어차피 지금 할 수 있는 건 아무것도 없잖아. 어? 운공이 되는걸? 흠, 몸에 감각이 없어도 이미 대충 몸의 형상이 다 만들어진 건가? 그럼 아홉 달이 아니라 여섯 달 정도만 지내면 되는 건가? 뭐 운공하다가 삼매경에 빠지기라도 하면 시간은 후딱 지나가니까 신경 끄지 뭐. 그럼 어디 혼원심법을 따라서 본격적으로 운공을 해볼까나?

뭐, 자랑은 아니지만 이 혼원심법이라는 건 정말 대단한 심법이지. 극성의 경지에 이르면 하루 열두 시진 내내 저절로 운공이 되거든. 그게 얼마나 대단한 건 줄 알아? 매일매일 쉬지 않고 내공을 쌓을 수 있는 심법이라구! 어때? 굉장하지? 그리고 효율은 어떤 다른 심법으로 3시진 걸릴 정도의 내공을 1시진 만에 쌓을 수 있지. 그것도 혼탁한 탁기를 제거한 순수한 기운만을 말이지. 정말 천하에 존재하는 가장 뛰어난 심법이지. 정심하기로는 소림의 역근세수경보다 뛰어나고 부드럽기는 무당의 태극신공보다 더욱 부드럽지. 그리고 강맹하기로는 마교의 역천혈공보다도 강맹하고. 어때? 대단하지? 뭐? 어떻게 그런 무공이 존재할 수 있냐고? 난들 아나. 다만 내가 익히고 그 사실을 말해 준 것뿐인데.

이 혼원심법은 사실 장백파라는 백두산에 있는 작은 문파의 절기야. 워낙 세상을 등지고 오로지 무공을 익히고만 사는 문파라 세상에는 알려져 있지 않지. 그리고 문도 수도 적고. 어쩌다 우연히 내가 그곳에 흘러 들어가 제자가 되어서 대성하게 된 거지. 어떻게 장백파를 찾아서 제자까지 되었냐고? 이야기하자면 긴데…….

그럼 어디 나의 파란만장한 두 가지 삶에 대해 이야기해 볼까? 그럼 운공은 언제 하냐구? 걱정 마. 지금도 운공 중이니까. 혼원심법의 또 다른 묘용이지. 운공을 하면서도 다른 생각이나 행동을 할 수 있다는 것. 그래야 하루 내내 운공할 수 있을 거 아냐. 물론 가부좌를 틀고 앉아 정신을 집중해서 하는 운공보다는 효율이 떨어지지만 충분히 뛰어난 효과를 볼 수 있지.

사실 내가 처음 태어난 곳은 대한민국이라고 불리는 나라야. 남북으로 쪼개진 아주 불쌍한 나라지. 주변 강대국 눈치만 보고 큰소리 한 번 못 치는… 그런 곳에서 난 태어난 거야. 그 나라에서 부산이라고 남동쪽 끝에 있는 그 나라 제1의 항구 도시에서 태어났지. 그리고 우리 아버지는 의사셨어. 그 나라에서는 의사라고 하면 제법 돈을 많이 버는 직업이지. 그래서 나의 어린 시절은 상당히 부유했지. 그리고 더불어 나는 아주 뛰어난 머리를 갖고 태어났어. 아이큐가 200이 넘었다구. 뭐 얼마나 머리가 좋았는지는 모르겠는데 아이큐 200 이상은 측정을 할 수 없다니 어쩌겠어. 그저 아이큐가 200이 넘는 무지막지하게 좋은 머리를 가졌구나 하고 생각할 뿐이지. 흠흠, 덕분에 아홉 살 때 한국에서 가장 좋은 대학이라는 서울대학 의예과에 입학했지(작가 주:실제 우리나라의 교육 제도 하에서는 이렇게 아홉 살에 대학교에 입학한다는 것은 불가능합니다. 다만 소설 전개상의 이유로 이렇게 설정했습니다. 독자님들의 이해 부탁드립니다). 주위에선 난리도 아니었어. 하지만 그게 꼭 좋은 것만은 아니더군. 나는 아직 아홉 살 아이인데 나에게 어른의 행동을 강요하는 거야. 물론 대놓고 그런 건 아니고 주위의 기대에 담긴 눈들이 그걸 말해 주고 있더군. 그래서 나는 주위의 기대대로 행동했지. 하지만 그건 너무 힘들었어. 차라리 의대 공부가 훨씬 쉬웠다고. 뭐, 한 번 읽거나 들은 건 웬만해서는 잊지 않으니 어려울 리 없잖아?

뭐 그래서 영어, 중국어, 일어, 독어 같은 외국어도 공부하고, 전자공

학, 기계공학, 화공학, 전기공학, 건축공학, 토목공학 같은 공학들도 공부했지. 몸을 튼튼히 하는 방편으로 합기도 도장에도 다니고. 외할아버지께 한의학도 좀 배웠어. 외할아버지께서 한의사이셨거든. 그게 가능하냐고? 가능하더라. 내가 인간 맞냐구? 맞아. 나도 내가 어쩌다 이렇게 태어났는지는 모르겠지만 남들과 무척이나 다르다는 건 알고 있었지. 내가 너무 뛰어나서. 그런데 정작 나에게 힘든 건 나이와 맞지 않게 어른스러운 행동을 하는 거였어. 공부하는 걸 좋아하기는 했지만 나 역시 한창 뛰어 노는 걸 좋아할 아이였다고.

결국 사단이 나고 말았어. 내가 열다섯 살쯤 됐을 때 그러니까 인턴 과정을 밟고 있을 때… 인격 분열이 일어난 거야. 일종의 이중인격이지만 그것과는 미묘하게 달랐어. 이중인격 또는 다중인격이라고 하면 다른 인격일 때 한 행동을 또 다른 인격은 몰라. 기억하지 못하지. 하지만 난 둘 다 기억할 뿐 아니라 두 인격 다 나라는 것도 정확히 인식하고 있었어. 흠, 그러니까 어떤 거냐 하면… 왜 네 친구들이 상황에 따라 너무 다른 행동을 하면 '에이, 이 이중인격자!' 라는 말을 하고는 하잖아. 그것과 비슷했어. 주위의 사람들과 있을 때 그러니까 의젓한 내 모습을 기대받을 때는 기대대로 하다가 그런 기대가 사라지면 열다섯 살 아이의 모습으로 돌아가 버리는 거지. 행동이든 말하는 거든… 이중인격이라고 하기에는 좀 그런가? 아무튼 덕분에 내가 죽고 난 직후에 한 행동들이 생전 나의 명성들과는 전혀 달라서 좀 놀랐을 거야. 하지만 이건 나도 어쩔 수가 없다고. 못 고치겠더라, 쩝.

그럼 내가 공부만 하고 살았냐고? 그건 아냐. 심심할 때는 무예 소설도 읽고, 판타지 소설도 읽고 하면서 지냈지. 특히 『퇴마록』이랑 『로도

스도 전기』는 재미있게 읽었었어. 그러고 보니 『퇴마록』은 혼세편을 읽다가 중간에 명나라로 떨어져 버려서… 뒤에 이야기가 어떻게 됐는 지 궁금하군. 응? 왜 이러지? 운공이 분명히 되는데 내공이 쌓이지를 않네. 이거 이상한데. 왜 이럴까? 흠.

아, 하던 이야기로 돌아가서 내가 레지던트 4년 차가 됐을 때 그러니 까 열아홉 살 6월 마지막 날이었어. 동생 생일 선물로 뭐 사줄까 하고 고민하다가 백화점을 찾아갔지. 동생만은 나에게 내 나이에 맞는 모습 을 기대했었지. 내가 공부를 잘한다느니 천재라느니 하는 것은 내 동 생에게는 아무 의미가 없었어. 그저 동생과 잘 놀아주는 오빠면 내 동 생은 족했던 거야. 그래서 난 동생과 함께 있을 때면 말로는 표현 못할 야릇한 해방감 같은 걸 느꼈지. 그러면서 더 더욱 동생과 있는 시간이 소중해졌어. 난 서울에 있었고 동생은 부산 집에 있었으니 함께할 수 있는 시간이 적었거든. 그렇게 동생은 나에게는 없어서는 안 될 아주 소중한 존재가 된 거지. 내가 그런 동생을 위한 선물을 사기 위해 찾아 간 백화점. 그래, 거기가 삼풍 백화점이었어. 한참 여기저기 기웃거리 다가 결국은 선물 찾는 걸 포기하고 동생에게 물어보려고 집에 전화해 서 동생과 통화하고 있는데 갑자기 우르릉 쾅 하더니 건물이 무너진 거야. 세상에 어떻게 백화점 건물이 무너질 수 있는지 도저히 이해가 안 가. 도대체 어떻게 되먹은 나라이고 건설 회사인지… 그 다음에는 어떻게 됐는지 염라대왕한테 이야기하는 거 들었지? 아무튼 난 그렇게 강호(江湖)라는 세계가 존재하는 시대로 떨어졌지. 아, 그런데 무림에 서 내 이름이 뭐였냐고? 뭐기는, 당연히 제갈효였지. 우리 아버지께서 지어주신 이름인데.

아무튼 그렇게 새로이 떨어진 곳이 백두산 천지였어. 쩝, 그리고 마침 근처에서 수련하던 장백파의 장문인 눈에 띄었지. 아무튼 그때는 측정이 불가능할 정도로 머리가 좋다던 나로서도 무척이나 얼떨떨했어. 생각해 봐. 과거로 갔다니. 어떻게 있을 수 있는 일이냐고? 아무튼 그렇게 장백파의 장문인과 인연을 맺게 되었지. 그 다음이야 제자로 들어가서 수련했다는 거 아니겠어. 역시 뛰어난 머리 덕분인지 진도가 빨리빨리 나갔다고. 그리고 틈틈이 의술도 배웠지. 물론 한의학이지. 할아버지께 기초는 배워뒀으니까 말야. 그렇게 6년을 수련하고 스물다섯 살이 되었을 때 출도를 했어.

내가 제일 먼저 간 곳이 어딜 거 같아? 조선이었어. 막 이성계가 나라를 세웠을 무렵이지. 하지만 그 시대의 우리나라는 확실히 보잘것없었어. 그래서 다시 발길을 돌려 중원으로 향했던 거야. 그리고 중원 유람을 시작했는데 가다가 시비가 생기면 좋게 해결하기도 하고 싸우게도 되고 이리저리 얽히면서 한 10년 보냈나? 어느새 나에게는 천무검황이라는 별호와 천하제일검의 칭호가 생겼더군. 쩝, 확실히 장백파의 무공이 뛰어나긴 한가 봐. 지금까지 우리 문파에서 중원에 출도한 것은 내가 처음이었거든.

그렇게 중원을 여행하면 있었던 일 중 가장 잊을 수 없는 게 두 명의 진정한 친우를 만난 것과 내 제자 녀석을 거둔 거야. 제자를 거둔 곳이 아마 항주였을 거야. 내가 죽었다고 울고 짜던 백리단이라는 녀석 있지. 사실 그 녀석, 거지였어. 구걸하다가 개방 녀석들에게 걸려서 무지막지하게 맞고 있더군. 그때 왜 그런 생각이 들었는지 모르겠어. 아마 녀석의 눈빛 때문일 거야. 아홉 살 정도 된 녀석이 그렇게 심하게 맞고 있으면서도 눈빛만은 살아 있었어. 그게 마음에 들어서 구해준 뒤 제 자로 삼았지.

내 유일한 제자였어. 그리고 난 결혼을 하지 않았기 때문에 가족도 없었어. 그 녀석은 내 아들이나 다름없었지. 그렇게 제자를 얻고 나니 한번 잘 가르쳐야겠다는 생각이 들더라구. 그러려면 정착해야 할 거 같고 해서 남경에 자리를 잡았어. 작은 장원을 하나 사서 거기에 들어 앉아서 제자 녀석을 가르치기 시작했지. 그렇게 한 11년 정도 가르쳐 서 녀석이 스무 살이 되었을 때 출도를 하더군. 그때 내 나이 52세였 지.

역시 내 제자답게 금세 두각을 나타내더군. 무림 후기지수 중 가장 뛰어나다는 오룡삼봉(五龍三鳳)에 꼽히는 거야. 그것도 그중 최고라더 군. 별호도 백의검룡(白衣劍龍)이던가? 녀석이 백의를 즐겨 입었거든. 사실 그것도 날 따라한 거지만 말야. 내가 백의를 즐겨 입었거든. 하긴 내가 백의를 즐겨 입었던 것도 녀석을 거둔 다음이었지. 왜인지 그 이 유는 모르겠지만 제자가 생기니 조선이 그리워지더군.

뭐, 가보고 싶었던 건 아니고 내가 원래 살던 한국에 대한 향수라고 할까? 그래서 백의를 즐겨 입게 됐어. 우리 민족을 백의민족이라고 불 렀다잖아. 그렇게 남경의 내 장원에서 홀로 한가롭게 지내는데 내 친 우 중 하나인 개방의 방주가 날 찾아왔지. 그리고 나를 두고 진행되는 구대문파의 음모에 대해 이야기해 주더군. 참, 처음 그 이야기를 들었 을 때는 어이가 없었어. 물론 친구 앞이라 담담한 척했지만 속으로는 정말 화가 끝까지 났었다구. 하지만 두 친우와 제자 아이에게 생각이 미치니 곧 진정이 됐어. 그리고 속아주기로 했지. 내가 새로운 세상에 떨어져 맺은 인연들을 지키기 위해서 말이야. 내 친구가 떠나고 이틀이 지나니 소림의 자공 대사가 날 찾아왔더군. 마교가 천하를 혈세하려 한다던가? 그래서 나보고 도와달라 하더군. 나보고 교주랑 천마호법 여덟을 맡아달라니. 알고는 있었지만 그래도 직접 들으니 명색이 정파 녀석들이 이렇게 음흉한 짓을 벌이다니 속에서 욕지기가 치밀어 오르더군. 아무리 나라지만 그들을 막으려면 죽음을 각오해야 한다는 것을 뻔히 알면서 그런 부탁을 그리 태연하게 하다니 말이야. 아니, 십중 십 나는 죽을 테지. 어려운 건 쏙 빠지고 쉬운 것만 지들이 하려고 하니, 게다가 눈엣가시 같았던 나까지 제거를 하려고 해? 하지만 천성이 착한 내가 어쩌겠어. 두 친구와 제자를 봐서 도와줬지. 뭐, 그러다가 죽은 거고. 어차피 죽을 수밖에 없는 일을 부탁받았고 나도 이미 죽을 각오를 했었으니까. 그 와중에 한 가지 소득이 있었다면 죽기 직전에 깨달은 그 검. 자연검을 깨닫고 그 기억을 가진 채 환생하게 되니 오히려 잘된 일이라는 생각도 드네 그래.

어때 제법 파란만장하지? 응? 그런데 누구한테 얘기한 거냐고? 너잖아. 여기 너 말고 누가 있다고? 엉? 네가 나라고. 내가 너고? 이거 뭐가 어떻게 된 거야? 설마 이중인격이 더 심해진 건가? 아니면 너무 심심한 나머지 내가 미친 건가? 어? 어, 뭐야. 뭐가 날 자꾸 당기는 거지? 아니, 밀리는 건가? 윽, 아직 여섯 달이 되려면 많이 남았는데 왜 이러는 거지? 윽, 아… 아파. 아……

그렇게 제갈효는 새로운 세상에 태어났다.

블루덴 력 1492년.

무척이나 화려한 방이다. 결코 쉬이 볼 수 없는 고급스러운 비단과 보석, 그리고 가구들로 치장된 방이다. 크기도 무척이나 넓어서 과연 한 사람이 사용하는 것이 맞는지 의심이 들 정도였다. 그리고 그 방의 전망이 좋아 보이는 커다란 창 옆에 이름 모를 고급스러운 비단 휘장이 둘러 쳐진 은근한 기품이 서려 있는 침대에 온화해 보이는 한 미부(美婦)가 아이를 않고 침대 머리에 기대 누워 있었다.

"귀비 마마, 왕자 마마께서 참으로 영특하게 생기셨사옵니다. 어쩜 이리도 잘생기셨는지."

아이는 태어난 지 얼마 안 된 듯 눈도 뜨지 못하고 그저 옹알이만 하고 있다. 이목구비가 뚜렷하고 찬란히 빛나는 금발이 인상적인 아이이기는 하지만 그다지 영특해 보인다고 할 수는 없을 것 같다. 다만 아이를 보고 왕자라고 하는 것을 보니 아부성 발언이 아닐지.

주변에서 뭐라고 하던 아이를 안고 있는 부인은 그저 즐겁게 웃으며 아이를 보고 있을 뿐이다. 세상의 모든 것을 가진 듯한 그런 미소를 지으면서 말이다. 그런데 귀비라 불린 것을 보니 왕비는 아니라 왕의 후궁인 모양이다. 은은하게 빛나는 금빛 머리카락에 눈보다도 하얗게 보이는 피부, 오똑한 코와 작지만 붉은 입술과 황금색의 눈동자까지. 보기 드문 미인이었다. 귀비는 자신이 낳은 아이가 세상의 전부인 듯 아이에게서 눈도 떼지 않고 그렇게 미소를 지으며 계속 바라보고 있었다.

'응, 이게 무슨 소리지? 무슨 알아듣지 못할 말들을 이렇게… 으, 눈이 안 떠지네. 이제 갓 태어나서 그런가?'

제갈효가 정신을 차렸다. 태어나는 순간의 고통을 참지 못하고 실신했었던 모양이다. 전생에 천하제일인이라 불렸던 인물이 태어나는 고통을 참지 못하고 실신했다라. 참으로 웃음이 절로 나올 이야기다. 아니, 그만큼 한 생명이 태어난다는 것은 아기나 어머니에게나 엄청난 고통을 수반하는 성스러운 일이라고 해야 할까? 태어난 지 얼마 되지 않아 눈을 못 뜨는 듯하였지만 제갈효는 그동안의 답답함에서 벗어나려는 듯 바둥거리기 시작했다.

"국왕 전하 드십니다."

그때 방 밖에 서 있던 시종의 소리가 들렸다. 아무래도 새로 태어난 자신의 아들을 보러 국왕이 직접 온 것 같다. 시종의 소리에 방 안에 있던 시녀들은 서둘러 움직여 문 앞에서 고개를 숙이고 공손한 자세로 있었고 귀비 역시 복장을 정제하며 다소곳이 앉았다.

"허허, 부인. 참으로 수고 많았소이다. 그래, 그 아이가 이 나라의 제5왕자이오? 어디 한번 봅시다. 참으로 잘생겼군 그래, 그대를 쏙 빼닮은 것 같소이다."

아이를 안아 든 국왕은 기쁨이 넘치는지 입에서 웃음이 떠날 줄을 몰랐다.

"내 이 아이가 태어났다는 이야기를 듣고 이름을 곰곰이 생각해 지어왔다오. 자일론(Zylon)이라고 지었으면 하는데 부인 생각은 어떻소이까?"

아이가 태어났다는 소리에 직접 이름까지 생각해서 찾아온 국왕이었다. 제5왕자라 하면 이미 아들이 네 명은 더 있다는 소리인데 새 아들이 태어났다는 소리에 이름까지 지어서 부인을 찾아오다니 국왕이

이 귀비를 얼마나 총애하는지 알 수 있었다.

"참으로 좋은 이름이옵니다, 전하. 전하의 뜻대로 하십시오."

"그래요? 그럼 지금부터 넌 자일론 폰 카이렌이다. 하하하."

국왕은 아이를 높게 안아 들고서는 입이 귀에 걸린 채 크게 웃었다.

'젠장, 뭐가 이리 시끄러워. 무슨 소리인지 도통 알아들을 수도 없고. 이곳의 언어인가? 사람들이 제법 있는 것 같은데 도무지 시끄러워서 듣고 있을 수가 없네.'

제갈효는 방 안이 시끄러운 것이 불만인지 궁시렁거렸다. 아무래도 국왕의 목소리가 제갈효에게는 제법 크게 들리는 모양이었다. 한참을 아이를 안아 들고 인자한 미소를 지으며 귀비와 이야기를 나누던 국왕이 나가고 아이는 다시 귀비의 품에 안겼다.

일리나 에르시안.

귀비인 그녀의 이름이다. 그녀가 사는 대륙에서 가장 긴 강이자, 이곳 카이렌 왕국의 중앙을 흘러가는 강 일리나의 이름을 가진 여인이다.

카류일 폰 카이렌.

조금 전에 나간 국왕의 이름이었다. 이곳 카이렌 왕국의 현재 국왕이다. 그는 한 명의 왕비와 두 명의 후궁을 두었는데 일리나는 제2후궁이었고 지금 그녀가 안고 있는 자일론이 그녀의 첫 아이였다.

카류일 국왕은 왕비에게서 3남 1녀를 제1후궁에게서 1남 2녀를, 모두 4남 3녀의 자식을 두고 있었다. 이제 자일론까지 모두 5남 3녀의 자식을 두고 있는 것이다. 제1왕자는 왕비 소생으로 현재 여덟 살의 로이드 폰 카이렌, 제2왕자는 제1후궁 소생으로 일곱 살의 게일 폰 카이렌, 제3왕자는 다섯 살로 왕비 소생의 사이어 폰 카이렌, 제4왕자 역시 왕비 소생으로 세 살이며 이름은 테일러 폰 카이렌이다. 공주는 왕비 소생의 제1공주 마리엔 폰 카이렌으로 현재 열한 살이고, 제2공주와 제3공주는 제1후궁 소생으로 각각 여덟 살과 네 살로 이니아 폰 카이렌과 레노아 폰 카이렌이다.

제갈효가 태어난 지 얼마의 시간이 흐르자 드디어 제갈효는 눈을 뜰 수 있었다. 아무것도 보이지 않고 오직 소리만이 들리는 답답함에서 벗어난 제갈효는 눈을 뜨자마자 두리번거렸다. 자신은 좀 낮은 곳에 있는지 멀리 위쪽으로 금빛의 머리카락이 인상적인 아름다운 여인이 앉아 있었고 그녀 주변으로 시녀인 듯 보이는 사람들이 바쁘게 움직이고 있었다. 이곳의 복색은 현대에 있을 때 읽었던 책 속에 설명된 유럽 중세의 그것과 비슷하다는 생각을 하며 제갈효는 계속 다른 곳으로 눈을 돌렸다.

그러다가 자신의 손을 보고 제갈효는 온몸이 딱딱하게 굳었다. 아무것도 생각하지 못하고 지금 자신이 꿈을 꾸는 것은 아닌지 다시 생각해 보았다. 어디라도 꼬집어 확인을 해보고 싶었지만 꼬집을 수가 없었다. 제갈효는 눈을 질끈 감고는 고개를 이리저리 흔들었다. 지금 이게 꿈이라면 어서 빨리 깨어나라는 듯이. 그렇게 한참을 고개를 흔들다가 다시 눈을 떴다. 그리고 다시 자신의 팔을 쳐다보았다.

그리고 그는 절망에 빠졌다. 그러나 이내 다시 포기할 수 없다는 듯이 고개를 번쩍 들고는 필사적으로 방 안을 두리번거리기 시작했다. 무언가를 찾아서 확인하겠다는 듯이. 그리고 그가 찾는 것을 발견했는지 반색을 했다. 그리고는 눈에 힘을 집중해서 좀 더 자세히 보려는 듯이 그것을 뚫어지게 쳐다보았다. 제갈효가 눈에 힘줘가며 보는 것은 귀비의 화장대에 있는 거울이었다. 한참을 그렇게 보다가 결국 자신이 비친 모습을 확인한 듯 제갈효는 몸을 부르르 떨었다.

'젠장, 이게 뭐야! 이건 말도 안 돼! 이럴 수는 없다고! 이 망할 염라 대왕 같으니!'

마음속으로 절규하며 절망의 나락으로 빠져드는 제갈효였다.

이제 세 살쯤 되었을까? 커다란 금빛 눈동자와 가지런히 길러 뒤로 묶은 금발, 오똑한 코, 그리고 도톰하고 앙증맞은 입술까지. 누가 보더라도 잘생겼다고 찬탄할 만한 아이가 커다란 궁궐에서 걸어가고 있다. 그리고 그 아이의 호위기사인 듯한 사내 하나가 조용히 뒤따르고 있었다. 아이가 지나갈 때마다 주위에 있던 사람들은 서둘러 허리를 숙이며 인사했다.

이 아이가 자일론 폰 카이렌, 어느새 세 살이 되어 있었다. 자일론을 보며 사람들이 영특하게 생겼다고 한 것이 헛말이 아닌 듯 자일론은 또래 아이들보다 뛰어난 오성(悟性)을 보여줬다. 이제 세 살인 아이가 말하는 것이라고는 믿어지지 않을 정도로 어휘나 문장의 서술에 막힘이 없었으며 한 번 본 것은 절대로 잊지 않아 사람들이 절로 놀랐다. 이런 자일론을 볼 때마다 그의 어머니인 일리나는 늘 따사로운 미소를 지었고 그의 아버지인 카류일 국왕 역시 흐뭇한 미소를 지었다.

자일론은 지금 어머니인 일리나와 있다가 자신의 방으로 돌아가는 길이었다. 어느새 방문이 보이기 시작했다. 방문이 보이자 자일론은 걸음을 빨리 하더니 어느새 뛰기 시작했다. 그의 호위기사는 그런 자일론의 속도에 맞춰 성큼성큼 빠르게 걸었다. 방문 앞에 도착한 자일론은 문을 벌컥 열고는 뛰어들어 가 어떤 은빛으로 빛나는 물체를 꼭 끌어안았다.

"케트로이드, 나 보고 싶었지? 난 엄청 보고 싶었는데… 어마마마만 계셨으면 너도 데리고 갔을 텐데, 왕비 마마랑 티라나 귀비 마마께서도 계셔서 널 혼자 남겨두고 갔어. 이해하지? 나 없는 동안 심심하지 않았어?"

자일론이 케트로이드라고 부른 은빛 물체는 살아 있는 생물이었다. 온몸이 새하얀, 아니, 은빛의 털로 덮힌… 개? 아니, 늑대? 아무튼 그런 동물이었다. 자일론이 끌어안자 답답한 듯 어떻게든 자일론의 손에서 벗어나려고 발버둥을 치는 케트로이드였지만 자일론은 그런 것은 무시한 채 더 힘주어 꼭 끌어안을 뿐이었다. 하지만 케트로이드는 자일론이 끌어안고 있는 게 답답해서 이리저리 움직이는 것뿐. 자일론을 좋아하는지 두 눈빛만은 따뜻했다.

곧 자일론은 케트로이드를 놓아주었고 그 옆에, 아니, 정확히는 케트로이드를 베고는 누워버렸다. 케트로이드는 그런 자일론이 불편하지 않게 가만히 엎드려 최대한 자일론이 편히 있을 수 있는 자세를 취해주었다. 그렇게 싱글벙글 웃으며 누워 있던 자일론의 눈꺼풀이 서서히 내려오는 듯하더니 어느새 잠이 들었다.

자일론이 완전히 잠들자 옆에서 가만히 서 있던 호위기사가 다가와 자일론을 안아 들고는 침대에 눕혀주었다. 케트로이드는 침대 위로 훌쩍 올라가 자일론의 머리맡에 조용히 엎드려 자일론을 물끄러미 쳐다보고 있었다. 케트로이드의 그런 행동이 평상시 하는 익숙한 행동인지 호위기사는 아무런 제지도 하지 않고는 문 앞으로 가서 조용히 서 있었다.

자일론을 물끄러미 보고만 있는 케트로이드의 눈은 마치 상념에 잠긴 사람의 그것마냥 깊게 가라앉아 있었다.

제갈효의 변(辯).

아, 이 모습으로 환생한 지도 어느새 3년이나 지났군. 처음에는 무척 놀랐지만… 이젠 어느 정도 익숙해졌어. 세상에… 어떻게 개로 환생할 수가 있냐고, 개로… 정말 어이가 없어서. 처음 눈을 뜨고 내 팔을 봤을 때 왠지 낯설더군. 왜 그런가 하고 자세히 보니 그건 사람의 팔이 아니었어. 내 기억에는 개의 앞다리였지. 정말 깜짝 놀랐었다구. 그래서 서둘러 방에서 거울을 찾아보니… 역시나 내가 개로 환생했더군. 눈을 뜬 지 얼마 안 돼서 멀리 떨어진 거울에서 내 모습을 확인한다고 힘들었지만 말이야. 거울에 비친 내 모습은 두 눈을 똘망똘망 뜬 아주 귀~여운 강아지였지, 쩝.

아무튼 그 사실을 알고 한 일주일 정도는 정말 공황 그 자체였어. 난 지금까지 환생이라는 게 사람으로의 환생일 거라 철썩같이 믿고 있었거든. 그런데 개라니… 뭐 시간이 지날수록 다행이라는 생각도 강하게 들더라고. 하루살이 같은 곤충이 아닌 그나마 개로 환생했다는 사실이 말야. 그런데 내가 태어났으면 분명히 나의 어미 개가 존재할 텐데 난 혼자 방에 놓여 있었어. 아니, 아주 아름다운 금발의 부인이랑 아주 귀여운 금발의 갓난아기도 같이 있는 방이었지만 개는 나 한 명, 아니, 나 한 마리뿐 다른 개는 찾을 수가 없었다구.

도대체 어찌 된 건지 알 수가 있어야지. 뭐 내가 눈 뜬 지 한 열흘

쯤 지났을 땐가? 웬 풍채 좋은 중년인 한 명이 커다란 은빛 개 두 마리를 데리고 이 방에 들어오더라고. 그리고 그 큰 개 두 마리는 나에게로 오고 그 중년인은 아이와 부인에게로 갔어. 그 개 두 마리가 나를 핥으면서 나에게 뭐라고 하는데 신기하게 뜻이 통하는 거야. 이야, 내가 개의 말을 하게 되다니… 아니, 나 개였지. 아무튼 그래도 너무 신기했어. 인간으로 55년을 살다가 그 기억을 가지고 이렇게 동물로 환생하니 말이지. 아무튼 그 두 마리는 나의 부모님이었어. 이름이 아버지는 카울로, 어머니는 사브린이라고 하던데 정말 신기한 것은 인간이 지어준 이름을 그들이 정확히 알고 있었다는 거지. 그들이 나를 보자마자 케트로이드라고 부르는 것만 봐도 이미 나의 이름을 알고 있는 것 같았고 말이야. 살아 있을 때 개가 영리한 동물이라는 것은 알고 있었지만 설마 인간이 자기들을 뭐라고 부르는지까지 알고 있었다니… 난 정말 놀랐다구. 아무튼 그렇게 처음 대면하게 된 부모님과 잠시 동안 이야기를 나눌 수 있었어. 개는 사람과는 달리 태어나서부터 서로 의사 소통을 무리없이 할 수 있더라구. 인간은 언어라는 것을 상당한 시간을 들여 배운 이후에나 가능한데 말이야. 내 어머니는 날 보자 무척이나 안심하는 기색이었어. 날 낳고 얼마 되지 않아 사람들이 와서는 날 데리고 가버렸다나? 나 말고도 형이 하나 있다고 하더군. 그리고 그 형은 이 나라의 제1왕자인 로이드 폰 카이렌에게 가 있다는 거야. 나에게도 형제가 있다는 사실이 새로웠지. 그리고 제1왕자라는 말에서 막연히 부잣집일 거라 생각했던 이 집의 주인이 한 나라의 왕이라는 사실을 알 수 있었지. 그렇다면 저기 있는 저 귀여운 아이도 왕자일 거고 그럼 저 중년인이 왕인가?

그렇게 이 이야기 저 이야기를 주거니 받거니 하고 있는데 그 중년인이 방을 나가려는 거야. 그러니 같이 들어왔던 내 부모님들도 따라서 나갔어.

태어나서 처음 본 데다가 얼마 안 있어 중년인을 따라나가 버려서 크게 감동은 없을 것 같았는데 그래도 비록 개지만 나를 낳아준 존재를 보게 되니 가슴 한켠이 뭉클하긴 하더군.

뭐 태어나서 얼마 되지도 않아 어미와 떨어졌으면 어떻게 젖을 먹었겠냐고 하겠지만 이 방에 있는 시녀들이 때가 되면 알아서 작은 젖병을 물려주더라고. 그때 난 생각했지. 이 방의 주인이 제법 부자인 모양이구나라고. 설마 왕의 아내인 줄 상상이나 했겠어? 아무튼 그렇게 내 주위 상황과 나에 대해 명확히 인식하고 현실을 받아들인 다음에 내가 가장 먼저 한 일은 이곳의 언어를 익히는 것이었어.

개 주제에 왜 사람의 언어를 익히느냐고 하겠지만 앞서 말했지만 난 분명히 전생에 사람이었고 또 그 기억을 그대로 가지고 있다고. 내가 전생의 기억을 잃었으면 모르지만 분명히 똑똑히 가지고 있는 이상 육체는 개의 형상이되 정신은 결코 그럴 수 없다는 것이지. 바로 사람의 의식 세계를 가졌으니까. 그런데 내가 살던 세계에도 이런 개가 있었을까? 갑자기 궁금해지네. 아무튼 마침 내가 있는 방에 갓난아이가 있어서 언어를 익히는 건 그리 어렵지 않았어. 갓난아이가 있으면 계속 말을 해주고 말시키는 거 알지? 빨리 말을 배우게 하기 위해서 그러는 거지.

뭐 난 전생의 기억뿐 아니라 전생의 아이큐도 그대로 가지고 온 거 같더라구. 비록 전생의 기억은 가지고 있지만 일단 나의 뇌는 개의 그

것인데 그 성능은 그렇지 않더군. 내가 천재 소리 들으며 살 때와 하등 차이가 없었어. 이건 정말 불가사의한 일 중의 하나야. 아이가 말을 배워가는 거랑 거의 비슷하게 나도 이곳의 언어를 모두 익혔으니까 말야. 물론 구강 구조상 말을 할 수는 없지만 사람들이 하는 말은 알아들을 수는 있지.

그리고 나서야 난 궁금증이 조금 풀렸어. 일단 이곳이 어디고 어떤 곳인지가 제일 궁금했거든. 뭐 염라대왕의 말들을 곰곰이 생각해 보면서 유추해 본 결과 두 가지 추측을 할 수 있었지.

이곳은 고도로 과학 문명이 발전한 곳이 아닐까가 그 첫 번째였어. 염라대왕이 차원 이동 어쩌구저쩌구 했던 걸로 미루어서 말이지. 그리고 두 번째는 이곳이 마법이 존재하는 세계가 아닐까 하는 거였지. 나의 짧은 지식으로 미루어서 차원 이동은 고도로 발달된 과학 아니면 판타지 소설에나 나오는 마법으로나 가능할 거 같았거든. 그 왜 로도스도 전기에서 하이 엘프들이 사는 숲. 그것도 일종의 이차원이었잖아. 그런 추측을 가지고 살다가 뭐 사람들의 복색으로 봐서 두 번째 쪽이 유력했지. 말을 알아듣게 되자 확신을 가졌어.

이곳은 판타지 소설에 나오는 그런 세계이구나! 라고…….

사람들의 말 중에 궁정 마법사 어쩌구저쩌구 하는 말들이 있었으니까 이곳에는 마법이 존재한다. 그리고 차원 이동은 마법으로도 시도할 수 있는 것이다. 고로 여기는 판타지 소설 속에 나오는 그런 세상이다. 라는 어설픈 추리를 했던 거지.

그렇게 말을 익힌 후 내 주변을 파악할 수 있었지. 우선 지금 침대에 누워서 세상 모르고 자고 있는 이 꼬마 녀석, 이름이 자일론 폰 카이렌. 이 나라의 다섯 번째 왕자야. 나이는 물론 생일도 나랑 같다더라구. 그 덕에 이 녀석이 나의 주인이 되었지만 말야. 이 아이는 처음 봤을 때부터 너무 귀여웠어. 정말 깨물어주고 싶을 정도였다고. 하지만 진짜로 깨물지는 않는다구. 왕자님을 깨물었다가는 난 당장 보신탕 되게?

그리고 처음 내가 봤던 그 아름다운 부인은 일리나 에르시안. 자일론의 어머니이자 이 나라 국왕의 두 번째 후궁이지. 이 나라에서는 왕비만이 카이렌이라는 왕족의 성을 쓸 수 있기에 후궁인 일리나는 그냥 원래의 성인 에르시안을 쓴다고 해. 하지만 후궁의 자식들 역시 정당한 왕위 계승자로 인정을 받는다고 하더군. 그 외 여러 사람들이 있는데 난 지금껏 이 궁의 정원이랑 자일론과 일리나의 방만 왔다 갔다 해서 잘 몰라. 시녀랑 시종들은 워낙 많아서 일일이 외우기 귀찮고 또 자주 바뀌고 해서 말야.

아, 맞다. 지금 저기 문 앞에 서 있는 녀석이 자일론의 호위 기사인 뷰트 이라나스. 왕궁 근위기사단 소속이라더군. 자일론이 태어나는 그 순간 자일론의 호위기사로 임명됐다나 봐. 한순간도 떨어지지 않으니. 아, 그리고 자일론 호위기사는 한 명 더 있어. 메케인 바라바나라고… 이 둘이서 이 교대로 자일론을 호위해. 한시도 떨어지지 않으니 적어도 둘이서 이 교대 근무는 해야겠지. 그들도 사람인데 사생활이 있을 거 아냐.

이게 내가 환생해서 지금까지의 이야기야. 사실 너무 무료한 일상이라구. 3년이면 개는 몸이 다 자란다는 것 정도는 알고 있지? 난 지금 자일론보다도 크다구. 그리고 계속 크고 있는 거 같아.

아, 그리고 내가 환생한 이 세계는 이상하게도 기가 아주 충만해. 내가 살았던 지구와는 비교할 수 없을 정도로. 태아일 때부터… 개도 태아라고 하나? 아무튼 그때부터 운공을 했었는데 태어난 이후에도 심심할 때마다 계속했어. 뭐 자일론이랑 놀아줄 때 말곤 계속했지. 아, 조금 전에 자일론이 외출했을 때도 운공을 하고 있었어. 물론 사람들이 안 보이는 곳에서. 이 궁에 나만의 비밀 장소가 몇 군데 있거든. 개의 상태로 운공하다가 지나가는 사람 발에 걸리기라도 해서 주화입마라도 되면 끔찍하다구. 물론 혼원심법은 좀처럼 주화입마에 들지 않는 아주 안정적인 심법이지만 만약의 만약을 대비해야 하니까.

그렇게 3년이 지나니까 어느새 삼화취정에 오기조원의 경지를 넘었어. 내공 수위도 벌써 삼 갑자에 달했고. 참나, 삼 갑자의 내공을 지닌 개라… 무림에 있는 사람들이 들으면 기절초풍할 이야기로군. 아, 그러고 보니 개의 몸에도 단전은 있더군. 상단전, 중단전, 하단전 모두 말야. 정말 신기했어. 지금은 일단 하단전만 사용하고 있어. 아직 내 경지로는 상단전과 중단전은 무리더라구. 뭐, 지금 이 정도도 내가 무림에 있을 때에 비해 약간의 손색만 있는 정도니까 충분히 대단한 결과지. 수십 년의 수련으로 쌓은 경지를 단 삼 년 만에 따라잡은 거나 다름 없으니 말야. 혼원심법의 묘용(妙用)에 이곳의 충만한 기 덕분이지 않은가 하고 생각해.

사실 비교해 보면 기의 밀도 자체가 이곳이 거의 지구의 열다섯 배 정도니까 말야. 어느 정도로 충만한지 알겠지? 하지만 이것도 이제 슬슬 지겨워지고 있어. 육신이 개다 보니 초식 수련은 전혀 못하고 오로지 내공만 쌓고 있으니 이제 지겨워질 때도 됐잖아? 그러고 보니 자일론이 다섯 살이 될 때부터 공부를 시작한다는데… 어서 빨리 자일론이 다섯 살이 됐으면 좋겠어. 그러면 나도 따라가서 적어도 심심하지는 않을 거 아냐. 그리고 이 세계에 대한 지식도 배우고. 아무튼 요즘 너무 따분한 나날이야.

이렇게 나는 제갈효가 아닌 '케트로이드' 의 인생, 아니, 견생(犬生)에 점점 더 익숙해지고 있어. 사실 이 새로운 세계는 어떤 곳일까? 과연 마법이란 게 어떤 것일까라는 궁금증으로 난 지금 정말 가슴이 두근거리고 있다구.

뭐든 새로운 것을 경험한다는 것. 그것만큼 신나고 흥분되는 일이 있을까? 내 앞에 펼쳐진 미지의 세계를 하나하나 알아간다는 것. 그 하나만으로도 난 내가 전생의 기억을 간직한 채 환생할 수 있었던 것에 감사해.

이 짜릿한 흥분을 이 신선한 경험을 할 수 있게 됐으니까. 사실 처음 무림에 떨어졌을 때도 적응한 이후에는 무공이라는 세계에 대한 그리고 무림이라는 세계에 대한 기대로 온몸을 흐르는 짜릿한 전율과 흥분에 부르르 떨었었거든.

다만 걱정이 되는 건… 나의 수명이지. 내가 알기론 개의 수명은 길어야 15년. 내 주인인 자일론은 이 나라의 왕자. 과연 내가 죽기 전에 자일론과 궁 밖으로 나갈 수 있을까? 내 전생에서의 지식으로는 왕족은 아주 귀하게 자라서 궁 밖에 나가는 일이 드물다고 알고 있는데 이 세계에서도 그렇겠지? 그게 걱정이야.

과연 내가 죽기 전에 세상 구경이나… 아니, 이 나라의 수도—왕궁이 있는 도시니 이곳은 이 나라의 수도—구경이나 할 수 있을까?

이런, 나도 졸음이 몰려오네. 눈꺼풀이 무거워져. 아, 흐음…….

그렇게 제갈효, 아니, 케트로이드는 자일론의 머리맡에서 살며시 잠
에 빠져들었다.

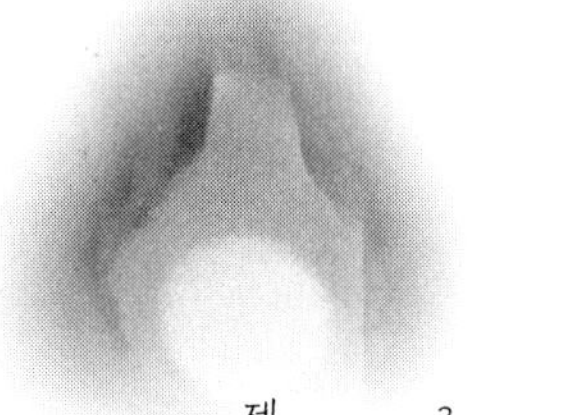

류블라드
(Ryubllad)

류블라드(Ryubllad)

블루덴력 1497년 5월의 어느 날.

"이제 나도 오늘부터 공부라는 걸 하는 건가? 그럼 가자, 케이!"

자일론은 올해로 다섯 살이 되었다. 3일 전이 그의 다섯 살 생일이었으며 성대한 생일 파티를 했었다. 그리고 오늘부터 자일론은 제대로 된 공부를 시작하게 된다. 어린 자일론은 그 공부라는 것이 기대되는지 초롱초롱한 눈을 하고는 아주 기분 좋은 표정으로 방을 나가 달려가기 시작했다. 궁 안에서는 뛰면 안 된다는 예절 교육은 이미 충분한 개구쟁이로 성장한 자일론에게는 전혀 소용이 없었다. 그런 자일론을 호위하는 것이 임무인 호위기사 뷰트는 기사라는 신분으로 뛰지는 못하고 빠른 걸음으로 성큼성큼 걸으며 뒤쫓고 있었다. 물론 얼굴은 난감하다는 표정으로 가득 차 있었다.

그 뒤로 이제는 자일론보다도 큰 은색 개가 뒤따르고 있었다. 바로 제갈효의 환생 케트로이드였다. 더 어릴 때는 꼬박꼬박 케트로이드라 부르던 자일론은 이젠 그게 귀찮았는지 그냥 케이라고 불렀다. 케이는 약간 빠른 걸음으로 성큼성큼 걸었지만 아직 아이인 자일론이 달려가는 속도와는 비슷한 속도로 갈 수 있었다.

오늘이 기대가 되기는 내심 케이도 마찬가지였다. 드디어 이 세계에 대해 본격적으로 배우게 됐기 때문이다. 케이는 여전히 새로운 것을 알아가는 것은 신나는 일이라 생각하며 자일론을 따라가고 있었다.

이 년 전쯤 케이는 스스로의 수명에 대해 걱정하고 있었다. 새로운 세상을 보고 싶고 전혀 새로운 문물을 접하고 싶은데 왕족 소유의 개로 태어난 자신이 과연 궁 밖으로 나갈 수 있을까라는 것 때문에 개의 짧은 수명이 걸렸던 것이다. 하지만 그것은 기우에 불과할 뿐이었다.

어느 날 운공을 하다가 불현듯 깨달은 것이다. 자신은 비록 싸우다가 죽어 55세의 많지 않은 나이로 죽었지만 내공이 경지에 이르면 수명이 어느 정도 늘어난다는 사실을 깨달았기 때문이다. 케이는 이미 오기조원을 이루어 조화경(造化境)에 이르렀기 때문에 적어도 30년은 너끈히 살 수 있었다. 그 정도면 자일론도 어른이 되어 궁 밖으로 나갈 테니 세상 구경 할 시간은 충분했다.

그걸 깨닫자 케이는 마음에 여유가 생겼고 조용히 주변을 즐기면서 시간이 흐르기를 기다렸다. 그러나 개의 생이 이렇게 지루한 것일 줄이야. 정말로 지루했다. 그가 살던 현대에서는 개팔자가 상팔자라고 했지만 그에게 있어서는 그저 지루하고 따분한 생(生)일 뿐이었다. 그 때야 인간의 삶이 얼마나 재미있고 살 만한 것인지를 깨달은 케이는 다시금 인간이 아닌 개로 환생한 것이 안타까웠다.

케이가 그렇게 지난 상념에 잠기며 걸어가기를 얼마간 어느새 자일론이 앞으로 공부할 방에 도착해 있었다. 실상 어린 자일론을 배려해서 그의 공부방을 침실과는 그리 멀지 않은 곳으로 정했기 때문에 걸린 시간은 얼마 되지 않았다. 깊은 상념에 잠겼던 케이가 깨닫지 못했을 뿐. 방 안에 들어서니 방 좌우로 들어선 서가에는 책이 빽빽하게 꽂혀 있었고 방 가운데에 책상 하나와 맞은편에 작은 교탁 비슷한 단상과 흑판이 준비되어 있었다.

'흠, 이 세계에도 흑판이 있군. 역시 가르칠 때는 흑판을 쓰는 게 가장 편리하기는 하지.'

흑판을 보며 케이는 잠시 자신이 살았던 현대의 지구에서 일들을 떠올리며 슬며시 미소를 지었다. 그때 앞으로 자일론을 가르칠, 아니, 그들은 인식하지 못하겠지만 케이도 같이 가르치게 될 선생이 들어왔다.

"안녕하십니까? 자일론 왕자 마마. 제가 앞으로 왕자님을 가르칠 메이키론이라고 합니다. 앞으로 제게 우리나라와 대륙의 역사, 지리, 문화, 신학, 예법, 수학, 문학, 철학 등을 배우시게 될 것입니다. 앞으로 잘 부탁드리겠습니다."

자일론은 메이키론에게 정중하게 인사한 후 책상에 앉았고 메이키론은 서가에서 책을 한 권 빼서 자일론에게 주었고 책상의 서랍을 열어 노트와 펜, 잉크를 꺼내주었다. 이곳은 자일론을 위해 준비된 공부방이라 공부에 필요한 모든 도구를 갖춰놓고 있었다.

자일론을 가르치게 된 메이키론은 카이렌의 수도 라디칼에 있는 카이렌 왕립학교의 명예교수였다. 젊어서부터 대현자라 불릴 정도로 지

헤로웠으며 전 대륙에 명성을 떨쳤다. 나이가 들어서는 카이렌 왕립학교의 교수로서 학생들을 가르치는 데 힘쓰다가 노년에 교수 자리에서 물러나려 했으나 학교 측의 간곡한 부탁으로 명예교수로 남아 있다가 자일론을 가르치기 위해 궁으로 들어온 것이다. 젊어서부터 대현자라 불린 만큼 그는 거의 모든 제반 분야에 대해 해박했다. 이것저것 많이 아는 사람치고 깊고 자세히 아는 사람은 없다고 했지만 그는 그런 범인의 범주는 이미 넘어서 그가 다루는 대부분의 분야에서 뛰어난 능력을 선보였다. 그런 대륙의 석학이 자일론을 가르치게 된 것이다.

곧 수업이 시작되었다. 수업이 시작되자 자일론과 케이 모두 두 눈을 반짝 빛내며 뚫어지게 메이키론을 쳐다보았다. 메이키론은 그런 자일론을 보고 흐뭇한 웃음을 지으며 수업을 시작했으나 곧 자신을 뚫어지게 바라보는 개, 케이의 존재를 의식하고는 잠시 당황해했다. 그러나 수업은 지장없이 진행되었고 케이는 자신이 살아갈 새로운 세계에 대해 지식을 하나하나 쌓아가기 시작했다.

케이가 살게 된 이곳은 류블라드라는 이름을 가진 행성이었다. 이곳의 사람도 자신들이 사는 행성이 둥글다는 것을 알고 있었으며, 류블라드는 크게 두 개의 대륙으로 이루어져 있었다. 현재 자일론이 제5왕자로 있는 카이렌 왕국이 속한 블루덴 대륙과 블루덴 대륙의 서쪽의 그린젬 대륙이었다. 두 개의 대륙이라고는 하나 다른 땅들에 비해 커다란 두 개의 땅이라는 의미일 뿐. 실상 그린젬 대륙의 크기는 블루덴 대륙의 1/4보다 조금 큰 정도에 불과했다.

그밖에 세 개의 커다란 섬이 존재했는데 블루덴의 북서쪽에 있는 드래곤의 섬, 그린젬의 서쪽에 있는 니아 섬, 그리고 블루덴의 남쪽에 위

치한 알류 섬이었다. 물론 크고 작은 섬은 수없이 많았지만 지도에 표
시될 만한 크기의 섬은 그 세 곳이 전부였다. 선원들이 가지고 있는 해
도에는 작은 섬들도 정밀하게 표시되었지만 세계지도는 그렇게까지 세
밀하지 못했다. 니아 섬은 섬이자 국가로 니아라는 하나의 나라였다.

그리고 그린젬 대륙은 세 개의 왕국이 있었는데 북쪽의 이스 왕국
남쪽의 로컬트 왕국 그리고 그 두 나라의 서쪽에 맞닿아 있는 에덴 왕
국이었다.

블루덴 대륙에는 크게 두 개의 제국과 다섯 개의 왕국, 하나의 성국(聖
國) 그리고 하나의 연합국이 존재했다. 블루덴 대륙 북쪽의 후디스 제국
과 남쪽의 마케인 제국은 류블라드의 2강(强)으로 대륙에서 가장 큰 힘
을 가졌다.

다섯 개의 갤스 제국 서쪽에 위치한 미도스 왕국, 그리고 후디스 제
국과 마케인 제국 사이에 끼어 있는 카이렌 왕국 그리고 마케인 제국
의 북동쪽에 위치한 마다가스 반도에 위치한 3국으로 디아스 왕국, 포
카트 왕국, 마오 왕국이 있었다.

성국이란 종교의 황제인 교황이 사는 곳을 중심으로 일정한 범위를
그의 영토로 인정한 일종의 종교 국가였는데 카이렌과 후디스의 사이
에 작게 위치한 헤이트론 성국이 존재했다.

하나의 연합국은 후디스, 카이렌, 마케인 삼국과 국경을 접하고 있
는 훈트 연합국으로 알, 에이스, 베론, 모르간, 무아브, 헤른, 로피탈,
그람의 8개국이 연합하여 이루어진 국가였다. 그중 알, 에이스, 베론,
모르간, 무아브 이 다섯 개의 나라가 훈트 반도에 위치하고 있어 훈트
연합국이라 이름하여 연합국을 형성한 후 헤른과 로피탈, 그람도 합류

하여 현재의 연합국을 이루게 되었다.

　류블라드에 대한 메이키론의 긴 설명을 듣는 동안 자일론은 연신 눈을 빛내고 탄성을 터뜨리며 고개를 끄덕였다. 케이는 그런 메이키론의 설명에 이곳 류블라드가 생각보다는 훨씬 작은 행성이라는 것을 알게 되었다.

　따스한 햇살이 내리쬐는 오후, 궁 밖의 정원에는 나비들이 한가로이 날고 있고 벌들은 꽃에서 꿀을 모으느라 분주하다. 궁 안의 시종과 시녀들은 제각기 할 일을 찾아 바삐 움직여 정원의 한가로운 모습과는 대조를 이루었다. 그리고 이곳 자일론의 공부방에서 자일론은 공부에 열을 올리고 있었고, 케이 역시 진지한 눈빛으로 메이키론의 수업을 듣고 있었다. 물론 메이키론과 자일론은 케이가 수업을 듣고 이해하고 있으리라고는 꿈에도 생각하지 못했다.

　지금 메이키론은 류블라드 대륙의 여러 종족과 특징적인 동식물에 대한 도감을 펼쳐 놓고 수업을 준비하고 있었다. 새로운 땅의 새로운 종족이란 케이에게 있어서 너무도 짜릿한 흥분으로 다가왔다. 특히 지능을 지닌 종족이라고는 인간뿐인 지구에서 살다가 환생한 케이에게 있어서 이곳의 여러 종족 이야기는 차라리 신나고 흥미 있는 옛날이야기 같은 것이었다.

　"흠, 자일론 왕자님, 오전의 수업 내용은 모두 이해하셨나요? 우리가 사는 이곳 류블라드에 대해서 아는 것이 가장 중요합니다. 오전에는 대략적인 지리를 가르쳐 드렸는데 특별히 어려운 부분은 없었는지요?"

　"아니에요, 메이키론 스승님. 너무도 재미있게 잘 공부했습니다. 어려운 부분도 없었구요. 오후부터는 종족에 관해 공부한다고 말씀하셨었죠? 빨리 시작해요. 너무 궁금해요."

케이는 이제 다섯 살의 어린 나이의 자일론이지만 새로운 것을 알아간다는 재미를 알고 있는 영특한 꼬마라는 생각을 하며 어서 빨리 수업이 시작하기를 기다렸다.

"흠흠, 그럼 시작하도록 하지요. 우선 여러 종족들을 알기 전에 가장 먼저 알아야 할 것이 바로 우리 자신에 관한 것이죠. 현재 류블라드에 살고 있는 여러 종족 중 가장 번영하고 있는 게 바로 우리 인간입니다. 하지만 인간에 대한 종족적 특성 같은 것은 따로 설명할 필요가 없을 것 같군요. 왕자님께서 주위에 있는 사람과 지내며 느끼는 것이 인간의 특성일 수도 있고 책에서 알게 되는 특성들도 있을 거구요. 그리고 우리 인간이라는 존재는 우습지만 스스로에 대해서 아는 것이 무척이나 어렵답니다. 원래 다른 이를 아는 것보다 자신을 아는 것이 어렵듯이 다른 종족을 아는 것보다 우리 인간이라는 종족을 아는 것이 더욱 어렵죠. 오죽하면 엘프들이 우리 인간을 보고 혼돈 속에서 허우적거리고 있다 하겠습니까? 그만큼 복잡하고도 알기 어려운 미혹의 안개에 싸인 종족이라는 이야기지요. 때로는 저 자신도 인간이 어떤 존재인지에 대한 의문에 휩싸일 때가 많죠. 그리고 그 의문에 대한 답은 아직도 구하지 못했습니다. 아니, 그 어떤 인간도 인간은 어떠한 존재인가에 대한 물음에 정확한 대답을 하지 못했지요. 그것은 앞으로도 그럴 것입니다. 아마 알고 있는 존재가 있다면 그것은 인간을 창조하셨다는 주신 헤이트론이시겠지요. 다만 왕자님께서 반드시 명심하셔야 할 것이 있습니다. 바로 왕자님 자신이 인간이라는 것과 인간에 대한 긍지는 항상 지니고 계시는 것입니다."

메이키론의 말에 자일론은 제법 심각한 표정으로 고개를 끄덕였다.

"그리고 다음으로 알아야 할 것은 바로 드래곤이라는 존재입니다. 이곳 류블라드에 존재하는 모든 생명체 중 가장 강한 존재이죠. 마법의 종족이기도 하고요. 우리가 쓰는 마법의 기원이 바로 드래곤이었으니까요. 드래곤은 모두 일곱 종류가 있습니다. 메탈 드래곤으로 분류되는 골드와 실버 그리고 엘리멘탈 드래곤으로 분류되는 레드, 블루, 그린, 화이트, 블랙이죠. 레드는 불의 속성을 가져서 성질이 급하고 참을성이 없습니다. 또한 강하기도 하죠. 드래곤이라는 존재 자체가 마나를 먹고 사는 생물이며 나이가 들수록 강해져 가는 생물이라 어떻게 비교할 수가 없지만 동등한 조건이라면 드래곤들 중 가장 강한 것은 레드입니다. 그리고 레드에 버금가는 강함을 지닌 블랙이 있습니다. 블랙이라는 색에서도 알 수 있듯이 암흑의 속성을 가지고 있지요. 하지만 마계와는 아무런 연관이 없습니다. 마계 역시 암흑의 기운에 그 연원을 두고 있지만 드래곤과는 조금 다르죠. 그러니 오해하지는 마십시오. 보통 블랙 드래곤이 암흑의 속성을 지니고 있다고 하면 사악한 존재가 아닌가라고 생각하지만 결코 그렇지가 않습니다. 드래곤이라는 존재에게 인간의 선악이라는 개념을 적용시키는 것도 우습지만 말입니다. 그리고 블루는 전격의 속성을 가지고 있습니다. 번개를 다루지요. 또한 드래곤들 중 가장 머리를 잘 씁니다. 지혜롭다고 할까요? 교활하다고 할까요? 그린은 숲의 속성을 가졌습니다. 숲의 속성이라는 게 속성이라는 개념으로 설명 될 수는 없습니다만 그렇게밖에는 설명할 도리가 없군요. 아무튼 숲을 사랑하는 드래곤이라고 해야 할까요?

드래곤들 중 가장 온순합니다. 더불어 가장 약하기도 하지요. 그래서 드래곤 슬레이어의 표적이 가장 잘되지요. 또한 숲의 종족인 엘프와 친하답니다. 그래서 그린 드래곤의 레어 근처에는 엘프들의 마을이 있는 경우가 많답니다. 화이트는 얼음의 속성을 가졌답니다. 드래곤들 중 가장 생각하는 것을 귀찮아합니다. 어리석다고 해야 할까요? 멍청하다고 해야 할까요? 뭐 이것도 어디까지나 드래곤들 중에서의 차이입니다. 인간의 기준으로 말할 수 있는 문제가 아니지요. 하지만 사람들은 화이트 드래곤이 멍청하다고 생각하는지 그린과 함께 슬레이어들이 가장 많이 노리는 드래곤이지요. 메탈 드래곤의 골드는 바람의 속성을 지니고 있습니다. 그리고 드래곤들 중 실버와 함께 가장 침착하고 또한 냉정하지요. 또한 마법의 종족이라는 드래곤 중에서도 마법에 가장 능숙합니다. 실버는 물의 속성을 가지고 있습니다. 그래서 레어가 해안가나 섬에 많지요. 물론 호수에 있기도 합니다. 마케인 제국에 있는 류블라드에서 가장 큰 호수인 레사프 호수에도 실버 드래곤의 레어가 있지요. 또한 실버는 생명을 상징하기도 한답니다. 암흑의 블랙과는 정반대의 상성이지요. 그래서 드래곤들 중 회복 마법에 대한 능력이 가장 뛰어나답니다."

　메이키론은 긴 설명을 마친 후 숨을 크세 내쉬었다. 자일론은 대륙에서 가장 강하다는 드래곤에 대한 설명에 숨도 제대로 못 쉬고 눈을 초롱초롱 빛내며 설명에 몰입해 있다가 메이키론이 설명을 멈추고 호흡을 가다듬자 자신도 푸우 하고 크게 한숨을 내쉬었다. 곧 메이키론의 설명은 계속되었다. 지금까지 드래곤의 종류와 각각의 특징을 이야기했다면 계속되는 메이키론의 설명은 드래곤 전체의 공통적인 특징에 대한 것이었다.

드래곤의 수명은 만 년이다. 그들은 유희라 칭하는, 타종족의 모습으로 폴리모프하여 그들 틈에 섞여 생활하며 즐기는 것을 좋아한다. 그리고 또한 오만하다. 만 년의 수명과 최강의 종족이라는 자존심 덕분이다. 그들에게 있어 인간이라는 존재는 그저 재미있는 심심풀이의 대상에 불과한 종족이다. 드래곤의 경우 개체수가 그다지 많지는 않았다. 류블라드 전체를 통틀어 대략 150여 마리 정도 있었다. 그들 150여 마리의 수장이 드래곤 로드이며 드래곤들 중 가장 나이가 많은 드래곤이 맡았다. 그리고 그가 만 년의 수명을 채우고 자연으로 돌아가면 다음의 연장자가 이어받는 그런 식이었다. 그들은 지극히 개인적인 생활을 해서 서로에게 관심이 없었지만 그래도 하나의 같은 종족인지라 나름대로의 규칙은 가지고 있었다. 첫째가 드래곤의 아이인 해츨링은 드래곤 내의 분류를 떠나서 절대적인 보호를 받는다는 것이고, 둘째가 다른 드래곤의 생활이나 유희에 간섭을 하지 않는 것이다. 셋째가 드래곤 로드가 로드의 이름으로 내린 명령에는 절대 복종한다는 것이다. 하지만 로드의 이름이 걸린 명령은 몇 대의 로드를 거쳐 몇 번 나오지 않았다. 그만큼 드래곤들은 타 드래곤에게 간섭하는 것을, 그리고 간섭받는 것을 싫어한다는 것이다. 하지만 로드는 최연장자답게 다른 드래곤들에게 존경을 받는다.

드래곤은 성별이 뚜렷하게 구분되어 있다. 폴리모프를 하더라도 성별을 바꿀 수는 없다. 그리고 드래곤 간의 짝짓기는 색을 떠나서 이루어지며 2세의 특성은 모계를 따른다. 다만 눈동자 색만은 부계를 따른다. 하지만 눈동자 색은 부계의 상징일 뿐, 모든 종족적 특징은 모계를 따르게 되어 있다.

드래곤들이 전투를 할 때 가장 큰 무기는 브레스이다. 하루에 세 번밖에 쓸 수 없다는 제약만 없다면… 하지만 드래곤의 브레스 한 번이면 웬만한 크기의 도시는 폐허로 만들 수 있기 때문에 하루에 세 번씩이나 쓸 일도 없었다. 브레스는 각각의 속성에 따른다. 암흑의 속성을 지니고 있는 블랙의 브레스는 강한 산성을 띠어 무엇이든 녹여 버리는 애시드 브레스(Acid Breath)이다. 그리고 숲의 속성을 띤 그린의 브레스는 강력한 독성을 지닌 포이즌 브레스(Poison Breath)이다. 그 브레스에 격중된 것은 그 강력한 독성에 의해 녹아들어 간다. 블랙의 애시드 브레스와 그 효과가 비슷하지만 본질은 분명히 애시드와 포이즌으로 다르다. 브레스의 대상을 녹이는 것으로 본다면 블랙의 애시드 브레스의 위력이 더 강했지만 그 대상이 생명체라면 그린의 포이즌 브래스는 목표에 직접 격중되지 않더라도 퍼져 나가는 독성으로 중독을 시킬 수 있었고 그 독은 절대극독이라 어지간한 신관이나 마법사의 치료로는 해독할 수가 없었다.

그들은 정말 갖가지 종족으로 변하여 유희를 즐긴다. 그런데 유희를 즐길 때 가끔 결혼을 하여 2세를 낳기도 한다. 그때 태어난 2세가 문제다. 일반적으로 하프 드래곤이라고 불리는데 종족적 특징은 드래곤이 유희를 즐기고 있는 그 종족의 특징을 그대로 따른다. 아니, 종족 자체가 드래곤의 능력을 가지다시피 한 채로 그 종족으로 태어난다. 바로 일반적인 능력을 훨씬 상회하는 능력을 지니게 되는 것이다. 기억력이나 이해력, 마나 감응력, 정령 친화력, 근력, 지구력 등 대부분이 범인을 기준으로 할 때 3~5배 정도는 뛰어난 존재가 되는 것이다. 간혹 인간 세상에 나타난 영웅들의 면면을 살펴보면 그 하프 드래곤이 끼어 있는 경우가 있다.

이렇게 드래곤에 대한 설명은 끝이 났고 자일론은 그 내용들에 대한 흥분으로 인해 얼굴이 시뻘겋게 변해 있었다. 무척이나 재미있고 흥미가 있었던 모양이다. 메이키론은 계속해서 엘프, 드워프, 정령, 요정, 오크 등에 관해서 설명했고 여러 종류의 다양한 몬스터에 대한 설명도 했다. 그리고 동식물에 대한 설명으로 넘어갔을 때 빙긋이 미소를 지으며 케이를 쳐다보았다. 그런 메이키론의 시선에 케이는 움찔했지만 별다른 동요는 비추지 않았고 자일론은 그의 시선에 의문을 느낀 듯 고개를 갸웃거리고 있었다.

"왕자님, 저기 케트로이드에 대해서 알고 계신 것이 있습니까?"

"글쎄요? 그냥 크고 잘생긴 '개' 아닌가요?"

자일론의 대답에 메이키론의 웃음이 더욱 짙어졌다.

"케트로이드는 카이져 실버 울프라는 종의 '늑대' 입니다."

그의 말이 끝나자 자일론과 케이는 동시에 벌떡 일어났다. 자일론은 자일론대로 케이는 케이대로 '개' 가 아니고 '늑대' 라는 사실에 경악했다. 메이키론은 자신이 기대했던 반응을 성실히 수행하는 왕자를 보곤 슬며시 미소만 띠고 있던 얼굴에서 입이 살며시 벌어지며 보기 좋은 웃음을 짓고 있었다. 그러다가 곧 케이도 같이 일어선 것에 생각이 미치자 고개를 갸웃거렸다. 고작 늑대가 왜 자신의 말에 그런 반응을 보였는지 이해가 가지 않았기 때문이다.

카이져 실버 울프.

늑대 중 최강의 늑대이다. 혹자는 늑대들의 왕이라고 하기도 한다. 덩치는 일반 늑대의 2~3배로 성인 남자도 충분히 등에 올라탈 수 있을 정도의 크기이며 그 빠르기와 힘은 맹수들 중 최강이다. 웬만한 몬스터들조차도 피해 다니는 늑대로 길들이는 것이 불가능한 것으로 알려져 있다. 다만 예외로 카이렌 왕국의 건국왕 라디칼 폰 카이렌이 한 쌍의 카이져 실버 울프를 길들이는 데 성공하였고 그 이후로 카이져 실버 울프는 카이렌을 상징하는 문장이 되었다.

"건국왕께서 길들이신 한 쌍의 카이져 실버 울프에게서 태어난 수컷이 다 자라자 성 밖으로 나가 어디선가 암컷을 데리고 왔다더군요. 그리고 또 새끼를 낳고… 이 일이 계속해서 반복되면서 자연스레 우리 카이렌의 상징이 되었죠. 케트로이드가 태어난 날이 왕자님과 같다는 것은 알고 계시죠? 그래서 왕자님께 선물로 케트로이드를 내리신 것이고요. 현재 이 카이져 울프를 소유하고 계신 분은 국왕 전하와 로이드 제1왕자님, 그리고 자일론 왕자님뿐이랍니다."

그 설명을 모두 들은 후 자일론은 멀뚱히 케이를 쳐다보았다.

"이야~!! 케이, 너 대단한 늑대였구나!"

케이는 그저 어깨를 으쓱할 뿐이었다. 하지만 내심으로는 놀라고 있었다. 왜냐면 스스로도 개라고 생각하고 있었으니까.

자일론은 그렇게 메이키론으로부터 다양한 지식을 습득하며 공부를 했다. 카이렌의 역사, 류블라드의 신학, 그리고 예절… 이런 생활을 반복해 나가면서 케이는 이곳에 대해 더욱 자세히 알게 되었고 그럴수록 여행을 떠나고 싶은 강렬한 욕구가 가슴에서 꿈틀거렸다.

어느새 자일론은 일곱 살이 되었고, 자일론을 가르치던 메이키론의 입을 통해 자일론이 얼마나 뛰어난지가 온 궁에 퍼져 있었다. 분명 자일론은 뛰어난 천재였다. 메이키론이 5년을 가르치려고 준비한 것들을 2년 만에 완벽히 습득했으니 말이다. 그런 자일론의 뛰어남에 카류일 국왕은 매우 흡족해했다.

그리고…….

오늘 자일론에게 새로운 스승 두 명이 더 왔다.

바로 왕실 근위기사단의 단장인 릭본 라이트 백작과 카이렌의 궁정 마법사인 레이블 하디온 후작이었다. 물론 릭본은 검술의 스승이었고 레이블은 마법 스승이었다. 자일론의 천재적인 재능에 카류일 국왕은 자일론이 아직 어린 나이임을 고려하지 않고 서둘러 좀 더 많이 가르치려 한 결과였다. 물론 검술의 경우 아직은 체력 단련의 목적이 더 강했고 마법의 경우는 우선 마나부터 느껴야 했다.

자일론은 궁의 한쪽 연무장에서 릭본에게 검술을 수련받고 있었다. 릭본은 이미 소드 마스터의 경지에 오른 검사로 카이렌 내에서도 상대를 손꼽을 정도로 뛰어났다. 아니, 카이렌 왕국을 통틀어 단 세 명뿐이라는 소드 마스터 중의 한 명이었으니 그 실력을 가늠한다는 것은 무의미한 일이었다. 소드 마스터라는 존재 자체가 한 국가의 군사력과 직결되는 아주 중요한 존재였다. 그런데 그런 소드 마스터를 제5왕자의 검술 스승으로 보내다니 카류일 국왕의 자일론에 대한 사랑을 알 수 있는 부분이었다.

연무장 한쪽에 쭈그려 엎드려서는 그런 자일론의 모습을 보는 케이는 연신 하품을 해대었다. 처음 자일론이 검술을 수련한다는 얘기를 들었을 때는 이 세계의 검법에 대한 흥미로 재빠르게 따라왔지만 이곳의 수준은 떨어져도 너무 떨어졌다. 너무 한심해 지금 이렇게 엎드려 하품만 해대며 있을 뿐이었다. 하지만 자일론은 절도있게 목검을 휘두르고 있었다.

"그럼, 오늘은 여기까지만 하도록 하겠습니다, 자일론 왕자님. 내일 뵙도록 하죠."

검술 수업을 마친 자일론은 곧 자신의 공부를 위해 준비된 서재로 갔다. 그리고 그곳에는 레이블 후작이 기다리고 있었다. 마법 수업의 시작인 것이다.

"에흠, 자일론 왕자님 마법을 익히려면 먼저 필수적으로 마나를 느껴야 합니다. 그래서 오늘부터 일단은 마나를 느끼는 명상과 그리고 마법의 수식을 공부하도록 하겠습니다. 그럼 우선 마나가 무엇인지부터 알아야 하겠지요. 마나란 대자연에 존재하는 에너지, 기운입니다. 세계 어디를 가더라도 존재하는 힘이지요. 그러나 아무나 느낄 수 없는 힘이기도 합니다. 이 마나를 느끼고 끌어 모아서 가공하는 것, 그것이 바로 마법입니다. 그리고 마법의 수식이란……."

레이블은 쉬지 않고 수식에 관해 설명했고 케이는 마나란 것이 아무래도 기와 동일한 것이라 생각하고는 주의 깊게 마법 수업을 들었다. 그러나 곧 하품이 나오기 시작했다. 마법을 일으키기 위해 필요하다는 수식이 너무 간단했던 것이다. 물론 기초 마법이라 그런 것이겠지만 아무리 그래도 초등학교 5학년 수준의 수학이라니… 케이는 금세 마법사의 설명을 다 이해했고 당장이라도 마법을 쓸 수 있을 것 같았다.

레이블은 현재 8서클 익스퍼트의 마법사로 류블라드에서 단 열한 명밖에 없는 8서클급의 대마법사였다. 그런 레이블의 설명에 아직은 어린 자일론은 열심히 고개를 끄덕이며 집중했다. 그리고 수식의 설명을 마친 레이블은 자신이 직접 수식에 따라 마나를 가공하는 시범을 보여 주었다. 그리고 마나를 직접 느껴볼 수 있게 자일론의 몸에 마나를 잠시 불어넣어 주었고 마나를 느끼기 위한 명상법을 가르쳐 주었다. 그 것으로 첫 마법 수업은 끝이었다. 레이블이 방을 나간 후 자일론은 냉큼 케이의 등에 올라탔다. 언제부터인가 자일론은 케이를 타고 다니고 있었다. 물론 이젠 케이가 완전히 다 자라서 성인 남자도 태우고 다닐 정도의 크기이기는 하지만 자일론 이외의 누구도 케이의 등에 손조차 올리지 못했다.

자일론은 케이를 타고 방에 돌아와서는 곧 마법 수업에서 배웠던 내용들을 복습하기 시작했다. 아무래도 마법에 대단한 흥미를 느낀 것 같았다. 1서클의 기초 마법 다섯 가지의 수식을 다시금 펼쳐 들고 자일론은 계산을 하고 있었다. 그러나 군데군데 막히는지 머리를 긁적였고 그런 자일론의 모습을 지켜보던 케이는 답답해서 울화통이 터질 지경에 이르렀다. 저런 기초적인 수식에서 저리 쩔쩔매다니… 라고 하면서. 하지만 케이는 자일론이 이제 일곱 살에 불과하다는 것을 잊고 있었다. 아무리 케이에겐 쉬운 초등학교 수준의 문제라고는 하지만 자일론의 나이를 생각하면 그것도 충분히 어려운 문제였다. 하지만 그것은 까맣게 잊고 답답해 속만 태우던 케이는 무심코 소리를 지르고 말았다.

"그게 아니잖아~!!"

그것과 동시에 자일론은 케이를 돌아보았다. 그리고는 곧 고개를 갸웃거렸다.

"어? 방금 누가 불렀는데 누구지? 아무도 없는데? 설마… 케이? 에

이, 그럴 리가 없잖아. 늑대가 말이라니……."

그러고는 자일론은 다시 수식으로 눈을 돌렸고 자신이 외친 소리에 돌아본 자일론 때문에 케이 역시 얼떨떨하게 있었다.

'어떻게 자일론이 내 목소리를 들었지? 어떻게?'

케이는 곰곰이 생각에 잠겼다. 도대체 어떻게 된 일인지 알아야만 했다. 원인을 알아내면 어쩌면 자일론과 의사 소통이 가능해질지도 몰랐다. 그렇다면? 자일론과 의사 소통이 가능하다면 케이는 뭘 어쩌려는 걸까? 현재 케이가 가장 하고 싶은 것은 여행이다.

그렇다면 케이가 할 일은 하나뿐이다. 자일론을 꼬셔서 여행을 떠나는 것. 하지만 비록 제5왕자라고는 하나 엄연한 왕족인 자일론이 그렇게 쉽게 여행을 떠날 수 있을 리가 없었다. 아직도 궁 밖을 나가 본 적이 없음에야 여행은 요원하고도 요원한 일이었다. 그리고 여행을 떠난다 해도 호위기사단을 잔뜩 거느리고 좋은 곳만 고급인 곳만 다니는 그런 여행은 싫었다.

그렇다고 혼자서 떠날 수도 없었다. 같은 날 태어난 아이. 태어난 직후의 갓난아기 때부터 총명하기 그지없는 일곱 살 지금의 자일론까지 모든 것을 지켜봐 왔고 너무나 정이 들었다. 비록 늑대로 태어났지만 류블라드라는 이 세계에서 그가 정을 준 사람도 그에게 정을 준 사람도 자일론이 유일했다. 아무리 늑대라지만 환생 전의 기억을 가지고 있는 그에게 늑대의 삶을 산다는 것은 우선은 외로웠다. 주변에 아무도 없었으니. 그의 의사를 알아줄 존재는 없었으니. 그러나 자일론은 그를 끔찍이도 위해줬다. 자일론도 케이와 같은 날 태어났다는 것을 알고 있다. 그래서 자일론도 케이에게 더 정을 쏟아 붓는지도 몰랐다.

그런 자일론을 두고 케이는 도저히 혼자서 떠날 수 없었다. 아니, 끝내 여행을 못하고 죽게 된다고 하더라도 자일론의 곁을 지켜주고 싶었다.

그래서 자일론과 이야기를 할 수 있게 된다는 것은 중요한 일이었다. 그는 자일론을 충분히 강하게 만들어줄 수 있는 능력을 지녔기 때문이다. 이미 1년 전에 케이는 환골탈태를 겪었고 조화지경의 경지에 완전히 올라섰다. 늑대의 몸인지라 혈도와 경맥과 경락의 위치가 조금 달라 임독이맥의 타통은 없지만 임독이맥과 같은 기능을 하는 혈맥은 타통시킨 지 오래이다. 그런 그가 자일론과 의사를 나눌 수만 있다면 충분히 자일론을 강하게 길러낼 자신이 있었다.

'내가… 조금 전에 어떻게 했었지. 그리고 너무 답답해서 소리를 질렀는데. 그런데 내가 지른 소리를 내가 들었던가? 분명 늑대 울음소리로 났을 텐데. 가만… 들은 기억이 없어. 하지만 난 분명히 외쳤는데… 어떻게 된 거지?'

계속 고민에 고민을 거듭하고 있는데 순간 케이의 머리 속에 번쩍하고 지나가는 것이 있었다.

'그래! 혜광심어(慧光心語)! 그걸 잊고 있었다니!'

혜광심어란 입술을 움직이지 않고 전음을 보낼 수 있는 불문 전음의 최고 수법이었다. 본디 전음이란 입술을 움직여 음파 대신 내공을 뿜어 원하는 상대에게 들리게끔 하는 수법이다. 즉 입술을 움직이지 않으면 전음을 보낼 수가 없는 것이다. 하지만 혜광심어는 마음에서 마음으로, 영혼에서 영혼으로 의사를 전달하는 방법이다. 그래서 입술을 움직이지 않고도 전음을 보낼 수 있는 것이다. 엄밀히 따지자면 전음과는 전혀 그 궤를 달리하는 수법이지만 효과로 따지자면 어떠한 전음

보다도 뛰어난 전음이었다.

조금 전 케이는 너무나 답답한 나머지 무심코 혜광심어로 자일론에게 이야기를 했던 것이고, 마음에서 마음으로 직접 울리는 소리이기에 자일론이 들을 수 있었던 것이다. 사실을 알아낸 이상 케이에게 망설일 이유는 없었다. 케이는 바로 자일론에게 혜광심어로 말을 걸었다.

"자일론! 자일론!"

자일론은 누군가가 부르는 소리에 돌아봤지만 아무도 없어 고개를 갸웃거리며 다시 수식으로 눈을 옮기려는 찰나 다시금 그 소리가 들렸다.

"자일론! 나야, 케이."

그 소리에 자일론은 눈이 동그랗게 커져서는 케이를 휙 돌아봤다. 놀람과 황당함, 당황, 신기함이 한데 어우러진 표정을 하고서는.

"설마… 지금 케이 네가 날 부른 거니?"

드디어 자일론이 눈치를 챘다는 사실에 기쁨에 겨워 케이는 고개를 끄덕이며 대답했다.

"그래, 자일론."

설마 하고 물었는데 케이가 고개를 끄덕이자 그리고 다시금 말소리가 머리 속에 울려 퍼지자 자일론의 눈은 다시금 커졌다.

"진짜로 케이가 말을 하고 있는 거야? 아니, 말이라기보다는 머리에 울리는 소리 같은데 어떻게 된 거지? 늑대가 말을 하다니?"

있을 수 없는 일에 자일론은 당황한 듯 보였으나 일곱 살의 어린애답지 않게 이 신기한 일이 일어난 이유에 대해 진지하게 고민에 잠기는 것을 보며 케이는 당혹감에 물들었다.

‘이거 어떻게 설명을 해줘야 하지?

일단 자일론과 대화하는 것에는 성공했지만 이 있을 수 없는 일을 어떻게 납득시킬지는 전혀 생각하지 못했던 것이다. 어쩌면 자일론과 대화를 할 수 있을 거라는 생각에 그만 그 다음 일은 전혀 생각도 못하고 성급히 말을 건 것이다. 당황한 가운데 고민에 빠진 케이는 두 앞발로 머리를 감싸며 엎드렸다. 마치 사람이 고민이 있을 때 손으로 머리를 감싸고 엎드리는 것처럼. 결코 개다운, 아니, 늑대다운 행동이라 할 수 없는 케이의 행동에 자일론은 당황에서 조금씩 벗어나서 신기함에 호기심을 무럭무럭 키우며 자일론을 빤히 쳐다보았다. 순간 케이는 결심을 했는지 고개를 번쩍 치켜들었다.

‘젠장, 되든 안 되든 어떻게든 납득시켜야 하니 이야기를 해줄 수밖에……’

케이는 자신에 관한 이야기를 자일론에게 하기로 한 것이다. 물론 전부 다 말이다. 자일론이 믿든 안 믿든 중요한 것이 아니었다. 일단은 어린 자일론에게 그럴듯한 얘기를 해줘 변명을 해야 했고 너무 성급하게 저지른 일이라 새로운 이야기를 만들어내기에는 케이의 순발력과 임기응변이 떨어졌다. 아니, 그런 능력은 있지만 지금의 케이는 당황이 지나쳐서 머리가 이미 백지화된 것이나 다름이 없었다. 그 뛰어난 머리를 전혀 써먹지 못하고 그저 사실대로 말해야지라는 결론을 내리고는 고개를 번쩍 쳐든 것이다.

그러나 어쩌면 이제 일곱 살의 어린아이인 자일론에게 어설픈 이야기를 지어내서 들려주는 것보다는 믿을 수 없는 이야기지만 사실을 들려주는 게 나을 수도 있었다. 물론 이미 당황의 도를 지나친 케이는 여기까지 생각하지 못한 게 당연하다. 이렇게 케이가 점점 당황에 빠져 자포자기하는 심정으로 변하고 있을 때 자일론은 이제 안정을 되찾고 침착해져 있었다. 누가 50년 이상을 살고 환생했는지, 누가 일곱 살의 어린아이인지 헷갈리는 모습이었다.

"자일론, 내가 이렇게 너에게 의사를 전달하는 게 무척이나 신기할 거야. 이런 일은 결코 있을 수 없으니까 말이지. 왜 이런 일이 일어났 는지 지금부터 너에게 말해 줄 테니까 이 일은 너와 나만 아는 비밀이 라고 약속해 줘. 절대 누구에게도 말하지 않겠다고.."

케이의 말에 자일론은 고민할 필요도 없다는 듯이 고개를 끄덕였다.

"알았어. 약속할게. 설사 상대방이 그 누구라도 비밀을 지킬게."

그런 자일론의 대답에 케이는 곧 입을 열어 자신의 이야기를 시작했 다. 어찌 들으면 신세 한탄 같기도 한…….

울프 티처
(Wolf Teacher)

울프 티처(Wolf Teacher)

"음, 그러니까 넌 원래 이곳에서 아주 멀리 떨어진 지구(地球)라는 별의 사람이었는데 그곳에서 죽었다가 이곳에서 환생을 했다는 거지? 그리고 환생을 했는데 전생의 기억을 고스란히 가지고 있고 또 전생의 경험 덕에 이렇게 나에게 말을 걸 수 있다는 거야?"

케이의 길고 긴 이야기가 끝나자 자일론은 납득했는지 고개를 끄덕이며 케이가 정말정말 실감나게 말한 그 긴 이야기를 단 한 마디로 압축 요약해 버렸다. 사실 그 누구도 믿을 수 없는 이야기를 자일론은 한 번에 너무도 쉽게 믿어버렸다. 아이다운 순진무구함인지 아니면 그냥 믿어주는 척만 하는 요악스러운 행동인지는 모를 일이었다. 하지만 지금까지 자일론의 행동과 케이와의 관계를 생각해 보면 전자의 경우라는 것은 너무나 뻔하고도 쉬운 답이었다.

“그래.”

“그런데 신기하다. 마법 같은 것도 아닌데 마음으로 의사를 전달할 수 있다니. 대단한데? 그리고 너 예전에 검법이 엄청 뛰어났다고? 어느 정도였어? 소드 익스퍼트? 아님 마스터?”

“글쎄, 난 소드 익스퍼트나 마스터가 뭔지를 모르니 뭐라고 확답을 못해주겠군. 하지만 확실한 건 내가 있던 곳의 검법이 이곳보다 훨씬 발달해 있다는 거지. 적어도 널 가르치는 릭본이라는 사람 정도는 나라면 쉽게 이길 수 있다고.”

케이의 자신에 찬 말에 자일론은 크게 놀랐다. 아직 어리지만 자일론이 듣기로는 릭본은 분명 소드 마스터였기 때문이다.

“뭐! 그럼 넌 그랜드 소드 마스터였다는 거야?”

“난 이곳의 검법 체계를 몰라서 대답을 못한다니까. 그리고 내가 전생에 살았던 곳과 이곳의 검법은 완전히 기본, 시작부터가 다르다고.”

케이의 말에 자일론은 눈을 반짝반짝 빛내며 그를 바라보았다. 그럴 수밖에 없는 것이 그랜드 소드 마스터는 류블라드 전체를 통틀어 역사상 단 네 번밖에 출현한 적이 없는 거의 적수를 찾을 수 없는 경지이기 때문이다. 자일론은 반짝이는 눈으로 케이를 계속 바라보더니 슬며시 말을 꺼냈다.

“있지… 케이… 너, 그… 네가 살던 세계의 검법이란 거 나한테 가르쳐 주면 안 돼?”

“왜? 넌 왕자인데 검법은 배워서 뭐 하게? 지금 배우는 것도 거의 체력 단련이 목적인 거 같던데?”

케이는 눈을 빛내면서 속으로는 음흉한 웃음을 지으며 되물었다. 자일론이 미끼를 물었기 때문이다. 처음에 엄청 당황해서 어찌해야 할지 모르고 자신의 과거를 하나하나 말하던 중 케이는 침착을 되찾았고 그러던 중 멋진 계획이 떠오른 것이다.

이른바 '착한 자일론 가출시키기 계획' 이다. 사실 자신이 자일론을 가르쳐 강하게 만들어주는 것은 쉬웠다. 그런 자신감을 가지게 된 것은 이곳 류블라드의 충만한 마나에서 나온 것이기는 하지만 말이다. 그러나 중요한 것은 아무리 생각해 봐도 자일론이 아무리 강해진다고 해도, 설사 이곳에서 말하는 소드 익스퍼트나 소드 마스터가 된다고 해도 과연 왕족을 혼자서 고이 여행하도록 내버려 둘까이다. 대답은 당연히 '아니다' 이다.

케이가 제갈효로 살면서 익혔던 지식과 경험에 의하면 절대 왕족은 혼자 내버려 두지 않는다. 그건 이곳도 크게 다르지 않을 것이다. 조심은 아무리 해도 지나치지 않은 법. 왕족이 제아무리 강하다 해도 절대로 혼자 내버려 두지 않는 것이다. 게다가 왕족이란 고귀한 신분의 사람이 혼자서 여행이라… 그건 체면상의 문제이기도 했다.

케이는 이런 것들을 어렴풋이 알고는 있었지만 그래도 혹시나 하는 기대를 가졌었다. 그러나 케이가 이야기하는 도중 케이의 검법에 관한 이야기에서 눈을 초롱초롱 빛내는 자일론을 보며 가능성이 적은 곳에 혹시나 하고 기대를 하는 것보다는 확실하게 자신의 뜻을 이룰 수 있는 새로운 계획을 세운 것이다. 자일론을 잘 꼬셔서 가출을 하게 만들자는 것. 자신의 지식과 경험, 실력이면 그 정도는 우스웠다. 물론 그냥 꼬실 수는 없으니 미끼를 던져야 했고 지금 그 미끼에 자일론이 걸린 것이다.

"그렇지만 난 강해지고 싶다구. 내가 아무리 일곱 살이라도 난 알 건 다 안다구. 우리 어머니가 후궁이라는 것, 그리고 내가 왕위 계승권 제5위의 아주 비중 없는 왕자라는 것. 결국 내가 왕이 될 가능성은 거의 0퍼센트에 가깝다구. 게다가 왕비 마마와 큰 형은 날 아주 싫어해. 큰 형이 왕이 되면 날 어떻게 할지 모른다구. 그래서 가능한 강해지고 싶어. 나와 내 어머니를 지킬 수 있을 정도로. 그래서 마법이고 검법이고 닥치는 대로 익히고 노력할 거야. 스스로를 지킬 수 있을 정도로 강해지기 위해서. 난 왕위에는 관심도 없어. 그저 어머니랑 행복하게만 살고 싶을 뿐이야. 그리고 그러기 위해서는 힘이 필요하다는 것 정도는 알고 있고 말이야."

미끼를 문 것까지는 좋았는데 자일론의 대답을 들은 케이는 벙찐 표정이 되었다. 이게 어디 일곱 살짜리 아이의 대답인가? 천진난만하고 순수하며 그저 노는 것 좋아하고 마음대로 안 되면 울면 다 된다고 생각하고 생각하는 일곱 살인데…….

이 아이는 이미 자신의 위치와 앞으로의 일, 그리고 그에 대한 대처법까지 생각하고 있었던 것이다. 총명하다 총명하다 했지만 이 정도일 줄은 몰랐다. 매일 같이 지내는 케이가 이렇게 놀랐는데 과연 다른 사람들이 이 사실을 알면 어떤 표정을 지을까. 다만 자일론이 인지하고 있는 것들 가운데 사실과 다른 것이 몇몇 있었으니 역시 아직은 일곱 살짜리 아이였다.

'이 녀석, 정말 일곱 살이야? 뭐가 이리 영악한 거야. 이거… 내가 미안해지네. 가만, 그럼 평소에 그렇게 어린아이처럼 행동하는 게 어쩌면 왕비와 제1왕자의 눈을 속이기 위해서야? 하지만 그렇게 생각하기에는 총명함을 너무 많이 드러냈는걸… 아, 머리 아파. 겨우 일곱 살짜리 어린애의 행동에 내가 머리 아파야 한다니… 그리고 이 꼬마 녀석이 충분히 착각하고 있는 것은 왕비와 로이드는 자일론에게 별다른 신경을 쓰지 않고 있다는 거지. 특히 착해 빠진 로이드 녀석은 어떻게 하면 형제들과 좀 더 사이좋게 지낼 수 있을까 하고 고민하는 게 일상생활인데 이 녀석이 왜 그런 오해를 하는 거지?

자일론의 새로운 모습에 케이는 인상을 찡그리며 고민을 거듭했다. 자일론이 무엇인가 오해를 하고 있는 것이 분명했지만 그것은 오히려 케이에게 득이 되는 것이었다. 케이는 잠시간 그 오해를 풀어주어야 할지 말아야 할지 고민했다. 실상 케이가 왕비와 로이드 제1왕자에 대한 사실을 알 수 있는 것은 모두 그의 형 덕이었다. 아무리 왕궁이 넓다지만 그와 한날한시 한 배에서 태어난 형제를 지금껏 단 한 번도 만나지 않을 수는 없었다. 아니, 오히려 케이는 그의 형 레이트를 자주 만났고 그로부터 로이드에 관한 이야기를 많이 들을 수 있었던 것이다.

"가르쳐 줄 거야? 말 거야?"

자일론이 대답을 재촉하자 케이가 입을 열었다. 자일론의 목적이 뭐든 기왕지사 미끼를 문 것이니 낚아야 했다.

"가르쳐 주지. 단 조건이 있어. 이 조건을 지켜야지만 가르쳐 주지."

가르쳐 준다는 케이의 말에 자일론은 희색이 만면해졌다.

"뭔데? 내가 할 수 있는 거면 들어줄게."

케이는 드디어 제대로 물렸다는 생각에 씨익 웃으며 대답했다.

"아까도 말했지만 난 이곳과는 전혀 다른 세상에서 왔다구. 그것도 기억을 가진 채로. 그러니 내가 이 세계가 어떤 세계인지 궁금하지 않을 수가 없잖아.”

“그러니까 세상 구경 시켜달라는 거야?”

케이의 말을 끊고 얼른 자일론이 물었다.

“그래. 하지만 난 왕자의 여행은 관심 없다구. 여기저기 호위기사들을 잔뜩 달고 최고급의 시설만을 도는 그런 지루하고 따분한 여행은 사양이라구. 그래서 말인데…….”

“그러니까 나랑 너, 단둘이만 가자는 거지?”

다시금 말을 끊고는 자일론이 끼어들었다. 그런 자일론의 행동에 케이는 어이가 없으면서도 고개를 끄덕였다. 그러자 자일론이 냉큼 입을 열었다.

“그거라면 걱정 마. 어차피 나도 열여덟 살에 성년식을 하고는 가출할 생각이었으니까.”

자일론의 대답에 케이는 다시금 벙진 표정이 되었다.

‘이놈은 어떻게 된 녀석이야. 이제 일곱 살짜리 녀석이 11년 후의 가출을 계획하고 있다니…….’

“나도 왕궁 안은 답답해서 싫었어. 어머니께 왕궁 밖의 이야기를 많이 들었는데 정말 신기하고 재미있는 일이 많을 거 같더라구. 그래서 언젠가는 꼭 혼자서 여행을 가고 싶었어. 하지만 절! 대! 로! 날 혼자 보내주실 아바마마가 아니란 것쯤은 나도 안다구. 그래서 크면 가출하려고 했었는데… 잘됐다. 동료도 생기고, 심심하지는 않겠는걸? 사실 아바마마는 처음에 나에게 마법만 가르치려고 하신 걸 검법도 배우겠다고 내가 조른 거야. 나중에 여행을 하려면 몸이 튼튼해야 하지 않겠어?”

　자일론의 대답을 다 듣고는 케이는 질렸다는 표정을 지었다. 그럴 수밖에 없는 것이 자일론의 이런 모습은 일곱 살의 귀여운 아이와는 전! 혀! 어울리지 않았기 때문이다. 그렇게 케이는 자일론에게 검법을 가르치기로 했다. 사실 케이의 검법은 사문의 독문심법에 기초하여 익혀야 하는 것이고 사문의 독문심법은 아무에게나 가르쳐 줄 수 없는 것이다.

　이 부분에서 케이는 잠시 망설일 수밖에 없었다. 사문의 독문무공이라는 점도 있었지만 자신이 얼마간 류블라드에서 지내본 결과 혼원신공은 이곳에서는 정말 위험한 무공이었다. 자신의 성취를 생각해 보았을 때 만일 혼원신공을 익힌 이가 나쁜 마음을 품는다면 세상의 질서에 어떤 영행을 미칠지 생각하는 것만으로도 머리 한쪽이 아파왔다. 케이는, 아니, 제갈효는 살아 생전에 친구의 덕으로 무척이나 많은 무공들을 섭렵할 수 있었다. 물론 모두 익힌 것이 아니라 비급들만 읽어본 것이지만 이미 그 내용들은 케이의 영혼 깊숙한 곳에 각인되어 있었다. 그리고 구파일방의 진산지보인 무공들도 알고 있었다. 그것들이면 충분히, 아니, 충분히라는 말이 부족한 절세의 무공이었다. 역근경과 세수경이 강호상에 유출되었다는 가정을 해보라. 그 결과 강호에 어떤 끔직한 피바람이 불지를… 그 정도만 자일론에게 전해주어도 충분히 위력적이리라. 하지만 케이는 어떤 이유인지 알 수 없는 감정에 자일론에게 그가 알고 있는 최고의 무공인 혼원신공을 가르치기로 결심했다. 케이 자신도 알 수 없었다. 왜 자신이 앞으로 이 세상에 어떤 여파를 미칠지 모르는 무공을 가르치려 하는지를… 다만 태어난 그 순간부터 지금껏 7년이라는 짧디짧은 시간이지만 항상 같이 했던 친구보다는 혈육에 가깝게 느껴지는 자일론에게 자신이 해줄 수 있는 최고의 것을 해주고 싶다는 생각이 들었을 뿐.

자일론의 방에는 자일론이 공부할 수 있는 공부방이 따로 있었고 그 문밖에서 자일론을 호위하고 있던 메케인은 자일론 혼자 있을 게 분명한 방 안에서 말소리가 두런두런 들리고 곧 '야호' 라는 자일론의 함성이 들리자 무슨 일인지 고개를 갸웃거렸다. 하지만 비명이 난 것도 아니고 자일론이 부른 것도 아니라 들어가지는 않았다. 자일론의 공부를 방해하지 않기 위해서 공부방 밖에서 지키고 있는데 갑자기 문을 벌컥 열고 들어가 공부를 방해할 수는 없었기 때문이다.

조용한 방 안, 개인지 늑대인지 헷갈리는 은빛의 커다란 짐승이 앉아서 앞에 있는 바닥을 지켜보고 있다. 그곳에는 상당히 많은 양의 종이 다발과 잉크통이 놓여 있었고 옆에는 한 어린아이가 진지한 눈으로 지켜보고 있었다. 그 짐승이 고개를 들자 아이는 냉큼 종이 한 장을 바닥에 똑바로 펴서 깔아주었다. 그러자 오른쪽 앞발을 들어 두 번째 발가락의 발톱을 잉크통에 담았다 빼더니 아주 신중하고도 진지한 표정을 지으며 경건해 보일 정도로 조심스레 종이 위로 그 발톱을 가져가더니 무언가를 썼다. 아이는 신기하다는 듯이 쳐다보았고 그 개, 아니, 늑대(?)는 곧 앞발을 종이에서 떼어냈다. 그리고 그 종이에 쓰여진 것은 하늘천(天) 자였다. 이 개인지 늑대인지 헷갈리는 짐승은 늑대 중의 제왕이라는 카이져 실버 울프 케트로이드 즉 케이였다. 그러면 당연히 옆에서 지켜보고 있는 아이는 자일론이고.

케이가 자일론에게 검법을 가르쳐 주기로 한 후 가장 먼저 할 일은 당연히 혼원심법의 전수이다. 하지만 자일론은 혈도나 경락에 관한 지식이 전무한 상태이다. 물론 혼원심법을 익히는 데 굳이 꼭 알 필요는 없었다. 자신이 진기를 이끌어주고 진기가 흐르는 통로를 자일론이 익히게만 하면 되니까 말이다. 다만 이렇게 하면 진기를 인도해 주는 사람 과도한 진기 소모로 무척이나 지치게 되지만 그것도 어느 정도 수준의 사람 이야기지 케이 정도의 경지에 이른 고수 늑대에게는 우스운 일이었다. 게다가 자연에 퍼져 있는 기가 지구와는 비교할 수조차 없이 많은 류블라드에서 케이에게 그것은 정말 식은 죽 먹기보다 쉬운 일이었다. 혈도나 경락이라는 것을 몰라도 그만인 세계이지만 그 반대로 알아두면 더 없이 유용한 세계이기도 했다. 누구도 모르는 지식이기에 특히 전투 중에는 아주 큰 도움이 될 것이었다. 그래서 우선 혈도와 경락부터 가르치려 했는데…….

시작부터 문제에 부딪쳤으니 혈도라든지 경락은 모두 한자(漢字)로 되어 있고 자일론이 그것을 알 리가 없었다. 그렇다면 케이가 그것을 이곳 류블라드 어로 번역을 해줘야 하는데 그게 또 만만치 않은 일이었다. 그리고 머리 싸매고 번역하기도 은근히 귀찮았고. 개팔자 상팔자라고 사실 케이는 이곳에 태어나서 아주아주 한가한 생활을 했었다. 심심하다면 심심하고 단조롭다면 단조로운 생활이지만 케이 자신도 지루해 죽을 지경이던 생활이지만… 이미 케이는 그 생활의 타성에 젖어 충! 분! 히! 게을러져 있었다.

본인이, 아니, 본랑(本狼)이 흥미가 있고 재미있는 일이라면 열심히 하겠지만 혈도와 경락 이름의 번역이라… 이미 다 알고 있는 케이에게는 더 없이 귀찮은 일이었고 하기가 싫은 것은 당연지사였다. 그래서 생각한 것이 자일론에게 한자를 가르치는 것이었다. 그래서 이렇게 종이를 깔고 잉크를 찍어 우선 천자문부터 쓰고 있는데…….

'우이씨, 이거 내가 잘못 생각한 거 아냐? 이것도 상당히 귀찮은데. 그리고 이거 다 쓴 다음에 가르치는 건 어떻게 가르치지? 아아, 귀찮아.'

사실 혈도와 경락의 이름만을 번역하는 게 더 쉬울 수도 있다. 류블라드에 전혀 없는 말이기에 이름은 그저 발음하기 쉬운 정도로 바꾼 원어를 가르쳐 주고 그 효능과 위치 정도만 가르쳐 주면 되니 말이다. 그러나 제갈효로 현대에 살던 시절 재미있어서 여러 나라의 언어를 익혔던 케이는 한 나라의 언어를 다른 나라의 언어로 바꾼다는 것이 얼마나 힘든 일인지 잘 알고 있었다. 그리고 그때는 그 힘든 일이 오히려 즐거웠고 재미있었기에 오히려 열심히 했었다. 하지만 늑대가 되어버린… 아니, 종은 늑대지만 생활은 개가 되어버린 케이에게는 그 재미는 잊혀지고 오히려 번역의 어려움만이 기억에 남아서 차라리 한자를 가르치는 게 쉬울 거라는 어마어마한 착각을 해버린 것이다. 그리고 그 대가로 지금 천자문 책을 만드는 아~ 주 귀찮은 일을 하게 된 것이다. 이를 두고 자승자박(自繩自縛) 또는 제 무덤 제가 파기라고 하던가?

상당한 시간이 흐르고 케이는 천자문을 모두 완성했다.

"자일론, 이게 내가 전생에 살았던 곳의 문자다. 그곳은 여기와는 달리 나라마다 다른 언어를 써서 문자도 아주 많지만 네가 검법을 익히기 위해 알아야만 하는 문자는 이것이다. 이제 공부를 시작하자."

"하지만 케이, 내가 가르쳐 달라는 것은 검법이지. 이런 문자가 아니라구. 검법을 익히는데 다른 세계의 문자는 왜 익혀야 한다는 거야?"

자일론으로서는 당연한 의문이었다. 그리고 사실 익힐 필요도 없었고. 단지 케이의 게으름으로 인한 소치였다. 물론 그로 인해 더 귀찮아졌지만…….

"자일론, 아까도 내가 말했지만 내가 살았던 세계의 검법은 이곳과는 전혀 다르다고. 내가 살던 세계에서는 검법을 익히면서 같이 '기(氣)'라는 걸 수련해. 자연에 흩어져 있을 때는 기라 부르고 몸 안에 갈무리하게 되었을 때 그것을 내력이나 내공이라 부르지. 아마 이곳에서 부르는 마나라는 것과 같은 거야. 그리고 이 마나를 수련하기 위해서 네가 지금 문자를 익혀야 한다는 거다."

귀찮았지만 케이는 친절히 설명을 해줬고 그의 설명에 자일론은 놀랐다.

"뭐? 마나를 수련하면서 검법을 익힌다고? 하지만 마나를 수련에 의해 쌓는 것은 마법사들이나 가능한 거잖아. 그리고 쌓는 것도 무척이나 어렵다고 들었는데. 기사나 검사들은 오랜 세월 검법을 수련하면 몸 안에 저절로 마나가 쌓인다고 들었는데……."

"내가 말했지? 이곳의 검법은 내가 살던 세계에 비하면 한참이나 뒤떨어져 있다고. 자, 이제 빨리 천자문부터 배우자구. 아 천자문이라는 건 여기 내가 써놓은 천 개의 글자를 말하는 거야. 이거 말고도 배워야 할 게 많아."

그 말에 자일론은 고개를 끄덕였고 곧 공부는 시작되었다. 사실 공부라면 책상에 앉아서 해야겠지만 그러면 케이가 자일론을 보는 데 불편하여 그냥 바닥에 앉아서 시작했다. 바닥에 깔린 것은 마케인 제국으로부터 수입한 푹신한 고급 카펫으로 그 덕에 별로 불편하지는 앉았다.

"그럼, 먼저 처음 글자는 '천'이라고 읽고 하늘이라는 뜻이다. 따라 해 봐. 하늘천!"

"하늘천."

"두 번째는 '지'라고 읽고 땅이라는 뜻이다. 땅지!"

"땅지."

이렇게 300여 글자를 익혔을 때쯤인가 갑자기 자일론이 풀썩 누웠다.

"아, 무슨 글자가 이렇게 많아. 난 못하겠어. 어떻게 글자마다 뜻이랑 음이 다 제각각이야. 너무 불편하다구. 어떻게 이런 것을 문자라고 만들어 쓰는 거지? 케이, 네가 살던 세계는 엄청나게 불편한 문자를 사용하는 곳이구나."

류블라드에서 쓰는 문자는 알파벳이나 한글과 같은 표음문자였다. 그런 표음문자에 익숙해져 있던 자일론이 표의문자인 한자를 익힌다는 것은 분명히 생소하고도 힘든 일이었다.

"아니야. 이곳처럼 표음문자를 쓰는 곳도 많았어. 표의문자가 표음문자보다 어려운 건 사실이지만 각각의 장단점이 있다구. 표의문자는 글자가 많고 익히기 힘들다는 단점이 있지만 모든 문자가 각각의 뜻을 가지고 있기 때문에 뜻이 헷갈릴 일이 없이 정확히 의사를 전달할 수 있다구. 그리고 그걸 떠나서 우선은 이걸 익히지 않으면 검법을 못 익힌다구."

케이의 말에 마지못해 다시 앉으며 자일론은 계속 한자를 익히기 시작했다. 그렇게 천자를 모두 한 번씩 읽었을 때 방 밖에서 노크하는 소리가 들렸다.

"자일론 왕자님, 저녁 식사 시간입니다."

시종과 시녀들이 자일론의 식사를 방으로 가져왔고 메케인이 그것을 알린 것이다.

"어? 벌써 그렇게 됐나. 에휴, 밥이나 먹고 해야지."

자일론이 자리를 털고 일어나 공부방 밖으로 나왔고 케이도 따라나왔다. 식사는 저녁 식사라 그런지 제법 푸짐했다. 훈제 닭 요리에 야채 스프와 잘 구워진 빵, 그리고 먹음직스럽게 보이는 여러 가지 음식들…….

케이의 밥 역시 그에 뒤지지 않았다. 아무래도 왕자의 개, 아니, 늑대라고 거기다가 카이렌의 상징수(象徵獸)라고 제법 신경을 쓴 것 같았다. 구운 오리 몇 마리가 잘게 뜯겨서 들어가 있는 상당한 양의 스프였으니 말이다.

케이의 덩치가 덩치다 보니 먹는 양도 많았다. 시녀들은 자일론의 식사를 가져오는 것보다 케이의 식사를 나르는 것을 더 힘들어할 정도였다. 케이는 자신의 식사를 하면서 '개팔자 상팔자' 라는 말을 다시 한 번 생각했다.

'한국에 있을 때 돈 많은 부잣집에서는 사람 먹는 것보다도 비싼 것들을 개에게 먹이더니 이곳도 마찬가지군. 그나마 야생의 늑대가 아닌 왕자의 애완 늑대로 태어난 것을 다행으로 여겨야 하나?

그렇게 식사를 마치자 자일론은 냉큼 케이를 데리고 공부방으로 들어가 버렸고 그런 모습을 지켜보던 메케인은 흐뭇한 미소를 지으면서도 걱정스러운 듯이 말했다.

"저렇게 열심히 공부를 하시다니, 아직은 한창 놀고 싶은 나이의 어린아이이신데… 대단하신 분이야. 하지만 아직 어린 나이에 저러면 몸이 많이 허약해지실 텐데……."

공부방에 돌아온 자일론은 다시금 천자문을 공부했지만 그럴 필요도 없었던 것이 단 한 번 케이에게 듣고는 모두 외워 버렸던 것이다. 케이는 곧 소학과 그와 비슷한 기초적인 책 몇 권을 필사해야 했고 그것도 며칠이 지나지 않아 금세 익혀 버렸다. 그러자 다시 사서삼경을 만들었다. 물론 엄청나게 귀찮은 일이었기에 이제 이게 마지막이라 생각하며……. 하지만 확실히 사서삼경쯤 되면 쓸 것도 많았기에 귀찮음에 몸부림치며 아주 많이 툴툴거렸다. 자일론은 그런 케이의 모습을 아주 재미있게 지켜보았고.

그래도 사서삼경은 시간이 좀 걸렸다. 대략 2주 정도 걸렸으니. 물론 사서삼경의 깊은 뜻을 모두 완전하게 이해한 것은 아니다. 당장 사서삼경 중 역경인 주역의 경우만 하더라고 '위편삼절(韋編三絶)'이라는 고사가 있을 정도로 그 깊이를 가늠할 수가 없는 책이다. 다만 수박 겉 핥기 식으로 사서삼경을 모두 읽고 외우고 대략이나마 모호한 수준의 이해를 하는 데 2주의 시간이 걸린 것이다. 하지만 그것만으로도 충분히 놀라운 성취였다. 자일론이 머리 좋은 줄은 알고 있지만 다시금 놀라게 된 케이였다. 하지만 케이 역시 제갈효 시절에 그 정도 속도로 사서삼경을 끝냈었다. 자신이 하면 당연한 거고 남이 하니 머리 좋다고 놀라고 있는 케이도 웃기는 녀석이다.

자일론은 사서삼경을 익히는 동안 케이와 공부만 한 것이 아니라 다른 수업 역시 다 받고 있었다. 그중 가장 놀라웠던 것은 마법으로 다른 마법사들은 1년은 수련을 해야 겨우 느끼는 마나를 수련을 시작하고 단 이틀 만에 익혀서 주위를 놀라게 했던 것이다. 게다가 사서삼경을 끝낼 때쯤, 그러니까 마법 공부를 시작하고 3주 정도 지나서 마법 수식도 어느새 3서클까지는 무리없이 풀어내게 되어 다시 한 번 놀라게 했다. 마법 수식의 경우는 지켜보기 답답했던 케이의 개인 과외 효과가 컸다.

외우는 것은 잘해도 아직은 어린 나이의 자일론이 논리적인 사고를 필요로 하는 수학에서는 어려움을 느끼는 것 같았다. 하지만 케이는 그런 자일론의 모습에 다시금 고개를 갸웃거렸다. 어떨 때는 그 나이를 훨씬 뛰어넘는 총명함을 보여주면서 이렇게 그 나이다운 모습을 보여주기도 해 종잡을 수 없는 것이었다. 하지만 케이만 그렇게 생각할 뿐, 일곱 살에 3서클 마법의 수식을 풀어낸다는 것은 충분히 그 나이를 훨씬 뛰어넘은 실력이었다.

사실 마법이란 것은 자신이 원하는 대로 자연에 있는 마나를 배열하여 마법을 쓰게 되는 것이다. 간단한 마법은 간단한 배열을 복잡한 마법은 복잡한 배열을 가지는 것이 당연했고 그 배열 방법이 바로 수식이었다. 마법사들이 외는 주문은 그런 수식을 그냥 통채로 외운 거라 생각하면 된다. 마법을 캐스팅하면서 일일이 복잡한 수식을 계산할 수 없기에 그냥 마법마다 특정한 수식의 풀이를 해놓고 통채로 외워서 사용하는 것이다. 그리고 외운 것을 머리 속에서 생각하는 것보다는 입으로 말하면서 마나 배열을 하는 것이 훨씬 편하기에 주문이라는 것이 만들어진 것이다. 그리고 마나를 배열하기 위해서는 자연 여기저기에 흩어져 있는 마나를 모아야 하고 그렇게 마나를 모으기 위한 방법이 자신의 몸에 쌓아둔 마나로 주변의 마나를 끌어들이는 것이다.

이렇게 약 보름의 기간 동안 자일론을 따라다니던 케이는 이곳의 검술에 대해 조금 더 알게 되었지만 자일론의 수준이 수준인지라 기초 연습만 반복해서 크게 많이 알게 된 것은 아니었다. 그리고 드디어 오늘 자일론은 혈도와 경락에 대한 공부를 시작하게 되었다. 혼원심법을 배우게 될 날도 멀지 않은 것이다.

"자, 인간이란 우주를 작게 축소하여 만든 소우주 같은 존재야. 자연에 기가 충만하듯 사람의 몸도 기로 충만해질 수 있지. 그리고 사람의 몸에 들어온 기, 여기 말로는 마나지? 아무튼 그게 흐르는 길을 경락이라 하고 그 길 중간중간에 기가 모이는 부분을 혈도라 하지. 이 혈도라는 것은 자극에 따라 아주 다양한 반응을 일으키게 돼. 우선 크게 나누면 혼혈이라고 해서 점혈 시 혼절하게 되는 곳, 마혈이라고 해서 점혈 시 마비가 되는 곳, 사혈이라고 점혈 시 죽게 되는 혈도 등이 있지. 그밖에 수혈이라고 잠을 자게 만드는 혈도, 아혈이라고 말을 못하게 만드는 혈도 등 여러 가지가 있어. 이런 혈도가 인체에 대략 360여 개가 퍼져 있지. 자, 그럼 옷을 벗어봐. 그 위치랑 이름, 효능을 가르쳐 줄 테니까."

옷을 벗으라면 질겁을 할 만도 하건만 자신 앞에 있는 것은 그저 늑대라 생각하는 자일론은 아무 망설임 없이 속옷 차림이 되었다. 그 주위를 케이가 어슬렁거리며 한 곳 한 곳 혈도의 위치를 발톱으로 짚어 주며 그 효능들을 설명해 주었다. 그렇게 하기를 대략 이틀. 혈도에 관한 제반 사항을 완벽히 숙지하게 된 자일론이었다.

자일론이 혈도의 위치를 다 알게 되자 이번에는 종이 위에 사람의

그림을 그리면서 그 위에 혈도를 찍고 또 혈도를 이어 경락들에 관해
서도 가르쳐 주었다. 이렇게 혈도와 경락에 관한 기본적인 공부가 끝
났다.

"저… 케이, 궁금한 게 있는데 말야. 혈도라는 거랑 경락이란 게 뭔
지는 잘 알겠어. 그런데 이걸 익히기 위해서 네가 말한 그 한자라는 걸
꼭 익힐 필요가 있는 거야? 내가 보기엔 그냥 이름만 말해 주고 나머지
는 그냥 류블라드 어로 해도 됐을 텐데. 한자를 익혀야만 하는 필요성
을 모르겠어. 무척이나 어려웠단 말야. 그런데 그게 헛수고가 된 것 같
네."

자일론의 말을 들은 케이는 순간 아차 하는 표정을 지었다. 자신이
미처 생각하지 못한 부분이었던 것이다. 분명히 자일론이 말한 방법이
훨씬 쉬웠고 덜 귀찮은 방법이었다. 당시 그는 번역의 귀찮음에 깊게
생각하지도 않고, 아니, 아예 번역은 염두에 두지도 않았기 때문에 자
일론에게 한자를 익히게 한 것이다.

'젠장, 그런 방법이 있었잖아. 왜 생각을 못했지. 어차피 혈도나 경
락은 고유명사니 별다른 번역이 필요없었는데 도대체 난 뭣 때문에 그
많은 책들을 써서 자일론을 가르친 거지, 우.'

케이의 놀라는 표정—늑대에게 무슨 뚜렷한 표정이 있겠냐만은 전생의 기
억을 가진 케이는 나름대로 실감나는 표정을 지었기에 이제는 자일론도 대충 무
슨 표정인지를 알게 되었다—을 본 자일론은 눈매가 가늘어지며 케이를
지그시 바라보았다.

"케~이, 설마 그건 전혀 생각도 못하고 나한테 그 어려운 문자들을
가르쳤다는 거야? 얼마나 힘들었는데. 너, 나 일부러 괴롭히려고 그런

거 아냐?"

자일론의 은근한, 아니, 노골적인 추궁에 케이는 더욱 당황했다. 그에게 자일론을 괴롭힐 의도는 분명 전혀 없었다. 단지 번역이 귀찮아서 자신이 귀찮은 게 싫어서 자일론이 귀찮더라도 그 방법을 썼을 뿐. 하지만 결국은 자일론에게 한자를 익히게 한 것이 더 귀찮아진 것이니 체면상 귀찮아서 그랬다고는 죽어도 말 못하고 그렇다고 가만히 있자니 자일론을 괴롭히려고 일부러 한자를 가르치게 된 것이고… 이러지도 저러지도 못하는 사면초가의 상황에 빠져 버린 케이는 땀을 삐질삐질 흘리며 눈만 떼구르르 굴리고 있을 뿐이었다. 물론 머리 속에서는 열심히 변명거리를 찾고 있었다. 그러기를 몇 분여… 자일론의 표정은 점점 더 매서워져 갔고, 케이는 더 다급해졌다. 원래 다급하면 평소 잘 되던 것들도 안 되는 법. 케이는 더욱 갈팡질팡하고 있었다.

그러다가 어느 순간 자신도 모르게 머리 속에 번쩍하고 뭔가 떠올랐다.

'그래! 구결!'

보통 이런 상황에서는 떠올리려고 하면 할수록 더욱 깊이 숨어버리는 법인데 정말 운이 좋았다. 일단 변명거리를 떠올린 이상 재빨리 입을 열어 자일론을 납득시켜야 했다.

"이봐, 자일론. 내가 전에도 분명히 말했지만 내가 살던 곳의 검법은 이곳과는 전혀 다르다고 했지. 검법을 익히기 전에 우선 몸 안에 마나를 쌓아야 하고 마나를 쌓는 법은 심법이라고 해서 따로 존재해. 그런데 이 심법이나 검법을 익히는 방법을 구결이라는 걸로 적어났는데 물론 그게 모두 한자지. 그리고 그 구결이라는 것이 엄청나게 심오한 이치를 상징적으로 적어놓은 것들이라 무척이나 어렵다구. 네가 배우다가 어렵다면서 대충의 뜻만 익히고 넘어간 주역 못지 않다고. 그러니 당연히 한자를 배워야 하지. 물론 내가 쉬운 풀이로 너에게 설명해도 안 될 것은 없지만 구결의 풀이라는 것이 다양하게 나뉠 수 있다구. 즉 심법이나 검법에 대한 이해가 깊어질수록 그 경지가 높아질수록 또 다른 오의(奧義)를 발견하게 된단 말이야. 그러니 그저 내가 풀이해 주는 것만을 익혀서는 절! 대! 로! 나의 경지를 넘어설 수 없어. 그래서 한자를 익히게 한 것이지."

케이의 긴 변명이 끝나자 어느 정도 납득했는지 자일론은 고개를 끄덕였다.

"그러니까 너보다 더 강해지려면 한자를 익혀 내 나름대로 그 구결이라는 것을 해석해야 한다는 말이지?"

"그래! 바로 그거야!"

일단의 고비를 넘기자 희색이 만면해서 잽싸게 대답하는 케이였다. 물론 케이가 자일론에게 일부러 말하지 않은 것이 몇 가지 있었지만 말이다. 구결이라는 것도 결국은 심법이나 검법을 익히기 위한 방편일 뿐. 그 경지가 깊어지면 구결에 얽매이지 않고 깨달음을 얻어갈 수 있다는 것. 그리고 현재 케이의 경지가 이미 반신(半神)의 경지에 들어서 바로 구결의 범위 안에서 헤매지 않고 구결을 뛰어넘는 깨달음을 얻은 경지라는 것이다. 그렇기 때문에 케이가 잘만 가르친다면 자일론은 한자를 배울 필요가 없었던 것이다.

물론 깨달음이라는 것이 가르친다고 가르쳐지는 것이 아니라 스스로 느끼고 깨달아야 하지만 어느 정도의 경지까지는 케이가 이끌어줄 수 있고 그 정도의 경지에 이르렀다면 스스로 깨달음을 추구해야 하는 것이다. 중원에 있을 때 그의 제자인 백리단이 이미 그런 경지에 올랐었다. 아무튼 결론은 자일론은 한자를 익힐 필요가 그다지 없었고 익히게 된 것은 전적으로 케이의 실수였으며 구결 이야기도 그 실수를 가리기 위한 눈 가리고 아웅하는 식의 변명이라는 것이다.

하지만 또 꼭 그렇지만도 않은 것이 케이가 자일론에게 한자를 가르치며 사서삼경을 특히 주역을 가르쳤다는 것이다. 무공이란 단순히 검을 쓰는 방법, 싸우는 방법을 익히는 것이 아니라 자연의 이치를 몸으로 받아들이며 스스로 생각하고 고민하고 참오하면서 깨달음을 얻어나가는 것이다. 그러한 무공 중 혼원신공은 단연 우주의 장구한 이치를 담은 심오함의 깊이에 있어 그 짝을 찾을 수 없는 뛰어나기 이를 데 없는 무공이었다. 이런 무공을 익히는 데 있어 우주의 이치를 담은 주역이라는 책을 익힌 것은 분명 앞으로 자일론에게 있어 크나큰 이득이 될 것이다. 물론 아직 자일론은 주역이라는 학문을 수박 겉 핥기 식으로 대충 익힌 것이지만 그 내용은 분명 그의 머리 속에 다 들어가 있다. 그리고 자일론의 무학에 대한 깨달음이 깊어질수록 주역의 의미는 그에게 새롭게 다가올 것이며 그것은 또다시 무공의 발전으로 이어질 수 있기 때문에 오히려 사서삼경을 익힌 것은 자일론에게는 커다란 복이었다. 다만 케이의 생각이 거기까지 미치지 못했을 뿐인 것이다.

다음날 드디어 자일론은 혼원심법을 정식으로 배우게 되었다. 오늘은 케이가 다른 날과는 달리 아주 진중하게 분위기를 잡고 있었기 때문에 자일론도 그 앞에 조용히 앉아 있었다. 그동안 케이가 이것저것 가르쳐 주었지만 지금 같은 진중함과 엄숙한 기운을 풍긴 적은 없었기 때문이다.

"자일론, 잘 들어라. 지금부터 내가 너에게 가르칠 심법은 혼원심법이라는 것으로 내가 살던 세계의 장백파라는 곳의 독문심법이다. 그리고 이것은 장백파의 제자가 아닌 누구에게도 전수를 해서는 안 된다. 하지만 난 지금 그것을 네게 하려는 거야. 물론 나는 이미 죽어 그 세계와의 연이 끊어졌지만 그래도 그 기억이 남아 있는 만큼 이것을 아무에게나 전수하는 것은 그리 탐탁하지는 않아. 그렇다고 너보고 나에게 아홉 번 절하고 나의 제자가 되라고 할 수도 없는 일이지만… 하지만! 장백파의 제자는 되도록 해. 나의 제자가 되는 것은 아니지만 뭐, 이건 일종의 편법이지만 그래도 내 양심에 조금이라도 덜 부끄러우려면 이렇게라도 해야 할 것 같아서 말야. 그러니까 저기 창밖의 하늘을 향해 아홉 번의 절을 하도록 해."

그리고는 자일론에게 절하는 법을 알려준 케이는 조용히 앉아 있었다. 하늘을 향해 구배지례(九拜之禮)를 취한다고 해서 그 문파의 제자가 된다는 것은 분명 어불성설이다. 그러나 이곳은 류블라드였고 케이가 마음만 먹으면 이런 것들은 생략하고 바로 가르칠 수도 있었다. 하지만 케이도, 아니, 제갈효도 분명한 장백파의 제자! 사문의 절기를 아무리 시공이 다른 곳이라지만 아무렇지도 않게 전수하기에는 양심이 허락하지 않았던 것이다. 그래서 어딘지 모르지만 하늘 저편에 있을 지구를 향해 절을 하라고 한 것이다. 그리고 케이의 말을 모두 들은 자일론은 창밖을 향해 진지한 표정으로 서 있었다.

자일론은 왕족이었기에 부왕과 왕비, 어머니를 제외한 누구에게도 무릎을 꿇어서는 안 되었다. 그런데 지금 케이는 자일론에게 무릎을 꿇는 정도가 아니라 '절' 이라는 어쩌면, 아니, 분명히 무릎을 꿇는 것보다 더욱 공경을 표하는 행위를 한 번도 아닌 아홉 번이나 하라고 하는 것이다. 그 대상이 비록 하늘이라 할지라도 분명히 내키지 않는 일이었다. 케이의 장백파 제자로서의 자존심과 자일론의 왕족으로서의 자존심이 정면으로 부딪쳤다. 한참의 시간이 흘렀다. 그리고 결국 항복한 것은 자일론이었다. 검법을 배워야 하는 것은 자일론이었지 케이는 가르쳐도 그만 안 가르쳐도 그만인 것이다.

여기서 포기하기에는 자일론은 그동안의 노력이 아까웠다. 사실 혈도나 경락을 공부하며 자일론은 경이를 느껴야 했다. 지금까지 보지도 듣지도 못한 너무나 신비로운 지식들이었기 때문이다. 처음에 자일론이 믿지 못하겠다는 말을 케이에게 했을 때 케이는 몸소 자일론을 점혈해 줬고 자일론은 그 기묘함에 완전히 빠지게 된 것이다. 그리고 어차피 아무도 보는 사람도 없고 케이에게도 아닌 하늘이었으니 하늘 저편 어딘가 있다는 신계(神界)에 살고 있을 류블라드의 창조신이자 주신인 헤이트론에게 절을 한다고 생각하고 아홉 번의 절을 하게 된 것이다.

자일론의 구배(九拜)가 끝나자 케이는 곧 혼원심법에 대한 설명을 시작했다.

"천지간의 모든 기운의 근원이 되는 것을 혼원(混元)이라고 해. 이곳의 신학에서 말하는 카오스와 비슷하다고 보면 될 거야. 그리고 이 혼원이 변하고 갈라져서 세상을 이루는 기운, 즉 마나가 되는 것이지. 마법에서는 이 세상은 마나로 이루어져 있기에 자연의 모든 곳에 마나가 있다고 했지? 그것과 같은 거야. 우선 혼원은 음과 양이라는 두 가지 기운으로 갈라지고 그것은 또 오행(五行), 수금화목토(水金火木土)를 이루게 되는 거지. 즉 오행이 천지간을 이루는 기운이 되는 것이고 그 근원은 음양이기(陰陽二氣)이고 혼원일기(混元一氣)인 거야. 이게 혼원심법의 근간이 되는 것이지. 그런데 장백파는 이 혼원심법을 계속해서 발전시켜 나갔어. 그러다가 팔괘라는 본디 동, 서, 남, 북, 북동, 북서, 남동, 남서의 팔방을 가리키는 것들이 각기 상징하는 기운을 팔괘기(八卦氣)라고 해서 혼원심법의 한 축으로 만들어 더욱 뛰어난 심법으로 만든 것이지. 팔괘란 건(乾)·태(兌)·이(離)·진(震)·손(巽)·감(坎)·간(艮)·곤(坤)을 말하는 것으로 건은 하늘을, 태는 호수를, 이는 불을, 진은 우레를, 손은 바람을, 감은 물을, 간은 숲을, 곤은 땅을 상징하고 혼원심법은 그들의 기운을 내력으로 쌓을 수 있는 효용이 있는 거야."

긴 설명을 마치고 케이는 숨을 가다듬었다. 그리고 계속해서 혼원심법의 뛰어난 효용들에 대해서 설명해 주었다. 그리고 이제 혼원심법의 소주천과 대주천을 이끌어줄 차례였다. 그러려면 케이가 자신의 내력을 자일론에게 불어넣어야 했기에 자일론에게 가부좌를 틀고 앉게 하고 그의 등 뒤로 돌아갔다. 자일론은 이미 마나를 느끼기에 조금만 인도해 주면 금세 익히리라.

그!런!데! 막상 케이가 인도를 해주려 하니 문제가 생겼다. 일단 케이의 내력을 불어넣기 위해서는 자일론의 명문혈에 장심을 대고 내력을을 불어넣어야 하는데 장심을 댄다는 것은 사람일 때나 가능한 일로 지금 케이는 '늑대'였기 때문이다. 물론 앞발을 들어 자일론의 명문혈에 갖다 대는 것이 가능하기는 한다. 하지만 늑대의 발바닥이 어떻던가? 볼록볼록한 부드러운 살들이 튀어나와 상당한 굴곡을 보여주고 있다. 무슨 말인지 이해가 안 간다면 다들 잘 알고 있는 개 앞발의 발바닥을 상상해 보라. 그리고 그 발바닥으로 사람의 등, 명문혈에 올려놓고 내력을 주입한다는 것까지. 평평하게 딱 달라붙는 사람의 손바닥과는 달리 명문혈에 닿는 부분이 적고 무척이나 불안정한 모양새이다.

　케이의 몸이 조금만 흔들려도 앞발이 명문혈에서 주르륵 밀려 다른 곳으로 갈지도 모르는… 혹시라도 그런 일이 일어난다면 자일론에게는 무척이나 치명적인 일이다. 내공은 제대로 쌓지도 못하고 케이가 주입해 놓은 내력의 영향으로 주화입마에 빠질 수도 있으니 말이다. 하지만 불안하면 어쩔 것인가? 방법이 그것밖에 없음이니… 그리고 케이 정도의 고수라면 비록 늑대의 발일지라도 그런 일은 일어나기 힘들기에 위태위태한 모양으로 내력을 불어넣기 시작했다. 자일론의 혼원심법에의 입문인 것이다. 비록 시작부터 불안한 모습의 상황이지만 말이다.

　자일론은 가부좌를 튼 채 정신을 집중해 운공에 몰두해 있었다. 그리고 옆에서 케이는 엎드려 느긋이 그 모습을 지켜보고 있었다. 느긋한 모습이지만 사실 케이의 머리 속은 지금 엄청난 고민에 휩싸여 있었다. 일단 혼원심법을 익히게 하는 것까진 어떻게든 되었지만 혼원검법이 문제인 것이다. 검법의 초식이란 말로 설명할 수 있는 것이 아니고 직접 몸으로 보여주면서 가르쳐야 하는 것이건만 자신은 현재 늑대의 모습. 늑대가 검법을 펼치다니 그 무슨 자다가 봉창 두드리는 소리인가. 그래서 이미 혼원심법을 익힌 지 일주일이 지났건만 검법으로는 넘어가지 못하고 있다. 사실 검법과 심법은 병행해서 익히는 것이다. 검에 내력을 실어주기 위해서 심법을 익히는 것이다. 단순히 초식만을 익힌다면 굳이 심법을 먼저 익힐 이유는 없다. 물론 일부 절초들은 내력이 없으면 시전조차 불가능하지만 말이다. 그래서 지금은 자일론이 받는 검술 수련에만 기대고 있는 형편이다. 방법을 차차 찾아야지라고 하면서…….

어느새 자일론이 운공을 마치고 눈을 떴다. 그리고는 주섬주섬 책을 챙겨서는 방을 나섰고 케이도 뒤따랐다. 머리 속은 여전히 고민인 채로. 자일론이 들어선 곳은 항상 그렇듯 자신의 전용 교실이었고 이미 레이블이 도착해 있었다. 마법 수업 시간이었던 것이다.

자일론이 들어서자 레이블은 곧 3서클의 마법 수식들 풀이로 수업을 시작했다. 자일론이 3서클의 수식을 풀게 된 지 시간이 좀 흘렀지만 3서클에 있는 마법들의 수식들을 일일이 풀어 확인하고 넘어가는 과정을 거치니 시간이 제법 걸렸다. 레이블은 자일론에게 미러 이미지라는 3서클 마법의 수식을 풀게 하고는 혼자 조용히 생각에 잠겼다. 자신이 가르치는 제자 자일론 폰 카이렌에 대해서 오는 혼란 때문이었다.

마나를 느끼기 위한 명상을 시작한 지 단 이틀 만에 마나를 느꼈다. 그것은 정말로 경이적인 성취였다. 마나를 느끼는 감응력을 선천척으로 타고났다고 봐야 하기 때문이었고 그런 축복받은 재능을 가지고 태어나는 이는 극소수였다. 자신 역시 마나의 감응력이 남들에 비해 뛰어났지만 그래도 처음 마나를 느끼는 데 걸린 시간은 무려 3개월이었다. 그런 사실로 보아 자일론의 마나 감응력이 얼마나 뛰어난지 알 수 있다. 하지만 자일론은 마나를 느끼고 한 달이 지나도록 전혀 마나를 모으지 못했다.

마나를 느끼기는 어려웠지만 한 번 느끼면 그 다음부터 쌓는 것은 쉬운 일이었다. 호흡을 통해 마나를 받아들여 그것을 심장에 쌓아두면 되는 것이기 때문이다. 하지만 아무리 자일론에게 그것을 가르쳐도 무려 한 달 동안 단 한 줌의 마나도 심장에 쌓지를 못했다. 그런데! 일주일 전부터 자일론의 몸에 마나가 쌓인 것을 느낄 수 있었다. 그것도 엄청난 양의 마나가. 아마 3서클 정도의 마법은 무리없이 펼쳐 낼 정도의 마나였다. 그 정도 양은 마나를 쌓기 시작하고 대략 1년은 지나야 쌓을 수 있는 양이었다. 그런데 한 달간 마나를 전혀 쌓지 못하다가 불과 일주일 만에 그 정도의 양을 모은 것이다. 게다가 더욱 경악스러운 것은 자일론이 마나를 쌓은 곳은 심장이 아니었다. 배꼽 어림쯤에 마나가 단단히 응축되어 쌓여 있었다.

일주일 전 자일론을 봤을 때 미약하지만 마나가 느껴졌었다. 그래서 레이블은 디텍트 마나 포스라는 마법을 사용했다. 이 디텍트 마나 포스라는 마법은 주위에 퍼져 있는 마나를 탐지하는 마법으로 사람을 상대로 펼치면 그 사람이 가진 마나량을 대략적으로 알 수 있다. 특정한 서클의 마법이 아니라 시전자의 서클에 따라 정교함이 달라지는 프리 (free) 서클의 마법이다. 디텍트 마나 포스를 사용해서 살펴보아도 자일론의 심장에는 마나가 전혀 쌓여 있지 않았다. 하지만 분명히 마나는 느껴졌고 고개를 갸웃거리며 다시 한 번 자세히 살피니 배꼽 부근에 마나가 쌓여 있는 것이 느껴졌다. 무척이나 신기한 경우였지만, 아니, 지금껏 알려진 사례가 없는 경우였지만 별다른 말은 못하고 속으로

만 고민을 하고 있는 것이다.

'허참, 이상한 일이란 말이야.'

이렇게 계속 고민하고 있을 때 자일론이 수식을 다 풀었다. 자일론의 부름에 정신을 차린 레이블은 곧 자신이 내준 수식의 마법에 대해 설명을 해주었다.

"흠, 지금 왕자님께서 푸신 수식은 바로 '미러 이미지' 라는 마법의 수식입니다. 일정한 공간에 펼치는 마법으로 그 공간에 들어선 자는 사방이 거울로 들어찬 곳에 들어선 것처럼 되는 일종의 환상 마법이죠. 하지만 환상 마법은 상당히 까다로운 마법이라 가장 기초적인 이 '미러 이미지' 도 3서클의 마법입니다. 그리고 사실 가벼운 눈속임 정도의 마법으로 실제로는 그렇게 큰 효과를 발휘하지 못합니다. 다만 환상 마법의 입문 마법 정도로 처음 기초적인 내용을 익히는 마법의 용도로 쓰이고 있답니다."

레이블의 말에 자일론이 수식을 푸는 동안 그저 엎드려 멍하니 자신의 생각에만 잠겨 있던 케이가 고개를 번쩍 치켜들었다.

'환상 마법이라고? 그래, 그 방법이 있었지. 여긴 마법이 존재한다는 것을 잊고 있었어. 아마 고급의 환상 마법으로 넘어간다면 내가 생각한 것을 그대로 환상으로 펼쳐 낼 수 있는 마법이 있을지도 모르지. 음, 왕궁 도서관에 마법서도 제법 있는 걸로 알고 있는데, 오늘 자일론에게 빌려 오라고 해야겠군.'

레이블의 환상 마법이라는 말에서 케이는 자일론에게 초식을 가르칠 돌파구를 찾은 듯했다.

"그럼, 왕자님. 이제 3서클의 마법 수식은 대략 마치셨으니 내일부터는 4서클로 넘어가도록 하겠습니다. 그리고 이제 마나도 어느 정도 쌓으신 것 같으니 지금부터 실습으로 넘어가도록 하겠습니다. 언제까지 이 방에서 이론 공부만 하실 수는 없으니 말입니다. 그럼, 따라나오시죠."

그러고는 레이블은 앞장서 방을 나갔고 자일론과 케이, 그리고 교실의 문 앞에 서 있던 뷰트가 그 뒤를 따랐다. 그들이 도착한 곳은 궁 옆에 있는 제5연무장이었다. 지금은 훈련이 없는지 연무장은 텅 비어 있었고 레이블은 그런 연무장 구석에 자리 잡으며 입을 열었다.

"그럼 제일 기초적이면서 가장 많이 쓰이는 마법인 파이어 볼을 펼쳐 보도록 하겠습니다. 마법을 사용하는 방법은 자신이 가지고 있는 마나로 주변에 있는 마나를 끌어들여 마법의 수식대로 주위에 배열한 후 자신이 형상화시킨 이미지를 마나에 불어넣어 발동시키는 것으로 요약할 수 있습니다. 이중 마법사의 서클이 높을수록 마법에 능숙할수록 마나를 끌어들이는 데 사용하는 자신의 마나 양이 줄어들죠. 5서클 정도만 되더라도 파이어 볼쯤은 주위의 마나만으로도 사용할 수 있게 됩니다. 그리고 주변의 마나를 끌어들일 때 몸 주위에 일정한 반경의 원으로 둘러치게 된답니다. 그때 둘러치게 되는 원의 수가 바로 마법사의 서클이 되는 것이죠."

말을 마친 레이블은 자신의 몸에서 마나를 방출하여 주위의 마나를 끌어들인 후 그 마나들로 자신의 허리쯤에 작은 원을 만들더니 곧 파이어 볼의 수식대로 마나의 배열을 조정했다. 그리고는 조용히 시동어를 외쳤다.

"파이어 볼."

곧 작은 불덩이가 레이블의 손에서 뻗어나가 땅에 부딪쳐 폭발했다. 그러나 미리 위력을 조정했는지 연무장의 바닥이 크게 손상되지는 않았다. 이 모습을 지켜본 자일론과 케이의 입이 쩍 벌어졌다. 지금까지 마법 공부를 했지만 실제로 시전된 마법을 보기는 처음이었던 것이다.

"왕자님, 잘 보셨습니까?"

레이블의 물음에 정신을 차린 자일론은 크게 고개를 끄덕였다. 사실 레이블은 두 가지 마법을 동시에 펼쳤다. 하나는 파이어 볼이고 다른 하나는 자신이 파이어 볼을 펼칠 때 자일론이 마나의 흐름을 보다 잘 느낄 수 있도록 하기 위해 쇼(show) 마나 포스라는 마법을 펼친 것이다. 이 쇼 마나 포스라는 마법은 마법사들이 제자를 좀 더 편하게 가르치기 위해 만든 마법으로 역시 프리 서클로 자신이 펼친 마법이 형성되는 과정의 마나의 흐름을 쉽게 볼 수 있게 해주는 것이다. 물론 마나를 느낄 수 있는 사람에 한해서 그 효력이 발휘되기 때문에 일반인에게는 아무 소용이 없었다. 하지만 자일론과 케이는 그 흐름을 똑똑히 보았다.

자일론의 끄덕임을 본 레이블이 말했다.

"그럼 한번 펼쳐 보시죠."

자일론은 곧 정신을 집중하며 자신의 단전에 모인 마나를 끌어올리기 시작했다. 그리고 온몸으로 방출… 방출… 하려 했으나 되지 않았다. 순간 자일론은 당황하여 어쩔 줄 몰라 하며 레이블을 쳐다보았다. 당황하기는 레이블 역시 마찬가지였다. 디텍트 마나 포스로 자일론의 몸의 마나의 흐름을 지켜보고 있으니 배꼽 근처에서 마나가 온몸으로 퍼지는 것까지는 좋았는데 그것이 몸 밖으로 방출되지를 않는 것이었다. 마법을 펼치려면 일단 자신의 몸 안의 마나를 밖으로 내보내 자연에 퍼져 있는 마나를 끌어들여야 했는데 아예 마나가 방출조차 되지를 않으니 이 기현상에 레이블 역시 당황할 수밖에 없는 것이었다.

마법을 익힐 때 가장 어려운 것은 마나를 느끼는 것이다. 하지만 마나를 일단 느끼면 그 다음은 일사천리였다. 물론 3서클 마스터까지의 이야기였지만 말이다. 마나를 심장에 쌓는 것이나 쌓은 마나를 몸 밖으로 방출하는 것이나 아주 자연스럽게 일어나는 현상인데 마나 감응은 쉽게 한 자일론이 오히려 다른 단계에서 애를 먹고 있는 것이다. 레이블은 내심 이렇게 된 원인이 아마 배꼽에 쌓은 마나에 있다고 추측했다. 그것 말고는 이 기현상을 설명할 방도가 없었던 것이다. 하지만 배꼽에 마나를 쌓은 것 자체를 처음 접한 레이블로서는 그 원인을 대략적으로 추측할 뿐 도무지 해결 방도를 알아낼 수가 없었다. 류블라드에 열한 명밖에 없다는 8서클의 대마법사인 그로서는 자신의 명성이 무색해지는 순간이었다.

이렇게 당황해 어쩔 줄 모르는 자일론과 그런 자일론을 보며 처음 있는 기현상에 당혹해하는 레이블을 보며 슬며시 웃음 짓는 짐승이 있었으니 음흉한 짐승이여, 그 이름은 바로 케이였다.

자신의 방으로 돌아온 자일론은 풀이 죽어 시무룩해 있었다. 레이블이 자신이 축적한 마나에 놀라던 모습을 보았기에 이제 마법 수식이라면 3서클까지는 마스터했다고 생각했기에 마법을 쓰는 것을 그리 어렵게 생각하지 않았던 탓이었다. 당연히 자신은 마법을 잘 쓸 수 있을 거라 믿었는데 조금 전 연무장의 구석에서 와장창 깨진 것이다. 사실 자일론이 마법에 자신감을 가지게 된 원인 중의 하나가 자신의 배꼽 부근에 모인 마나였다. 케이가 가르쳐 준 대로 모은 마나의 양이 그가 생각하기에도 적지 않았고 마나를 모으기 위해 꾸준히 마나를 체내에서 순환시켰기 때문에 마나를 다루는 데 어느 정도 자신도 가지고 있었다. 하지만 결정적으로 마나가 몸 밖으로 안 나올 줄이야 그가 어찌 알았겠는가? 몸 안에 아무리 마나가 많으면 무얼 하는가?

마법을 발동시키려면 일단 체내의 마나를 체외로 끌어내야 하는 것을… 하지만 자일론은 그것이 안 되었다. 그래서 실망한 채 시무룩하게 우울 모드로 있는 것이었다. 케이라면 그 이유를 알고 있을지도 모른다는 생각은 전혀 하지 못한 채… 하긴 케이가 있던 세계에는 마법이라는 것이 없다고 이미 들었으니 마법에 관해서는 케이에게 전혀 묻지 않았던 것이다. 케이가 마법의 수식을 술술 풀어내는 것이 신기하기는 했지만 케이는 그것을 수학(數學)이라고 했으니 말이다.

케이는 그저 옆에서 스스로 우울함에 침잠해 가는 자일론의 모습을 물끄러미 바라볼 뿐이었다. 사실 케이는 아까 연무장에서 레이블이 마법을 쓰는 것을 보며 대강의 원인은 파악하고 있었다. 다만 지금까지 뭐든지 잘해오던 자일론이 곤란해하는 모습이, 우울해하는 모습이 재미있어 지켜보는 것뿐이었다. 한국에서 제갈효로 살던 시절의 장난기가 사라지지 않았기에, 아니, 무림이라는 곳에 떨어진 후에는 드러낼 기회가 없어 속에 꽁꽁 감춰둬야만 했기에 더 커진 장난기가 지금 무럭무럭 솟아나면서 자일론이 좌절에 빠져 허우적거리는 것을 은근히 즐기고 있는 것이다. 장난기라고 치부하기에는 상당히 묘한 기운이 느껴지기도 하는 케이의 눈빛이었다.

그날 하루는 그렇게 저물어갔다. 평소 뭐든지 쉽게쉽게 잘만 해내다가 갑작스럽게 실패를 겪은 영향인지 평소 그렇게 성실히 하던 나머지 수업을 모두 보이콧 하고는 그저 방에 꽁 틀어박혀 자신만의 세계에서 쉼없이 좌절에 빠져들고 있었다.

　다음날 아침, 전날 자일론에 관한 일이 이미 알게 모르게 궁정에 퍼져 있었다. 그런 자일론의 소식을 들은 일라나는 자신의 어린 아들이 걱정이 되어 날이 밝자 곧장 자일론의 방을 찾았다. 같이 아침이나 들자는 말을 핑계로 삼아 자일론을 찾은 것이다.
　평소에는 같이 아침 식사를 하자고 하면서 자신의 방으로 자일론을 불렀겠지만 오늘은 다만 자일론의 얼굴을 보러 가기 위한 핑곗거리에 불과할 뿐이었기에 직접 자일론의 방을 찾았다. 어쨌든 일라나의 주목적은 자일론을 만나 위로를 해주는 것이었기 때문이다.
　자일론은 이미 일어나 옷을 갖춰 입고는 멍한 눈동자로 작은 테이블에 앉아 있었다. 일라나는 그런 자일론의 모습을 보자 눈동자에서 아픈 기색이 진하게 흘러내렸다.
　그런 일라나의 뒤에는 2인분의 아침 식사를 준비한 시녀가 뒤따르고 있었다. 일라나는 곧 자일론이 앉은 테이블의 옆자리에 앉아 조용히 손을 잡아주었다.
　“자일론.”
　일라나는 조용히 자신의 사랑스러운 아들의 이름을 불렀다. 그녀의 금빛 눈동자에서는 아들에 대한 사랑과 지금 아들의 모습에 대한 걱정이 뒤섞여 복잡미묘한 감정이 흘러나왔다. 어머니의 애정 어린 눈빛과 손의 감촉에 자일론은 가만히 고개를 들어 그녀를 보았다. 멍한 눈에 어느 정도 초점이 잡혔다.

"어… 어머니."

그러더니 곧 초점이 잡혀가는 눈에 얇은 습막이 어리더니 점점 두꺼워졌고 종래에는 눈에 물이 가득 차 오르더니 결국은 또르르 흘러내렸다. 의지할 존재가 나타나자 그간 속으로만 삭이던 좌절감이 서러움으로 변하여 표출되고 있는 것이었다.

"우어엉~!!"

그러더니 곧 서럽게 울기 시작했다. 그러자 일리나는 조용한 눈짓으로 아침 식사를 가지고 들어온 시녀와 호위기사 메케인이 방 밖으로 나가도록 조치했다. 아무리 어리다지만 일국의 왕자가 이렇게 서럽게 우는 모습을 아랫사람들에게 보여서 좋을 것은 없다고 판단한 것이다. 그리고는 일리나는 자일론을 품에 꼭 안고는 조용히 부드럽게 등을 토닥여 주었다. 천재니 어쩌니 해도 분명히 그는 일곱 살의 어린아이였다.

"흑흑, 끄윽."

어느 정도 진정이 되었는지 자일론의 울음소리는 잦아들었고 다시 어머니를 올려다보았다. 그런 자일론을 일리나는 자애로운 미소를 지으며 가만히 응시했다.

"우리 아들이 많이 힘들었나 보구나. 어제 일은 나도 들었다만 너무 실망하지 마렴. 사람은 누구나 실패를 경험하는 거란다. 게다가 우리 자일론은 어린 나이답지 않게 지금까지 모든 일을 너무 잘해왔잖니? 가끔은 그렇게 실패도 해보는 것이 좋은 경험이 된단다. 그리고 어제 겨우 처음 마법 실습을 한 거잖니. 겨우 하루 하고 실망해서 그렇게 풀이 죽어 있으면 어찌 대카이렌 왕국의 왕자라고 할 수 있겠니? 그만 힘을 내렴. 이 엄마는 우리 자일론이 겨우 이런 일로 계속해서 약한 모습을 보일 거라고는 생각하지 않아요.”

일리나의 조용히 타이르는 듯한 그러나 충분히 위로가 담긴 말을 들은 자일론은 고개를 끄덕였다. 그러고는 자일론은 다시 일리나의 품에 깊숙이 안겨들었다. 이러니저러니 해도 어머니의 품이 가장 좋은 일곱 살의 아이인 것은 분명한 사실이었다. 일리나는 그런 자일론이 너무 사랑스럽다는 듯이 품에 계속 안고 있었다. 그렇게 따스하게 자일론을 안고 있던 그녀의 눈에 작은 이채가 순간적으로 서렸다가 곧 사라졌다.

그후로 얼마간 진정이 된 자일론과 아침 식사를 같이 하며 이런저런 이야기를 나누던 일리나는 곧 일어나 방을 나섰다. 방을 나서며 케이를 바라보는 그녀의 눈에 다시 한 번 작은 이채가 서렸다가 사라졌다. 그리고 그러한 이채는 케이의 눈에도 동시에 서렸다. 하지만 그 작은 변화를 자일론은 전혀 몰랐고 자일론과 일리나 역시 서로 상대방의 눈에 어린 의혹과도 비슷한 그 감정을 알아차리지는 못했다.

일리나가 나가고 나자 케이가 자일론을 향해 입을 열었다.

“이제, 충분히 좌절했냐? 얼굴이 한결 나아졌는걸.”

케이의 말에 자일론은 피식 웃으며 고개를 끄덕였다.

“그래, 앞으로 열심히 수련하면 뭐 언젠가는 마법을 능숙하게 쓸 수 있겠지.”

그럴 거라고 확신하듯 눈을 빛내며 자일론이 대답했다. 그러나 그런 자일론의 의욕에 찬물을 끼얹듯 케이가 사악한 미소를 띠며 말했다.

“백날 해봐라. 되는지. 절대 안 될걸.”

“뭐야?”

케이의 말에 자일론은 눈을 부라리며 케이를 돌아보고 외쳤다.

“도대체 그게 무슨 소리야?”

“뭐긴, 말 그대로지. 어제 보고 안 거지만 너와 이곳 마법사들의 마나는 그 성질이 전혀 다르다구. 그러니 이곳의 마법사들이 하는 식으로는 마법을 쓸 수가 없다는 거지.”

케이는 별거 아니라는 듯이 대답했지만 자일론에게는 그게 아니었다. 지금 자일론 자신이 가지고 있는 마나를 그의 몸에 심어준 것이 누구인가? 바로 케이였다. 명상을 하며 마나를 쌓으라는 레이블의 말에 명상하는 척만 하며 전혀 마나를 쌓지 않았던 것도 케이의 당부 때문이었고 자일론은 그것을 철저히 지켰다. 그런데 이제 와서 마법사들과 자신의 마나가 성질이 달라서 자신이 마법을 쓸 수가 없다니… 화가 나기 전에 어이가 없었다.

“내게 마나를 심어준 것은 너잖아! 그런데 그런 무책임한 말이라니!”

“나에게 검법을 가르쳐 달라고 한 것은 너였고, 나의 검법을 익히기 위해서는 반드시 그렇게 마나를 쌓아야 한다구. 난들 마법에 필요한 마나와 다른 성질을 띠게 될 줄 알았던 건 아니야.”

전혀 지지 않고 케이는 유들유들 받아넘겼다. 그리고 그의 그 여유로운 모습은 자일론이 마법을 쓸 수 없다는 것과는 하등의 상관도 없다는 듯한 태도였다. 그럴 수밖에 없는 것이 케이는 이미 원인과 해결책을 알고 있었던 것이다. 내공심법으로 쌓은 마나로 마법을 쓰지 못한다면 케이 자신도 상당히 곤란했겠지만 이미 해결법을 안 이상 그저

느긋하게 자일론의 반응을 보고 즐기고 있을 뿐인 것이다. 잠시 씩씩
거리던 자일론을 보던 케이는 싱긋 웃음 지으며 다시 입을 열었다.

"하지만 마법을 완전히 쓸 수 없다는 것은 아냐. 다만 일반적인 마
법사들과는 쓰는 방법이 다르다는 것이지."

마법을 쓸 수는 있다는 말에 자일론의 얼굴에는 다시 화색이 돌았고
눈빛으로 케이의 말을 재촉했다.

"마법사와 너의 마나가 성질이 다르다는 것은 마법사들은 그저 대기
의 마나를 그대로 받아들여 심장에 쌓아두는 것이고 너의 마나는 대기
의 마나를 정제하고 농축해서 단전에 쌓아두는 거야. 정제하고 농축하
기 때문에 일반적인 마법사보다 훨씬 많은 양의 마나를 모을 수는 있
지만 그것을 다루기 역시 힘들지. 원래 있던 마나와는 다른 성질을 띠
게 되기 때문이지."

케이의 말을 듣던 자일론은 고개를 끄덕였다. 일리가 있었기 때문이
었다. 사실 심법으로 정제하여 농축한 내공을 몸 밖으로 배출한다는
것은 그저 이곳의 마법사들이 하듯이 자연스럽게 일어날 수 있는 것이
아니었다. 마법사들이 심장에 쌓은 마나는 자연 그대로의 마나를 그저
몸 안에 받아들여 심장에 쌓아둔 것이기에 작은 생각만으로도 쉽게 몸
밖으로 내보낼 수가 있는 것이었다. 하지만 마나를 가공, 정제, 농축한
단전의 마나는 의지를 가지고 밀어내야 했다. 그것도 보통의 의지가
아닌 강한 의념을 지닌 굳건한 의지로 밀어내야 했다. 그것은 무척이
나 어려운 일같이 느껴지지만 실상은 그렇지도 않았다. 몸 안의 내공
을 밖으로 내보내는 것이 그렇게나 어려운 일이라면 중원에서는 장법
이나 지법 같은 무공 자체는 별 소용이 없는 무공으로 남아 있었을 테

니 말이다. 그것은 케이가 잘만 이끌어준다면 쉽게 되는 것이다. 지금까지 단순히 혼원심법으로 내공을 쌓기만 한 자일론이었기에 내공을 몸 밖으로 방출하는 방법을 전혀 배우지 못한 것뿐이었다.

케이의 설명을 모두 들은 자일론이 고개를 갸웃거리면서 케이에게 물었다.

"그런데 왜 어제 이걸 말해 주지 않았지?"

"아, 어제 네 모습이 너무 재미있어서 말야. 하루 정도는 그대로 둬도 별일은 없을 거 같아서 말야."

케이의 대답에 자일론의 이마에 불끈 힘줄이 생겨났고 곧 그의 이름에서 커다란 외침이 터져 나왔다.

"케~ 이~!!"

방 밖에 있던 메케인은 갑작스런 자일론의 외침에 고개를 갸웃거릴 뿐이었다.

제 5 식

케이!
마법을 익히다

자일론의 왕자궁 옆의 연무장. 그곳에 레이블과 자일론, 케이 그리고 뷰트가 있었다. 그리고 자일론은 긴장한 채 자신의 몸에서 마나를 이끌어내고 있었고 그 얼굴은 진지하기 그지없었다. 비록 전날 케이에게서 마나를 이끌어내는 법을 배웠고 또 케이가 이끌어줘서 한 번 해보기는 했지만 이렇게 혼자서 해보는 것은 처음이기 때문이다.

자일론은 단전에서 마나를 이끌어내어 온몸으로 퍼뜨렸고 곧 강렬한 의지로 오른손의 검지 밖으로 밀어내기 시작했다. 그러자 조금씩 마나가 흘러나오기 시작했고 자일론은 곧 주변의 마나를 끌어 모아 배운 수식대로 배열하면서 곧 불의 속성을 생각해 마나에 속성을 부여하고 시동어를 외치며 손바닥을 내밀었다.

"파이어 볼."

　그러자 자일론의 머리만한 불덩이가 생성되어 앞으로 날아갔고 곧 연무장 옆에 서 있던 나무에 명중했다.

　펑.

　커다란 소리를 내며 나무는 부러졌고 곧 불타오르기 시작했다. 그 모습을 지켜본 뷰트는 놀라서 눈이 동그래졌다. 기사인 그에게 있어서 마법이란 것은 역시나 신기한 일이었기 때문이다. 왕궁의 기사인 그로 서도 마법이 펼쳐지는 것을 볼 기회는 흔치 않은 것도 그의 동그란 눈을 설명하기 위한 또 한 가지 이유이기도 했다. 자일론은 자신이 마법을 펼쳤다는 사실에 기뻐 만면에 웃음이 가득했다. 하지만 레이블만은 뭐가 불만인지 언짢은 기색이 가득했다.

　"왕. 자. 님. 어째서 바닥이 아닌 나무를 목표로 마법을 펼치셨나요? 그리고 그 무지막지한 위력은 뭡니까? 왜 마나를 그렇게 많이 불어넣 으신 것이죠?"

　레이블은 자일론이 파이어 볼로 멀쩡한 나무 하나를 불태운 것이 마음에 들지 않은 모양이었다. 기초적인 마법을 사용하는 방법을 익히는 데는 이렇게 위력을 높여 사용할 필요가 없었기 때문이다. 만약 후일 서클이 높은 마법으로 넘어갈 때도 이런 식이라면 잘못하다간 연무장 전체를 망가뜨리는 일도 생길 수 있기 때문에 처음부터 길을 들이려는 것이다. 뿐만 아니라 지금 자일론의 성취로 보아서는 마법의 길에 매진만 한다면 못해도 7서클에는 충분히 오를 수 있을 것 같았다. 그리고 그 정도의 고위급 마법이라면 어마어마한 살상력을 자랑하기 때문에 마법사는 항시 마법을 씀에 있어서 신중하고 또 깊이 고민하고 또 고 민하는 자세를 가지고 있어야 한다. 그러한 자세는 처음 마법을 익힐 때부터 끊임없이 교육을 해 몸에 배어들도록 해야 한다. 그것은 스승으로서의 중요한 책무이기도 했다.

레이블의 질책에 자일론은 얼굴에서 기쁜 빛이 조금씩 사라져 갔고 곧 시무룩해졌다. 아직 어린 자일론으로서는 자신의 마법 성공이 기뻤고 스승인 레이블이 당연히 칭찬해 줄 것이라 기대했는데 질책부터 하자 마음이 많이 상한 것이다.

"왕자님, 지금 마법을 처음으로 펼치셔서 매우 기쁜 마음이 들었을 것으로 압니다. 하지만 마법이란 보시다시피 엄청난 위력을 가지고 있습니다. 어떻게 쓰느냐에 따라 사람에게 행복을 줄 수도 불행을 줄 수도 있는 것입니다. 비록 지금은 나무 하나가 타버린 것으로 끝났지만 앞으로 왕자님께서 지금처럼 마법을 쓰신다면 어떤 피해를 일으킬지 알 수 없습니다. 마법이란 때와 장소를 가려 상황에 적절한 정도의 위력으로만 사용해야 하는 겁니다. 지금 사용하신 파이어 볼은 위력이 너무 과했습니다. 또한 하나의 생명이기도 한 나무에 단순히 마법 실습을 위한 파이어 볼을 사용하시다니요. 그 목표 설정도 크게 잘못된 것입니다."

자일론이 아이이기는 하지만 아이답지 않은 총명함을 가지고 있었기에 이어지는 레이블의 설명에 고개를 끄덕였다. 하지만 심통이 나는 것은 어쩔 수 없는지 레이블이 수업이 끝났다는 말도 하지 않았는데 곧 자신의 방으로 발걸음을 옮겼다. 그 모습을 보고 레이블은 슬며시 미소를 지으며 고개를 절레절레 흔들었고 뷰트도 비슷한 반응을 보이며 자일론의 뒤를 따랐다. 다만 케이만이 아무런 상관이 없다는 듯이 하품을 한 번 쩍 하고는 어슬렁거리면서 자일론의 방으로 향했다.

자일론의 방.

자일론은 여전히 심통이 난 표정으로 침대에 누워 있었다. 뷰트는 그런 자일론의 모습을 보고는 말없이 방 밖의 문 앞에 서 있다가 케이가 나타나자 문을 살짝 열어주고는 곧 문을 닫았다.

"아까 네 행동은 분명히 지나쳤어. 뭐, 처음이라 마나의 양을 잘못 조절했을 수도 있지. 일단 단전에 모은 마나는 대기 중의 마나와는 그 농도부터 다르니 마나량 조절이 어려울 수도 있으니까. 하지만 굳이 나무를 향해 마법을 쓸 것은 없었잖아? 그냥 바닥을 향해 쏘았으면 바닥만 크게 패이고 끝났을 것을 애꿎은 나무만 한 그루 죽였어. 나무도 어엿한 생명인데 말이야."

케이가 들어오자마자 좀 전에 레이블에게서 들었던 것과 같은 내용의 속을 긁는 소리를 하자 자일론은 벌떡 일어나서 케이를 노려보았다.

"뭐야? 그 눈은? 그런다고 내가 겁 먹지 않는다는 거 잘 알잖아. 너는 비록 제5왕자이기는 하지만 일국의 왕자라고. 즉! 왕.족.이라는 거지. 왕족의 말 한마디면 평민의 수십, 수백의 목숨이 왔다 갔다 한다고. 그런 위치에 있는 네가 생명의 소중함을 모르면 애꿎은 네 아버지 왕국의 백성들만 고생이라구. 네가 지금 비록 하찮은 나무의 생명을 아무렇지도 않게 여겼다지만 그게 사람 목숨도 우습게 생각하도록 발전하지 말란 법이 없잖아? 넌 좀 더 네 자신의 위치를 인식할 필요가 있다구. 또한 앞으로 내가 네게 가르칠 검법 역시 경천동지할 위력을 가지고 있어. 그 검법을 어떻게 사용하느냐에 따라 넌 수많은 생명을 살릴 수도 죽일 수도 있다구. 그런 만큼 넌 생명이 얼마나 소중한 것인지도 잘 알아야 한다구. 그게 비록 벌레든 나무든 동물이든 사람이든 말이야. 물론 사람의 생명만큼 중요한 것은 없겠지만 말이야.”

케이의 말이 계속될수록 자일론은 점점 고개를 숙이더니 케이의 마지막 말에 고개를 번쩍 들었다.

“넌 늑대잖아! 그런데 사람의 생명이 가장 중요하다고? 뭔가 이상하지 않아?”

어리다지만 나이답지 않게 총명한 자일론이기에 레이블의 말과 또 반복되는 케이의 말을 통해 이미 자신이 무엇을 잘못했는지 잘 알고 있었다. 그리고 충분히 반성도 하고 있고 앞으로 어떻게 행동해야 할지도 알고 있었다. 하지만 아이는 아이! 이대로 수긍하기에는 무언가 심통이 났다. 그래서 케이의 말 중 한곳을 잡고는 늘어지는 것이었다. 그런 자일론의 대답에 케이는 땀을 삐질 흘렸다. 본랑(本狼)도 가끔씩 전생의 기억으로 인해 자신이 늑대인지 사람인지를 잊고 말을 했다는 것을 깨달은 것이다.

“뭐, 그럴 수도 있지. 전생에 난 사람이었다고. 사람으로 수십 년을 살다가 늑대로 환생했는데 적응하는 데 몇 년이 걸리는 거야 당연하잖아.”

그렇게 케이가 황급히 변명을 했지만 자일론은 눈을 가늘게 뜨며 케이를 바라볼 뿐이었다. 자신의 작은 복수가 먹혀들었다는 통쾌함 때문인지 입 꼬리도 살짝 올라가 살며시 웃음을 띠면서. 그런 대치는 식사를 가져온 시녀의 노크로 끝이 났다.

생활은 다시 일상으로 돌아갔다. 자일론은 심법을 연마하고 수업을 듣고 그리고 마법 수련을 하고. 달라진 것이 있다면 케이가 자일론의 방에서 독서삼매경에 빠져 있다는 것이다. 물론 그 사실은 자일론만 알고 있지만. 자일론은 케이의 부탁으로 왕궁 도서관에서 기본적인 1서클부터 9서클까지의 마법이 적혀 있는 마법서를 서클 당 한 권씩 빼서 가져다 주었다. 7서클 이상의 마법서는 아무에게나 대여가 안 되었지만 빌려가는 인물이 제5왕자인 자일론임에야.

자일론이 왜 이런 고서클의 마법서까지 빌려가려는지 영문을 모르는 사서는 고개를 갸웃거렸지만 어쩌겠는가? 이 나라의 왕자님이신데. 그렇게 자일론이 빌려다 준 마법서 아홉 권을 끼고 케이는 자일론의 방에서 두문불출 그저 독서를 할 뿐이었다. 항상 자일론을 따라다니던 케이가 없어져서 사람들은 고개를 갸웃거렸지만 곧 신경을 쓰지 않았다.

그렇게 두 달 정도의 시간이 흘렀을 때 케이가 궁에서 사라졌다. 그리고 케이가 궁에서 사라진 날 카이렌의 수도 라이칼의 북쪽에 위치한 작은 야산이 사라졌다. 그 일로 왕궁은 시끄러웠으며 궁정 마법사들이 파견되어 조사를 벌였다. 7서클 정도의 마나 유동을 궁정 마법사들이 포착했기 때문이다. 수도에서 벗어나 있다고는 하지만 아무래도 수도 근처에 위치한 곳이기에 마법사들이 마나 유동을 포착하고는 조사단을 파견한 것이다. 하지만 그곳에서는 아무런 단서도 발견할 수 없었다. 다만 다수의 광범위 마법의 흔적만 확인했을 뿐이었다. 그것도 모두 7서클 정도의 고서클 마법으로. 그렇게 궁정 마법사들이 법석을 떨며 그곳에서 조사를 벌이고 있을 때 케이는 이미 왕궁에 돌아와 있었다.

다음날, 마법진을 통해 훈트 연합국 중 로피탈에서 사신이 도착했다. 마법 왕국으로 불리는 로피탈의 칼라에서 7서클의 마나 유동을 감지하고는 조사단을 보낸 것이다. 로피탈 국은 훈트 연합국의 나라들 중 가장 늦게 연합국에 합류했다. 바로 마법 왕국이라고 불릴 정도로 강성한 마법사들의 세력 덕분이었다.

류블라드 전체의 마법사 길드의 총길드가 위치했기에 뛰어난 마법사들이 많았고 덕분에 로피탈의 마법 병단은 류블라드 최강이었다. 다만 그 마법사들을 뒷받침해 줄 기사들의 실력이 떨어지는 것이 문제였다. 게다가 로피탈은 남의 마케인 제국과 북의 후디스 제국과 국경을 접하고 있었다. 류블라드 최강을 다투는 강대국 두 곳과 국경을 접하고도 오랜 세월 독립국의 위치를 유지할 수 있었던 것도 모두 강력한 마법사들 덕분이었다.

하지만 그것도 한계가 있는 법. 그래서 훈트 연합국에 합류하게 된 것이다. 로피탈보다 먼저 연합에 합류한 그람 국으로부터의 끊임없는 요청도 있었고 두 제국으로부터의 위협도 점점 강도가 높아졌기에 결국은 연합국의 구성원이 된 것이다.

그람의 경우는 이름만 훈트 연합국이지 사실상 거의 연합국이 아니라고 보는 쪽이 옳았다. 그 이유는 훈트 연합국들과 그람의 사이에 로피탈이 있었기 때문이다. 즉, 훈트 연합국들과의 연결 길목이 끊긴 것이다. 그람 역시 두 제국과 국경을 접하고 있었다. 게다가 그람의 경우는 동쪽에 카이렌 왕국도 있었다. 지형적인 측면에서는 로피탈보다 오히려 더욱 위험했다. 다만 세 나라가 그들 세력의 완충 지역으로 인정했기에 그람은 그나마 존재할 수 있었지만 항상 전쟁의 위협에 시달리는 것은 어쩔 수 없었다. 특히 두 제국이 전쟁이라도 일으키면—물론 가장 강한 두 제국이 그리 쉽게 전쟁을 일으킬 일은 없겠지만—자신의 나라가 전쟁터가 될 것이 뻔했기 때문이다.

남북으로 갈라져 있는 두 제국은 직접 국경을 맞대고 있지 않았다. 그 사이에 위치한 나라들이 카이렌, 그람, 로피탈이었다. 그중 가장 만만한 나라를 꼽으라면 그람이었고 전쟁이 터진다면 아무래도 그람을 거쳐 상대편에 침공하려 할 테니 그야말로 그람은 외줄을 타는 형세였던 것이다. 그런 위협에서 조금이라도 벗어나고자 훈트 연합에 가입을 했지만 훈트 연합과 그람의 사이에 존재하는 로피탈 때문에 아무래도 교류가 적은 것은 어쩔 수 없었다. 그래서 그람은 끊임없이 로피탈에 훈트 연합에의 가입을 종용했던 것이다.

사실 전쟁으로부터의 위협은 그람보다 로피탈이 더 컸고 실제로 두 제국으로부터의 침략은 여러 번에 걸쳐 있었다. 그람의 경우 세 강대국이 완충지대로 이용하기 위해 서로 눈치를 보며 가만히 놔두었지만 로피탈에는 누구나 탐낼 만한 아주 커다란 보석이 있었다. 류블라드 마법사 길드의 총길드 '칼라'가 바로 그 보석이었다.

칼라는 마법사 길드의 총길드라고 하지만 사실은 하나의 작은 도시였다. 그 위치는 로피탈의 북서쪽. 후디스 제국 쪽에 가까운 위치에 있었다. 이 칼라를 자신의 영토에 넣는다면 로피탈이 가진 그 강력한 마법 병단과 같은 병단을 자신들의 국가에서도 양성할 수 있었다. 아무리 칼라라 하더라도 그들이 위치한 곳의 국가에 도움을 전혀 안 줄 수는 없기 때문이다. 그래서 로피탈도 강력한 마법 병단을 보유할 수 있었던 것이고.

사실 이 두 제국의 야욕을 가장 싫어한 곳은 칼라였다. 자신들을 이용하려고 눈에 불을 켜고 달려드는 것을 뻔히 아는데 어느 누가 좋다고 하겠는가? 게다가 후디스와 마케인 두 제국의 세력은 비슷했다. 덕분에 서로 도발하지 않고 대륙은 조용한 평화를 유지할 수 있었던 것이다. 그런데 어느 한쪽이 칼라를 소유하게 된다면? 당장 그 균형은 깨질 것이고 대륙은 곧 전쟁의 폭풍에 휩싸이게 될 것이었다.

그것을 뻔히 볼 수 있었기에 오히려 칼라에서 더 거세게 저항했다. 덕분에 독립을 유지할 수는 있었지만 아무래도 부족한 기사들의 전력을 메울 수 없었기에 점점 더 위태로워져 갔고 결국은 훈트 연합에 합류하게 된 것이다.

그리고 나서 두 제국으로부터의 위협은 완전히 사라졌다. 기사의 왕국이라 불리는 무아브가 훈트 연합 중 한곳이었기 때문이다. 무아브의 기사와 로피탈의 마법사라면 대륙 어느 나라도 쉽사리 물리칠 수 없는 최강의 조합이었다. 그러니 두 제국은 물러설 수밖에 없었다. 그렇다면 로피탈은 왜 처음부터 연합에 가입하지 않은 것일까?

그것은 바로 나라의 재정 때문이었다. 마법 왕국이라 불리는 로피탈이니만큼 당연히 마법 물품도 엄청나게 많았고 그것이 곧 로피탈의 특산품이었다. 마법 물품을 통한 수출은 로피탈의 재정을 튼튼히 해주었고 그 재정 중 일부는 다시 마법 연구에 투자되어 더욱 많은 돈을 불러들여 왔다.

또한 그런 튼튼한 재정이 있었기 때문에 두 제국의 침략으로부터 버틸 수 있었던 것이다. 로피탈의 마법 물품에 대한 주고객은 훈트 반도의 끝에 위치한 블루덴과 그린젬을 오가며 무역을 하는 상업 왕국 '알'이었다. 그런데 로피탈이 훈트 연합에 들게 되면 알 역시 같은 연합국이기에 연합국 사이에 형성된 조약에 따라 세금을 물릴 수 없게 된다.

사실 외국에 파는 마법 물품들 가격의 40퍼센트는 세금이었고 로피탈은 그것들을 전매하고 있었다. 그런데 세금을 폐지하면 그것은 곧 재정에 막대한 타격을 가져오게 된다.

물론 두 제국으로부터의 침략이 없어지면 전쟁에 소모되던 재정이야 남겠지만 어쨌든 마법 연구에 지원되던 재정이 줄어들 수밖에 없는 상황이라 마법사들이 극심하게 반대를 했던 것이다. 그러다가 결국은 더 이상 못 버티고 연합에 가입하게 된 것이다. 그것이 대략 200년 전에 있었던 일이다. 그리고 그때부터 블루덴 대륙은 완전한 평화의 시기에 접어들었다. 200년 전에는 간혹 있었던 후디스와 마케인의 로피탈에 대한 침략이 사라졌기 때문이다.

그런 칼라에서 7서클의 마나 유동을 감지했고 곧 로피탈의 왕실에 연락을 취했다. 그리고 칼라의 마법사 세 명을 사신으로 보내기에 이른 것이다. 사실 류블라드 전체를 통틀어서 8서클에 이른 마법사는 단 열한 명이었다. 그리고 7서클에 이른 마법사도 사십 명이 되지 않는다. 7서클부터는 고서클로 인정받으며 어느 나라를 가든지 궁정 마법사로 극진한 대접을 받는다. 그런데 전날의 마나의 유동은 칼라에 등록되지 않은 7서클의 마법사가 존재한다는 이야기였기에 시급히 조사단을 보낸 것이다.

"케이! 어제 어디 갔다가 온 거야? 사라져서 걱정했잖아. 혹시 날 내버려 두고 혼자서 궁을 나가 여행을 떠난 건 아닌가 생각했단 말야. 아, 그런데 네가 사라진 어제 궁 북쪽의 야산 하나가 완전히 사라졌어. 그것도 무려 7서클의 마법들에 의해서. 그래서 지금 로피탈에서 사신이 와서 조사를 벌이고 있어. 세상에, 7서클의 마법이라니. 그것도 칼라에

등록되지 않은 마법사가 펼친 거라니 놀랍지 않아?"

갑자기 말없이 사라졌던 케이가 지난밤 늦게 돌아와서는 돌아오자
마자 바로 운공에 들어가 이제 막 운공을 마쳤다. 그동안 하루 종일 마
음을 졸였다가 다시 궁금함으로 밤을 지새고는 날이 밝고도 한참 동안
이나 운공에 빠져 있는 케이 덕에 속이 탈 만큼 탄 자일론의 불평이 터
져 나왔고 그러면서도 그 사이에 있었던 일을 친절히 이야기해 주는
자일론이었다.

그런 자일론의 이야기를 듣던 케이는 북쪽 야산에 관한 대목에서 쓴
웃음을 지었다. 그런 케이의 웃음을 본 자일론은 설마 하는 표정을 지
었다. 그리고는 바로 자신의 예상이 틀리기를 확인하는 심정으로 케이
에게 물었다.

"설마… 그 7서클의 마법을 쓴 사람이 너는 아니겠지?"

"당연히 그 마법을 쓴 사람은 내가 아니야. 난 늑대거든. 7서클의 마
법을 쓴 늑대라고 해야 말이 맞지."

여전히 쓴웃음을 지으며 케이가 대답했고 그런 대답에 자일론은 뜨
악 하는 표정을 지었다.

"뭐? 너… 너라고? 그 7서클의 마법사가? 고작 두 달 동안 마법서만
읽은 것으로 7서클의 마법을 쓸 수 있었다고? 그런… 그게 말이 된다
고 생각해?"

"당연히 말이 되지. 지금 너의 마법 수준을 생각하면 너무나 당연한
거 아냐? 넌 내가 가르쳐 준 무공을 익힘으로써 마법에서 월등한 성취
를 보였어. 그런 무공으로 내가 살던 세계에서 최고의 경지에 오른 나
에게 7서클 정도는 그렇게 어려운 게 아냐. 솔직히 9서클의 마법 수식

도 나에게는 그렇게 어려운 것이 아냐. 물론 다른 서클의 마법에 비해 캐스팅하는 데 시간이 제법 걸리기는 하겠지만 마나 배열을 못할 것도 없고 또 내가 가지고 있는 마나량도 9서클의 마법을 쓰고도 남아돌 만큼 넘쳐. 그. 런. 데. 젠장! 왜 7서클을 넘어갈 수가 없는지. 왜 7서클이 한계인 거야. 하다못해 8서클만 됐어도… 분명히 머리로는 8, 9서클의 마나 배열을 이해하고 있는데… 왜 마나의 고리 일곱 개가 한계인 건지……."

케이는 자일론에게 자신이 7서클의 마법을 쓸 수 있는 이유를 설명하다가 곧 자신만의 세계에 빠져들어 화만 내고 있었다. 사실 케이가 마법을 익힌 이유는 고급의 환상 마법을 펼치기 위해서였다. 환상 마법을 통해 자일론에게 혼원검법의 초식을 가르쳐 주기 위해서였다. 그리고 7서클의 환상 마법이면 충분히 그럴 수 있다.

그런데 케이가 이렇게 화를 내는 이유는 마법서를 읽으며 8서클의 마법 중 그의 눈에 띈 한 가지 때문이었다. 바로 폴리모프! 드래곤들이 즐겨 사용하는, 다른 생물로의 변화가 가능한 마법. 사실 이 세계의 사람들에게 있어서 드래곤의 폴리모프 마법은 거의 상식이었다. 수많은 영웅 소설에서도 폴리모프한 드래곤의 이야기는 자주 등장하는 소재였다. 그랬기에 드래곤에 관해 배우던 수업에서도 각 드래곤의 특성들만 배웠던 것이고 폴리모프에 관해서는 특별한 언급이 없었던 것이다. 그래서 지금껏 케이는 그런 마법의 존재에 대해 까맣게 모르고 있다가 얼마 전 8서클의 기본적인 마법을 정리해 놓은 마법서를 보고는 알게 되었다.

그 마법에 대해 알게 되었을 때 케이는 얼마나 희열에 들떴던가! 비록 자신이 늑대라는 것을 자각했지만 그리고 늑대의 삶을 살아가려 하지만 50년을 인간으로 살았던 기억을 고스란히 간직한 채 인간들 속에서 인간일 때를 그리워하며 살아온 케이가 아니었던가. 비록 늑대이긴 하지만 그래도 인간의 모습으로 살아갈 수 있는 길이 보였기에 그 순간 케이는 바로 폴리모프를 펼치고 싶은 충동에 휩싸였다. 그러나 애초 공부를 시작할 때 9서클까지 끝내고 나서 마법을 펼쳐보기로 마음을 먹었었기에 마법 공부에 박차를 가했었다.

드디어 전날 자신이 익힌 마법들을 펼쳐 보기 위해 태어나서 처음으로 왕궁을 벗어나서 수도 북쪽의 야산으로 향했다. 처음 궁을 벗어나 보이는 거리는 케이의 눈을 잡아끌 만큼 생소하고도 신기한 것들투성이였지만 케이는 그런 것들에 눈 한 번 주지 않고 빠른 속도로 수도를 벗어났다. 그리고는 마법을 펼쳐 볼 만한 야산에 도착하자마자 자신이 익힌 모든 마법들을 차례로 쉬지 않고 빠른 속도록 각 서클에서 한 가지씩 펼쳐 보았다.

1, 2, 3, 4, 5, 6, 7서클의 마법들이 펼쳐지는 것은 순식간이었다. 이미 내공을 다루는 데 너무나도 익숙한, 그래서 마나 역시 익숙하게 다루는 케이에게 그 정도는 쉬운 일이었다. 그리고 드디어 그렇게 열망하던 8서클의 폴리모프를 펼쳤다. 하지만 아무런 반응이 없었다. 아니, 마나의 고리가 일곱 개에서 더 이상 만들어지지 않았다. 폴리모프뿐이아니라 다른 8서클의 마법도 전혀 펼쳐지지 않았다. 그때 케이가 느낀그 실망감이란⋯⋯.

그래서 홧김에 자신이 알고 있는 7서클의 위력이 강한 공격 마법들을 남발했고 그 결과가 야산의 소멸이었던 것이다. 이런 일들을 알 리

없는 자일론은 혼자서 투덜거리다가 점점 발광에 가까워지는 케이의 모습에 고개만 갸웃거리고 있을 뿐이었다.

사실 마법 역시 자연의 힘을 이용하여 펼치는 것으로 단계를 뛰어넘을수록 자연에 대해 마나에 대한 이해와 깨달음이 있어야 한다. 그리고 그것은 서클이 올라갈수록 힘이 든다. 단순히 마나량과 수식에 의해 마나의 고리가 늘어나는 것이 아닌 것이다. 물론 3서클의 마법까지는 별다른 깨달음이 필요치 않다. 그래서 3서클의 마법사까지를 초급 마법사라 부른다. 그러나 4서클로 넘어가기 위해서는 작으나마 깨달음이 필요하기에 4, 5, 6서클의 마법사를 중급 마법사. 7서클의 마법사는 고급 마법사라 부른다. 그리고 8서클의 마법사가 되면 대마법사, 즉 매지션 마스터의 칭호를 얻는다. 9서클은 인간으로서는 이룰 수 없는 경지로 치부되나 기록된 9서클의 마법사가 존재했기에 마법에 대한 초월자라는 의미로 슈페리어라는 칭호가 부여되었다.

위의 구분에서 보듯 7서클부터는 한 서클 간격으로 구분이 지어져 있다. 그만큼 7서클부터는 이루기가 힘든 것이다. 하지만 자연에 대한 이해라는 점에서 무공과 마법은 상통했기에 케이는 별 무리 없이 7서클까지는 펼칠 수 있었다. 그러나 상통한다 하더라도 내공과 마나는 매우 유사한 것이지 완전히 같은 것은 아니었다. 즉, 99퍼센트 정도는 같지만 100퍼센트 같지는 않은 것이다. 아무리 만류귀종이라 하지만 그리고 케이가 이미 만류귀종을 이룬 정도의 경지라고는 하나 그 1퍼센트 정도의 오차로 8서클부터는 조금은 다른 자연과 마나에 대한 이해를 필요로 했기에 케이는 8서클의 마법은 펼칠 수가 없었던 것이다.

물론 자연검의 경지를 이룬 케이의 깨달음의 경지는 이미 9서클의 그것을 넘어서고 있었지만 그 깊은 깨달음은 검(劍)에 관한 것이지 마법에 관한 것이 아니었기에 마법과 검 사이에 있는 약간의 차이로 인해 펼치지 못했던 것이다. 케이가 8서클과 9서클의 마법사들과 잠시라도 마법에 관한 토론을 벌인다면 곧 그 차이를 바로 잡아 8, 9서클의 마법을 펼칠 수야 있겠지만 어디 8서클의 마법사가 쉽게 만날 수 있는 존재이던가? 게다가 늑대와 마법에 관한 토론? 어느 모로 보더라도 상당히 가능성이 희박한 이야기이다.

물론 깨달음이 없더라도 상위 서클의 마법을 펼치는 수단은 있었다. 바로 마법진을 이용하는 것이다. 본디 마법진은 마나량의 부족을 채우기 위해 만들어진 것이지만 8, 9서클의 마법진을 이용하면 깨달음과는 관계없이 그 마법을 펼칠 수 있다. 하지만 자일론이 가져다 준 마법책은 각 서클의 마법 수식에 관한 책 아홉 권뿐이었다. 기본적인 마법들을 정리한 마법서였기 때문이다.

마법사들은 끊임없이 마법을 연구해 왔고 발전시켰으며 새로운 마법들을 만들어냈다. 그 때문에 각 서클의 마법의 수는 이루 헤아릴 수 없을 정도로 많았다. 물론 8서클과 9서클의 마법은 그 경지가 경지인 만큼 그 수가 얼마 안 되지만 말이다. 그렇게 많은 수의 마법 때문에 한 서클의 마법 열다섯 개 이상을 사용할 수 있으면 익스퍼트, 30개 이상을 사용할 수 있으면 마스터라 부른다. 그리고 자일론이 가져다 준 마법서는 각 서클 별로 가장 많이 쓰이는 마법들 40개 정도를 정리한 기본적인 마법서였기에 마법진에 관한 내용은 없었던 것이다.

자일론 역시 아직 마법진에 관해서는 배우지 않았다. 덕분에 케이는 마법진의 존재조차 모른 채 머리를 싸매고 고민에 빠져 있는 것이다.

후일 케이가 마법진에 대해 알게 되면 과연 어떤 표정을 지을지…….

로피탈의 사신들은 야산의 소멸에 관해 카이렌의 궁정 마법사들과 같은 결과밖에 내지 못한 채 3일 후에 돌아갔다. 다수의 7서클의 공격 마법에 의한 초토화, 그것이 그들이 내린 결론이었다. 그 3일 동안 케이는 혼자 방에 콕 틀어박힌 채로 8서클의 마법에 관해 머리를 싸매고 고민했다. 그러나 별 소득이 없었다.

아니, 특별한 소득이 있다고 해도 지난 야산 사건에서도 보았듯이 득달같이 달려들 궁정 마법사들 덕에 수도에서는 멀리 떨어진 곳에서나 마법을 펼칠 수 있을 것 같았다. 아무래도 수도 주변이다 보니 마법사들이 촉각을 세우고는 주변에서 펼쳐지는 모든 마법을 탐지하고 있었다. 물론 칼라 역시 블루덴 대륙의 모든 국가 수도 주변에서 펼쳐지는 마법을 탐지하고 있었다. 그것은 각국의 요청에 의한 것이었다. 아무래도 국왕이 있는 수도이다 보니 많은 신경을 쓰는 것이다. 그래서 지난번 케이가 야산에서 마법을 썼을 때 로피탈에 있는 칼라에서도 그 마법을 탐지할 수 있었던 것이고 대수롭지 않은 마법이었으면 그냥 간단한 보고만 올라가고 끝났겠지만 7서클의 마법이었기에 그런 소동으로 번진 것이다.

지난번의 소동으로 나름의 경험을 얻은 케이는 앞으로는 절대로 수도와 그 근방에서는 마법을 펼치지 않겠다고 결심을 한 상태다. 수도 안에서 펼쳐지는 모든 마법이 탐지되고 있다면 자신의 존재가 언제 발각될지도 모를 일이었기 때문이다. 물론 발각된다고 큰일이 나는 것은 아니었지만 그래도 케이는 그것이 왠지 싫었다. 하지만 수도 근처에서 마법을 펼치느냐 마느냐가 중요한 것이 아니라 먼저 8서클 마법을 펼칠 수 없는 이유부터 찾는 것이 당장 발등에 떨어진 불이었으니…….

그렇게 일주일의 시간이 더 흘렀고 케이는 결국 포기하고 말았다. 폴리모프를 하고 싶은 열망이야 넘쳐 흐르고도 남아돌지만 지금 그가 할 일은 폴리모프를 하는 것이 아니라 자일론에게 혼원검법을 가르치는 것이다. 케이가 마법을 익힌 이유도 그것이 아니었던가. 그렇게 마음을 정하고 자리를 털고 일어난 케이는 자일론이 모든 수업을 마치고 돌아오기를 기다렸다. 그리고 자일론이 돌아왔을 때 그의 초식 수업이 시작되었다.

"자일론, 이제 초식을 익히도록 하겠어. 사실 초식은 형(形)으로 간단히 말해 검을 휘두르고 찌르는 방법이야. 지금 네가 익히고 있는 수직 베기, 수평 베기, 사선 베기 같은 것들 말이지. 지금 네가 배우는 그 검술들 역시 내가 있던 중원에서는 삼재검법이라는 검법의 초식들과 유사한 것이지. 뭐든지 기초가 가장 중요한 법이야. 모든 검법의 베기는 지금 네가 배우고 있는 그 세 가지에서 파생되는 거니까 나에게 검법을 배운다고 하더라도 열심히 수련해서 잘 익혀둬."

진중한 케이의 말에 자일론은 굳은 얼굴로 고개를 끄덕였다. 그런 자일론을 바라본 케이는 곧 '하이드 마나 포스'(마나의 유동을 숨겨주는 마법)를 펼쳤다. 절대 수도에서는 마법을 펼치지 않겠다고 마음을 먹었지만 그렇다고 자일론을 멀리 데리고 갈 수도 없는 노릇이고 환상 마법은 펼쳐야 하니 마나의 유동을 숨기기 위해 우선 '하이드 마나 포스'를 사용한 것이다.

방 안에 완전히 마법이 펼쳐진 후 곧 자일론에게 6서클의 환상 마법 '버츄얼 이미지'를 펼쳤다. 이 '버츄얼 이미지'는 시전자가 생각하는 대로의 모습을 피시전자에게 보여줄 수 있는 환상 마법이었다. 자신에게 버츄얼 이미지가 펼쳐진 자일론은 곧 태어나서 처음 보는 곳에 있는 자신을 발견했다. 그리고는 곧 그의 앞에 검은 머리의 평범하게 생긴, 하지만 어딘가 신비스러운 분위기를 풍기는 한 사람이 나타났다.

"응? 여긴 어디지? 그리고 당신은 누구죠?"

낯선 곳의 낯선 사람에 당황한 자일론은 그 사람이 나타나자마자 물었다.

"아아, 자일론, 너무 당황하지 말라고. 넌 단지 방 안에 있으니까. 다만 내가 펼친 버츄얼 이미지 때문에 이런 것들이 보이는 거라구. 내가 늑대인 채로는 너에게 초식을 가르칠 수가 없잖아. 그래서 이런 편법을 사용한 거야."

케이는 자일론의 질문에 친절히 대답해 주었다.

"뭐? 그럼 네가 케이라는 거야?"

"물론이지. 어때? 내가 인간이었을 때의 모습이? 나름대로 젊었을 때의 모습으로 나타난 건데? 제법 멋지지 않아?"

케이의 유들유들한 대답에 인상이 콱 찌그러진 자일론이 초식의 수업을 재촉했다.

"아아, 알았으니까 빨리 검법이나 가르쳐 줘."

"쩝, 뭘 그리 정색을 하는 거야. 알았어. 지금부터 가르쳐 줄 테니까 잘 들어. 검법이란 것은 당연히 검을 쓰는 법이지만 단순히 검만 잘 다뤄서는 곤란해. 검법이 탄생하게 된 목적 자체가 상대방과 싸우기 위함이니 몸의 움직임도 아주 중요하지. 그렇게 몸을 움직이는 법을 신법이라고 하지. 그리고 신법에는 빠르게 달리기 위한 경신법과 몸의 운신을 좀 더 유연하게 펼치기 위한 보법이 있어. 특히 이 보법이 검법과는 밀접한 관련이 있어. 아니, 거의 하나라고 봐도 무방하지. 그리고 그 외에도 혹시 모르니 몇 가지 권장법과 각법 정도는 익혀놔야 한다구. 어때, 익힐 것이 많지? 일단 네가 배우게 될 검법은 혼원검법이란 거야. 이 검법은 내가 몸담았던 장백파의 비전 무공인 혼원신공 검법 편에 있는 검법이지. 네가 앞서 배운 혼원심법은 신공의 심법편에 있는 것이고. 앞으로 신법편에 있는 천풍신법이랑 유수보법, 그리고 장법편의 혼원장, 권법의 혼원권, 각법의 혼원각도 배워야 해. 하지만 이 중에서 권장각법들은 검법의 응용이기 때문에 일단 검법만 제대로 익히면 익히는 데 크게 어렵지는 않을 거야. 그럼 이중에서 제일 먼저 검법부터 배워보도록 하자구. 혼원검법은 모두 열 초식으로 이루어져 있어. 난 너에게 이 열 초식과 그리고 내가 전생에서 죽기 전에 깨달은 초식 하나까지 모두 열한 초식을 가르쳐 줄 거야. 마지막 초식은 내가 창안한 것이라 혼원검법이랄 수는 없지만 혼원검법을 펼치며 나도 모르게 창안하게 된 거라 혼원검법이 아니랄 수도 없는 그런 초식이야."

그렇게 케이는 혼원검법의 초식에 대해 하나하나 설명하며 일일이 시범을 보여주었다.

1초 수(水).

물의 흐름을 보고 만들어진 초식으로 부드러운 검로가 특징이다. 그리고 물의 음한지기를 검에 담아 그 기운이 극에 이루면 빙검을 펼칠 수 있게 된다.

2초 풍(風).

바람의 자유분방함을 검에 담은 초식으로 검이 자유롭게 뛰노는 듯한 착각에 빠질 정도의 초식이다.

3초 목(木).

천년 고목의 굳건함을 검에 담은 초식으로 어떠한 공격에도 절대로 흔들리지 않는 장중함이 뿜어져 나온다.

4초 화(火).

타오르는 불꽃의 움직임과 불의 뜨거운 열기를 담은 초식이다. 검에 열양지기를 불어넣어 펼치면 마치 타오르는 불꽃에 둘러싸인 듯한 착각이 들게 하는 검이다.

5초 금(金).

금의 강맹한 기운을 담은 초식. 목이 나무의 굳건함을 담은 방어 위주의 초식이라면 금은 무엇이든지 부수어 버리는 패도적인 기운을 담은 공격 위주의 초식이다.

6초 감리(坎離).

1초 수와 4초 화의 기운을 하나의 초식에 담은 것으로 음양이기를 동시에 뿜어내는 초식이다.

7초 진뢰(辰雷).

팔괘 중 진의 기운을 검에 담은 것으로 뇌전의 빠름과 강맹함이 담겨 있는 초식이다.

8초 무영(無影).

말 그대로 그림자조차 없는 극쾌의 초식. 그림자뿐 아니라 소리 역시 없는 혼원검법 중 가장 빠르면서도 은밀한 초식이다.

9초 천환(天幻).

하늘을 검에 담았다. 극성의 천환이 펼쳐지면 상대에게는 오직 하늘만이 보일 뿐, 다른 어떤 것도 없게 되는 초식으로 이기어검의 경지에 들어야만이 펼칠 수 있다.

10초 혼원(混元).

음과 양이 갈라지기 전의 혼원지기를 담은 초식. 초식이라 이름 붙였지만 특별한 형(形)이 없는 초식이다. 자신의 몸의 혼원지기가 이끄는 대로 검을 움직일 뿐. 심검의 경지에 들어야만 제대로 펼칠 수 있는 혼원검법의 마지막 초식이다.

"어때? 굉장하지?"

혼원검법에 대한 모든 설명과 8초 무영까지의 시범이 끝나자 케이가 의기양양하게 물었다. 자신의 검법에 대한 자부심으로 물었던 것인데 자일론의 반응이 영 신통치가 않았다. 아니, 오히려 케이를 무슨 사기꾼 보듯이 보고 있었다.

"네가 한 말 정말이야? 시범을 보이는 걸 보니 별거 아닌 것처럼 보이는데 그렇게 굉장한 검법이라구? 못 믿겠는걸."

"뭐? 참나, 남들은 익히기를 꿈속에서조차 갈망하는 검법을 보고 별로 대단하지 않다고. 그럼 익히지 말던가. 지금은 내가 초식에 내공을 불어넣지 않아서 그럴 뿐, 진정한 위력은 그 초식에 적합한 내공을 불어넣었을 때야 나타난다구. 그리고 지금의 넌 9초와 10초는 익힐 수조차 없으니 내가 알려준 구결이나 제대로 익혀놔. 9초와 10초는 각기 검의 또 다른 경지에 들어야만 펼칠 수 있는 것들이니까. 그리고 마지막으로 내가 죽기 직전에 깨달은 초식에 대해 설명해 주지. 굳이 이름을 붙이자면 자연검(自然劍)이라 해야 할 거야. 이건 사실 초식이라기보다는 하나의 깨달음의 경지를 나타내는 거야. 말 그대로 검에 자연의 모든 것을 담는 거야. 네가 화산을 생각하며 펼쳤다면 화산이, 파도를 생각했다면 파도가 나타나는 그런 경지라고 해야 할까? 그래서 혼원과 마찬가지로 특별히 정형화된 형이 없어. 그저 네가 느끼고 네가 받아들인 자연을 그저 검에 담아내면 되는 거지. 흠, 이 정도로는 설명이 부족하지만 더 이상 설명할 수도 없어. 이건 하나의 경지니까. 그러니까 넌 일단 혼원검법을 8초까지 열심히 연마하라구. 그러다가 너의 검에 대한 이해가 높아질수록 새로운 경지에 접어들게 되고 이후의 초식도 펼칠 수 있게 될 테니까."

그렇게 말을 맺은 케이는 다시 신법과 권장각법들을 가르쳐 주고는 곧 마법을 풀었다. 그리고 자일론은 마법에서 풀리자마자 방의 한쪽에서 목검을 들고는 아까 봤던 혼원검법의 초식을 수련하기 시작했다.

제 6 식

유희의 시작

카이렌 왕국의 서부에 위치한 미드 산맥. 블루덴 대륙을 동서로 반분하는 위치에 있어 중앙에 존재하는 산맥이라는 의미로 미드 산맥이라 불리는 곳으로 카이렌과 훈트 연합의 그람과의 국경선을 이루기도 하는 산맥이다.

이 산맥 중 카이렌에 존재하는 엘프의 숲과 면하는 곳에 위치한 제법 높은 산. 그 산에서도 중턱을 넘어 제법 높은 곳에 위치한 고원인지, 아니면 그 산 자체에 나무가 별로 없는 것인지 주변에 나무의 모습은 볼 수가 없고 돌과 자갈들뿐인 황량한 모습이다.

지금 그곳에서 싸늘한 표정을 짓고 있는 한 여인이 손을 들어 불의 구체를 하나둘 만들어내고 있다. 과연 인간인지를 의심하게 만들 정도로 아름다운 금발의 여인이 눈부시게 아름다운 얼굴에 싸늘하다 못해

차갑게 냉기까지 서린 얼굴로 세상의 모든 것들을 태워 버릴 듯한 열기를 머금은 파이어 볼을 계속해서 만들어내고 있었다.

어느새 그 수요는 30여 개를 넘어서 40개에 육박하고 있었다. 아무리 1서클의 기본 마법인 파이어 볼이라고는 하지만 한 번에 이 정도의 수요를 만들어내는 것은 7서클에 이른 마법사도 힘들 정도다. 그런데 그런 마법을 여전히 여유로운 모습으로 냉기만 풀풀 날리는 채 한 손을 들어 만들어내는 저 여인이란… 그리고 그 여인은 곧 싸늘하게 노려보던 존재를 향해 파이어 볼을 날렸다. 40여 개를 동시에 그러나 순차적으로.

사방팔방에서 에워싸듯 날아오는 파이어 볼은 온 방위를 점하고 들어와 도저히 피할 곳이 없어 보였다. 그리고 각각의 파이어 볼은 교묘히 약간의 시간 차를 두어 혹시라도 피할 수 있는 방위까지 완벽하게 막아놓고 있었다. 40여 개의 파이어 볼이 모두 격중한다면 분명 먼지도 남기지 않고 사라질 정도의 위력을 낼 것이다. 게다가 이 정도 규모의 마법을 표정 하나 변하지 않고 펼칠 정도라면 분명 개개의 파이어 볼의 위력도 일반적인 마법사가 사용하는 1서클의 그것과는 비교도 안 될 위력임이 분명하다.

그것을 어느 한 존재를 향해 날리다니! 그러나 가장 앞선 파이어 볼 하나가 격중될 찰나 육안으로는 확인할 수조차도 없는 움직임이 나타나며 재빠르게 파이어 볼의 더미에서 빠져 나왔다. 마치 은빛의 바람이 파이어 볼 사이를 흐른 듯한 모습을 보여주며 안전한 곳으로 빠져 나온 그것은 은빛의 털을 가진 한 마리의 거대한 늑대, 케이였다.

케이는 빠져나오자마자 여인을 노려보며 으르렁거리기 시작했다.

그런 으르렁거림은 곧 이어 터져 나오는 폭발 소리에 감쳐졌지만……

케이가 피한 파이어 볼들은 애꿎은 땅만을 두들기며 거대한 구덩이를 만들어놓았다.

"호? 그것을 피해냈다는 것인가? 대충 예상은 했지만 그래도 제법이군."

싸늘한 표정의 여인은 약간은 의외라는 듯이 입을 열었다. 그리고는 다시금 주위로 다수의 마법들을 만들어내기 시작했는데 점점 고서클로 올라가기 시작했다.

"그럼, 어디 이것도 피해보시지."

말을 마침과 동시에 과연 이 여인이 인간인지를 의심케 하는 마법들이 연이어 날아왔다. 앞서는 여인의 외모에 인간임을 의심했다면 이번에는 그 마법 실력에 그런 의심을 가지게 되는 것이다. 케이는 그런 엄청난 마법 무더기들을 재빠르게 피하고 있었다. 인간 시절에 익힌 천풍신법과 유수보법을 적절히 섞어 쓰며 피하고는 있었지만 거기에도 한계가 있었다. 게다가 케이가 익힌 그런 신법들은 분명히 두 발의 인간이 사용하는 것이고 지금의 케이는 네 발 달린 늑대였다. 그리고 케이는 태어난 이후 내공심법만을 연마하고 명상을 통해 가다듬었지 단한 번도 초식을 펼쳐 본 적이 없었다. 물론 지금의 케이는 특별히 육체를 이용한 초식의 수련은 필요치 않은 경지임은 분명하지만 그것은 어디까지나 케이의 정신체의 문제였다.

새로운 몸으로 태어났기에 초식을 펼칠 그릇이 되는 육체 역시 수련을 통해 가다듬어야 한다. 물론 내공이 이미 인간의 한계를 벗어난 케이라면 별 상관이 없지만 문제인 것은 현재 케이의 상태인 것이다. 케이가 인간인 상태로 무공을 펼치는 것이라면 류블라드의 누구보다 강할지 모르지만 현재 케이는 늑! 대! 다. 그리고 늑대가 된 이후로 케이는 단 한 번도 무공을 펼친 적이 없었다. 너무도 분명한 사실은 두 팔에 두 발이 있고 꼬리가 없는 사람과 네 발과 꼬리가 있는 늑대는 달라도 너무도 다르다는 것이고 곧 늑대의 몸으로 인간의 무공을 펼치기에는 상당한 무리가 따르는 것이다.

지금껏 평안한 일상 속에 자신도 모르게 빠져들어 생활하던 케이는 그런 사실들을 까맣게 잊고 있었던 것이다. 케이는 처음 저 여인과 대치했을 때 평소대로(그래도 제갈효로 살았던 무렵이니 상당한 옛날) 유수보법을 펼쳤고 펼친 순간 엄청나게 당황하고 말았다. 두 발로 갈 때랑 네 발로 갈 때랑 운용법에서 많은 차이가 나는 것을 깨달았기 때문이다.

그래도 나름의 경지가 있는지라 어떻게든 피하기는 하지만 등이 땀으로 흠뻑 젖는 듯한 느낌이었다. 지금도 무수한 마법 세례를 어떻게든 피하고는 있지만 얼마나 갈지 장담할 수 없는 것이다. 반면 여인도 약이 바짝 올라 있었다. 지금껏 자신의 마법들을 이렇게 요리조리 피한 존재는 단 한 명도 없었던 것이다. 그런데 지금 눈앞의 존재는 자신에게 은빛의 바람을 보여주며 이리저리 잘만 피하니 약이 안 오를 수가 없지 않겠는가.

여인은 잠시 마법을 중단했다. 케이는 그런 여인의 모습에 잠시 한숨 돌렸지만 곧 경악하고 말았다. 여인의 주변으로 모여드는 어마어마한 마나를 느꼈던 것이다. 그런 케이의 표정을 본 여인은 곧 싱긋 웃으며—지금까지의 차가운 웃음이 아닌 화사한 웃음—나직이 시동어를 외웠다.

"헬 파이어."

헬 파이어! 지옥의 불꽃이라는 의미의 8서클의 화계 마법! 이 마법에 닿은 것은 무엇이라도 흔적도 없이 녹아버린다는 극악할 위력의 마법이 펼쳐진 것이다. 곧 헬 파이어의 불꽃이 케이에게 덮쳐 왔고 케이는 피하려 했지만 곧 그 불꽃의 물결에 직면하게 되었다. 케이 역시 이미 7서클의 마법사. 게다가 9서클까지의 마법 수식을 마스터 급으로 익히고 있었다. 헬 파이어가 어떤 마법이라는 것쯤은 알고 있고 당연히 그 위력의 무서움 역시 절감하고 있었다.

곧 혼원심법 중 오행의 수결과 팔괘의 감결을 동시에 운용했다. 수와 감의 동시 운용으로 이루어낸 빙(氷)의 기운. 빙기로 호신강기를 극한으로 펼쳐 온몸을 감싼 채로 천풍신법을 극한으로 펼쳐 불꽃을 뚫고는 곧장 뛰쳐 나갔다.

그리고 뛰쳐나가는 것에 그치지 않고 자신의 이런 행동을 전혀 예측 못했을 여인에게 재빠르게 육박해서 오른쪽 앞발로 수강을 펼쳐 혼원검법 1초 수의 초식으로 여인에게 떨쳐 냈다. 헬 파이어의 불꽃에 고통에 울부짖으며 타 들어갈 늑대를 생각하며 흐뭇하게 웃고 있다가 갑자기 쏘아져 오는 마나의 빛살에 놀란 여인은 자신도 모르게 본능적으로 몸을 피했고 오른팔의 옷자락이 길게 찢어져 나가며 네 줄기의 혈선이 오른팔에 생겼다.

케이는 그런 여인을 의기양양한 모습으로 슬쩍 돌아보았고 잠시지간 어떤 일이 일어났는지 깨닫지 못했던 여인은 어안이 벙벙한 채 있다가 자신의 오른팔에서 은은하게 저려오는 통증을 느끼며 자신의 팔을 보고는 곧 어떤 일이 있었는지를 깨달았다. 그리고는 당연한 수순으로 불같이 분노했다.

여인이 분노에 몸을 치떨자 곧 엄청난 마나의 폭풍이 몰아치며 여인에게로 몰려들었다. 그리고 여인의 몸이 엄청난 빛에 휩싸이고 곧 여인은 사라지고 케이의 눈앞에 나타난 존재는 자일론과 같이 수업 시간에 들었던 인간으로는 어찌할 수 없는 존재, 드래곤이었다. 온몸이 황금빛으로 찬란히 빛나는 골드 드래곤.

여인이 누구인지 너무도 잘 알고 있던 케이는 눈이 찢어질 듯이 부릅떠질 수밖에 없었다. 케이가 그렇게 놀라든지 말든지 상관없이 드래곤의 의지가 케이에게 울려 퍼졌다.

"나를 현신케 하다니 제법이구나. 처음에는 단지 몸에 마나를 머금을 능력을 가진 재미있는 녀석이라고 생각했을 뿐이지만 설마 오러 블레이드를 검도 없이 펼쳐 버리다니. 한낱 늑대가 이미 인간도 되기 어렵다는 소드 마스터라니… 브로스넨이 들으면 펄쩍 뛸 일이로군. 아무튼 점점 네 녀석에게 흥미가 솟는구나. 어디 한번 버텨보거라. 처음에는 적당히 데리고 놀다가 죽어 버릴 생각이었다만… 네 녀석은 정녕 이 세계에는 없었던 흥미로운 존재라… 살려두기로 하지. 단! 나의 공격을 나름대로 견뎌낸다면 말이다."

말을 마치기 무섭게 다시 드래곤으로부터 마법이 몰아쳐 나왔다. 그러자 케이 역시 마법을 펼쳐 가며 대응했다. 파이어 볼에는 아이스 미사일로 아이스 스톰에는 파이어 스톰으로 서로 상극이 되는 같은 서클의 마법을 펼치며 드래곤의 마법을 착실히 막아나가며 몇몇은 드래곤의 몸에 격중시키기도 했다. 하지만 이제 고작 7서클의 마법을 펼칠 수 있는 케이의 마법으로는 마법의 생물이라는 드래곤에게 별다른 타격을

줄 수는 없었다. 하지만 드래곤의 재미있다는 듯한 눈빛은 더 더욱 짙
어졌다.

"호, 마법까지 사용한다라… 점점 더 흥미가 일게 만드는구나."

재미있다는 감정이 극도로 올라간 골드 드래곤의 눈이 잠시 고민에
잠겼다. 이 재미있는 녀석에게 강도 높은 실험을 한 번 더 해봐?라는
고민에… 지금도 충분히 재미있었지만 태어난 지 1200여 년 만에 느낀
이 감정에 더욱 충실하고 싶었다. 다만 지금 고민하는 이유는 자신의
실험에 저 재미난 장난감이 소멸할지도 모른다는 우려였다. 성년을 맞
은 후 두 번째의 유희에서 이렇게 재미있는 존재를 발견하다니 자신은
정말 운이 좋다고 생각했다.

사실 이번 유희는 예정에 없던 것이었다. 다만 실버 드래곤 나크하
이드와의 내기 때문에 마지못해 시작했었다. 그러다가 일찍이 겪을 수
없었던 기쁨과 즐거움을 맛보았고 이번에는 엄청난 재미를 맛보고 있
었다. 유희를 시작할 당시만 해도 투덜거리며 마지못해 했었는데 지금
은 자신에게 그런 내기를 제안해 준 나크하이드가 고마울 지경이었다.

잠시 회상에 젖어들었던 눈에 결정의 빛이 떠올랐다. 지금껏 자신도
단 한 번도 사용치 않았던 것을 눈앞의 녀석에게 사용해 보겠다고. 그
걸로 인해 죽어버린다면 그건 저 희멀건 늑대 녀석의 능력 부족일 뿐
이다. 그리고 애초에 죽여 버릴 심산으로 데려오지 않았던가. 물론 예
상외로 재미있는 존재였기에 살려두고 좀 더 가지고 놀 생각이었지만
그건 어디까지나 자신의 시험에서 견뎌냈을 때라는 조건을 붙였었다.
그리고 이것이 저 녀석에 대한 마지막 시험이 될 것이다.

마음을 굳힌 드래곤은 공중으로 높이 날아올랐다. 그리고 해츨링 때

들었던 대로 대기에 퍼져 있는 마나를 힘껏 들이마셨다. 몸속에서도
역시 마나를 일으켜 들이마신 마나에 더했다. 몸 안에 충분한 마나들
이 뭉치고 뭉쳐 드디어 준비가 끝났다. 이것을 사용하면 자신도 상당
히 피곤할 테지만 솔직히 드래곤이 부여받은 최고의 권능을 처음 사용
해 본다는 기대감에 은근히 떨리기도 했다. 준비가 끝난 드래곤은 그
재미있는 늑대 쪽으로 눈을 돌렸다.

한편 케이는 잠시 자신을 바라보던 드래곤이 하늘로 날아오르자 저
녀석이 왜 저러지 하면서 하늘을 쳐다보았다. 그러다가 경악으로 두
눈이 쫙 찢어졌고 온몸이 떨리기 시작했다. 케이는 느낄 수 있었던 것
이다. 드래곤의 주위로 모여드는 엄청난 마나의 소용돌이를. 그 소용
돌이는 드래곤의 몸으로 빨려들어 갔고 드래곤의 몸 안에서도 엄청난
마나의 폭풍이 생겨 그 소용돌이와 합쳐졌다. 그런 과정 동안 케이의
몸은 더욱 심하게 떨렸다. 이건 그가 그동안 느껴본 적이 없던 엄청난
양의 마나, 아니, 내공이었다. 단순히 내공의 양으로만 따진다면 자신
의 진원까지 모두 쥐어짠다 해도 지금 드래곤이 몸속에서 일으킨 양의
3분지 1이 될까 말까였다.

그렇게 케이가 놀람에 떨고 있을 때 드래곤이 케이를 바라보았다.
그리고는 입을 쩍 벌렸고 거기에서 엄청난 위력의 브레스가 뿜어져 나
왔다! 드래곤이 신에게 부여받은 최고의 권능, 브레스! 바람의 속성을
지닌 골드 드래곤의 브레스는 광포한 기운을 일으키며 케이에게 쏘아
져 왔다. 일순 엄청난 위력을 머금은 드래곤의 공격에 심하게 떨리던
몸은 오히려 딱 굳어버렸다. 그리고 그 위력에 압도되어 이젠 어떻게
해야 하나란 생각에 머리 속이 하얗게 비어버렸다. 태어나서 처음 겪

는 위력의 엄청난 규모로 응집된 마나가 브레스로 화해 자신에게로 쏘아져 오자 당황을 넘어 공황의 상태에 빠져 버린 것이다.

그런 중에 브레스는 이제 케이 바로 위로 육박해 오고 있었다. 그런 케이의 모습을 드래곤은 회심의 미소와 동시에 장난감을 부숴 버린 어린아이와도 같은 착잡함으로 물든 눈으로 보고 있었다. 그리고 드디어 케이가 브레스의 폭풍에 말려들어 갈 찰나!

케이의 몸에서 은은한 기운의 마나가 새어 나오더니 곧 하나의 검의 형태를 띠며 브레스를 갈라 나갔다. 세상의 무엇이든 파괴해 버릴 것 같이 광포하게 몰아치던 드래곤의 브레스는 은은하고 부드럽기까지 한 기운을 머금은 검의 완만하고도 느린 움직임에 서서히 절단되어 갔다. 그리고 절단되어 버린 브레스는 언제 그런 광포함으로 세상 모든 것을 파괴하려 몰아쳤냐는 듯 부드럽고도 따스한 훈풍으로 변하여 서서히 흩어져 갔다.

그런 현상에 이번에는 드래곤의 두 눈이 찢어질 듯 부릅떠졌고 몸을 가늘게 떨기까지 했다. 자신의 최고의 권능인 브레스가 이토록 허무하게 사라질 줄이야. 그것도 태어나서 지금껏 쓸 기회가 없어 처음 쓰게 된 것인데. 믿을 수 없다는 불신감에 몸을 치떨었지만 이건 분명히 일어난 일이고 사실이었다. 자신이 직접 눈으로 확인한 것이니.

케이는 안도의 한숨을 쉬며 드래곤을 쳐다보았다. 드래곤에게 한 방 제대로 먹였다는 생각에 흡족한 미소가 떠올랐지만 온몸의 떨림은 그도 상당히 무리했다는 것을 보여주고 있었다. 브레스에 격중되기 직전에야 겨우 정신을 차렸고 브레스의 폭풍에 휘말려 들어가는 순간 온힘을 다해 펼친 자연검! 케이는 그저 브레스의 폭풍을 보며 은은하고 따뜻한 산들바람을 떠올리며 바람에 몸도 마음도 내맡겼다. 그리고 그 결과가 케이의 자연에 대한 의지로 펼쳐진 자연검에 브레스가 훈풍으로 변해 흩어져 버리는 것이었다.

자연검은 케이가 늑대의 모습이든 인간의 모습이든 아무런 상관 없이 펼칠 수 있었다. 자연을 느끼고 동화되는 데는 육신이라는 그릇은 큰 상관이 없기 때문이다. 자연검이라는 경지의 검으로 브레스를 소멸시키기는 했지만 세 배에 달하는 마나의 차를 완전히 메우지는 못했기에 케이는 온몸이 물먹은 솜처럼 무거워져 부들부들 떨리고 있었다. 지금 저 드래곤이 간단한 파이어 볼 하나만 자신에게 쏜다고 해도 두 눈 멀쩡히 뜨고 그저 맞아야만 했다. 하지만 드래곤이 입은 심적 충격도 엄청난 것인지 더 이상 공격을 할 의지 같은 것은 느낄 수 없었다.

충격에 떨던 몸을 진정시킨 드래곤은 서서히 케이 쪽으로 내려왔다. 그리고 그의 몸은 빛의 광채에 휩싸이며 다시 처음의 아름다운 여인의 모습으로 되돌아갔다.

"도대체 너라는 늑대 녀석은 어떻게 되먹은 놈이냐? 인간보다도 못한 한낱 미물 따위가 나의 브레스를 완전하게 소멸시켜 버리다니… 피하거나 막았다면 이렇게까지 놀라지는 않았을 것이다. 물론 피하거나 막는 것도 충분히 경악스러운 일이다만 완전한 소멸이라니… 비록 내가 아직은 어린 드래곤이라 하나 설사 에이션트 급의 드래곤이라 할지라도 나의 브레스를 그렇게 소멸시키는 것은 불가능하다고 알고 있다. 그런데 네 녀석은……."

멍하니 풀린 눈으로 케이를 보며 드래곤, 아니, 여인은 계속해서 중얼거렸다. 상대방의 반응이나 대답 따위는 관심도 없다는 듯이.

"네놈이 비록 늑대 중에는 대단하다는 카이져 실버 울프라고는 하나 그래도 한낱 미물에 지나지 않는 늑대. 어찌 몸에 그런 마나를 지니고, 어찌 그런 마법을 사용하여 드래곤의 브레스를 소멸시키다니… 마법을 의지만으로 발현할 수 있는 생물은 드래곤뿐이거늘 어찌 늑대가 마법을 사용한단 말이더냐."

여인은 충격 속에서 케이의 존재로 계속해서 혼잣말을 하고 있었다. 사실 그녀의 1200년의 삶을 통틀은 상식 속에서는 이건 말도 안 되는 일이었다. 세상의 생명을 창조한 신이 이런 생명체를 창조했다는 기억은 없었고, 무엇보다도 눈앞의 이 늑대는 태어나는 순간부터 알고 있었었다. 물론 태어나면서 약간의 마나를 머금어 신기한 늑대라는 생각은 했었지만… 이 정도라니…….

"글쎄, 마법이라면 배워서 사용한 거니… 그렇게 놀랄 필요는 없다고 보는데?"

순간 여인의 머리 속에 울린 케이의 목소리에 여인은 흠칫 했다.

"말을 할 수 있었던 것이냐?"

케이는 그 질문에 고개를 끄덕였다.

"그렇다면 지금까지 왜 단 한 마디도 하지 않았던 거냐?"

"니가 나한테 말할 기회를 줬어?"

케이의 대답에 드래곤은 인상을 찡그렸다. 분명 자신이 말할 기회도 주지 않고 이곳으로 워프한 후 다짜고짜 마법을 퍼붓고 현신하고 브레스까지 쏘아냈었기 때문이다. 하지만 그렇다고 저렇게 건방진 말투라니… 지상 최상의 생명체라는 드래곤에게 저런 불손한 말을 내뱉었던 존재는 단연코 류블라드 역사상 없었다.

"그런데 네 녀석 말이 너무 건방지다고 생각하지 않나?"

"뭐가? 그러면 어쩔 건데? 나도 지금 화 많이 나 있다고. 다짜고짜 이런 곳에 나를 워프시키더니 퍼부어댄 공격에 내가 얼마나 고생했는데. 네가 드래곤이라는 이유만으로 내가 공손해지리라 생각한 거야, 일라나 에르시안 귀비?"

일라나 에르시안. 카이렌의 제2귀비이자 자일론의 생모. 케이는 눈앞의 드래곤이 폴리모프한 드래곤을 그렇게 불렀다. 그렇다면 지금까지 그렇게 싸운 드래곤의 정체가 일라나 귀비였단 말인가? 케이를 워프시킨 후 싸움을 시작했다니 분명한 사실일 것이다. 하지만 그녀가 드래곤이었다니⋯ 케이는 그녀가 드래곤으로 현신하는 모습을 본 후 무척이나 놀랐지만 또한 머리 속의 의문을 어느 정도 해소할 수 있었다. 바로 그것은 자일론의 상상을 뒤엎는 뛰어남이었다. 일라나가 드래곤이라면 당연 자일론은 하프 드래곤일 테고 예전에 들은 내용대로라면 자일론의 그런 능력은 충분히 설명 가능한 범위 안에 있었던 것이다. 그리고 일전 자일론이 마법의 실패로 상심했을 때 일라나에게서 느꼈던 그 기이하면서도 강력한 기운 역시 드래곤의 그것이라고 생각하니 절로 고개가 끄덕여졌다.

다분히 시비조로 틱틱거리는 듯한 케이의 대답에 일라나는 가볍게 한숨을 쉬며 대답했다.

"후, 그렇다는 거냐? 나의 브레스를 소멸시킬 정도의 능력을 가졌으니 그 정도는 넘어가도록 하지. 하지만 기분이 나쁜 건 분명한 사실이니 말을 좀 가려서 해줬으면 좋겠군."

"참고하지. 그나저나 왜 나를 이곳으로 끌고온 거지? 그리고 죽이려 했다니?"

"자일론 때문이다. 솔직히 자일론은 일반적인 상식 속의 인간 수준을 크게 벗어나 있지. 그건 당연한 거야. 나의 아들이니… 소위 하프 드래곤 휴먼이라는 존재지. 하지만 그 때문인 것으로 보기에는 이상한 현상이 하나둘 있더군. 마나를 배꼽 근처에 쌓아둔다든지 하는… 그리고 요즘은 혼자서 이상한 검술을 연습하는 거 같더군. 연무장에서 검술 수업을 마친 후 홀로 수련하는 모습을 먼발치에서 지켜보고 있노라면 그것은 내가 이 세상에 태어난 이후 처음 보는 형태의 검술이었다. 난 당황했지. 얼마 전에 자일론의 배꼽 부근에 뭉치기 시작한 마나를 알게 되었을 때는 그냥 좀 신기한 현상이라 생각하고 넘어갔지만 그 검술을 본 이후 난 자일론의 곁에 어떤 다른 존재가 있다는 것을 깨달았지. 이제 검술을 배운 지 1년도 되지 않은 어린아이가 그런 형태의 검술을 만들어낼 수는 없으니 말이야. 그때부터 난 자일론의 주위를 신중히 지켜보기 시작했지. 그런데 도무지 찾아낼 수 없었어. 자일론에게 검술을 가르치고 마나를 배꼽 근처에 저장하게끔 한 사람을… 지금 생각하니 당연히 찾을 수 없었겠지. 그게 설마 이런 늑대였다니……."

자신이 갑자기 이곳으로 공간 이동을 하게 되었을 때의 상황을 곰곰이 다시 생각하던 케이는 눈살을 찌푸리며 물었다.

"그런데 왜 나를 이리로 데리고 온 거지? 사람만을 주시하고 있었다면 한가로이 궁 안을 구경하며 걷고 있던 날 이리로 데리고올 이유가 없었던 거잖아."

"물론 그렇지. 그런데 네 녀석에게서도 마나가 느껴졌거든. 솔직히

늑대라 평소에는 별 신경을 안 쓰고 널 보았다만 마침 오늘은 신경을
잔뜩 날카롭게 하고 둘러보고 있었는데 네 녀석에게서 약하지만 마나
가 느껴지더군. 뭐, 네 녀석에게서 마나를 느낀 것은 네 녀석을 처음
보았을 때부터였지. 그리고 자일론을 달래기 위해 찾아갔을 때 네놈의
몸에 쌓인 마나가 약간 늘어서 조금 놀라기도 했었고 말이야. 하지만
별 신경을 쓰지는 않았어. 그런데 요즘은 내가 신경이 날카로워진 관
계로 네 녀석의 몸을 샅샅이 훑어볼 요량으로 자세히 살펴보았지. 너
도 자일론처럼 마나가 신체의 한 부분에 뭉쳐 있더구나. 그래서 자일
론에게 술수를 부린 놈이 너에게도 그렇게 한 거라 생각하고는 홧김에
죽여 버리려고 했던 거지. 하지만 네 녀석이 제법 반항을 하길래 흥미
가 생겼던 거고 아무리 카이져 실버 울프라지만 그 정도의 전투력을
지니려면 상당한 훈련을 거쳤을 거란 생각도 머리 속을 스치더군. 그
래서 널 다시 궁에 데려다 놓고 지켜보면 그 알 수 없는 녀석이 네놈을
훈련시키러 접근하지 않을까란 생각도 들더군. 물론 네 녀석이란 존재
가 무척이나 재미있기도 했고 말이다."

일라나의 말을 묵묵히 듣던 케이는 으르렁거리면서 되물었다.

"살려서 데려갈 생각을 했다면서 나에게 브레스를 쓴 거냐?"

으르렁거림과 동시에 들린 케이의 질문에 일라나는 잠시 곤혹스러
운 표정을 지었다.

"아, 그거… 그때는 너무 흥분해서 말이지. 사실 나도 여태껏 브레
스를 써본 적이 없어서 이 핑계로 한번 써볼까라는 생각도 했고 과연
네가 브레스마저 피할 수 있을까라는 생각도 했고 말야. 하지만 네놈
이 브레스를 소멸시켰을 때는 무척이나 놀랐다. 지금도 아직 그 놀람

이 가시지 않았으니… 그때부터 난 다른 생각을 하게 되었지. 사실은 네놈이 자일론에게 수작을 부린 건 아닐까 하고. 내 짧은 생의 지식에서도 그런 능력을 지닌 인간은 있을 수 없다는 것은 확신할 수 있었거든. 그러다가 네놈이 말을 했을 때 확신했다. 네놈이 자일론에게 이상한 짓거리를 해놓았다는 것을."

일라나의 확신에 찬 어조에 케이는 고개를 끄덕였다.

"분명, 자일론에게 그것들을 가르친 건 나지만 이상한 수작이라니. 듣기에 좀 거북한걸. 그것도 자일론이 가르쳐 달라고 졸라서 가르쳐 준 것인데 말이야."

"뭐, 어찌 된 것인지는 나에게는 전혀 상관없어. 자일론은 나에게는 너무나도 중요한 존재다. 사랑하는 아들임은 말할 것도 없고, 자일론은 반드시 이루어야 할 게 있어. 그런데 거기에 너라는 존재는 분명 방해밖에 안 된다는 생각이 드는군. 확실히 네 능력은 뛰어나다만 난 그런 능력이 과연 자일론에게 얼마나 도움이 될지 확신할 수가 없어. 그리고 내가 자일론을 위해 준비해 둔 것들도 여럿 있고. 그 준비가 네놈의 그 수작 때문에 틀어지지나 않을지 걱정이다. 검 없이 오러 블레이드를 사용한 것은 제법 신기하고 탐나는 기술이다만 뭐, 오러 블레이드야 자일론을 가르치고 있는 소드 마스터 릭본도 사용할 수 있으니 상관없고 말이야."

일라나의 말이 이어질수록 케이의 표정은 점점 험악해졌다. 강호에서는 자타가 공인해 준 천하제일인의 무공을 전혀 쓸데없는 능력으로 치부하고 있으니 어찌 평안한 표정을 유지할 수 있겠냐만은 일라나가 케이의 모든 능력을 제대로 알고 있었다면 결코 이런 판단은 하지 않았을 테지만 지금까지의 말을 종합해 보면 일라나의 눈에 비친 케이는 단지 마나만 엄청 많이 가지고 오러 블레이드를 사용할 줄 아는 소드 마스터 늑대 정도인 것이다. 그렇게 험악해지는 케이의 표정을 은근히 즐기는 듯한 일라나의 말이 이어졌다.

"하지만 아무리 소드 마스터라고 하더라도 드래곤의 브레스를 그렇게 소멸시킬 수는 없지. 아니, 드래곤조차도 브레스를 소멸시킬 수는 없어. 단지 자신의 브레스로 맞받아칠 뿐이지. 그런 의미에서 너는 자일론이 해야 할 일에 엄청난 플러스적 요소를 가지고 있다고 할 수 있어. 하지만 네가 나의 브레스를 소멸시킨 그 기술은 결코 쉬운 것은 아닐 거야. 지금의 자일론은 꿈도 꿀 수 없는 정도의 경지일 거라고 생각되니까."

계속되는 설명이었지만 괜시리 말을 이리저리 빙빙 돌리고 있다는 느낌이 든 케이는 한숨을 쉬며 물었다.

"하, 그러니까 네가 하고 싶은 말이 뭔데. 간단히 좀 말해 주겠어?"

일라나가 싱긋이 웃으며 대답했다.

"자일론의 실력이 어느 정도까지 쌓일 동안 너는 있어도 그만, 없어도 그만이라는 거지. 그래서 당분간은 자일론의 곁을 떠나 있어주길 바란다는 거야."

일라나의 말에 케이는 생각에 잠겼다. 자일론에게 혼원신공의 무공을 가르친 지도 어느새 6개월이라는 시간이 흘렀다. 그리고 그동안 자일론은 충실히 수련을 했고 형(形)도 이제는 어느 정도 흉내는 낼 정도로 잡혀 있다. 이제 이 단계부터는 본인의 부단한 수련이 중요하다. 물론 간혹 막히는 부분이 있을지도 모르나 그럴 때 스스로 고민하고 문제를 해결해 나가는 게 스스로의 실력에도 더 도움이 된다. 케이가 옆에서 문제를 해결하도록 유도를 해줄 때에 비해서야 어렵기는 하겠지만 자일론 정도라면 충분히 해결할 수 있을 거라는 믿음도 갔다.

하지만 중요한 것은 실제 상대와 맞부딪쳐 보면서 경험을 쌓는 것인데… 케이가 폴리모프를 사용할 수 없어 직접적인 도움은 못 준다고 하더라도 버츄얼 이미지를 사용하면 거의 직접적인 것이나 다름없는 간접 도움을 줄 수 있다. 그리고 그것은 정말 커다란 도움이 될 것이다. 검법이란 스스로의 수신도 중요하지만 고수와의 대련을 통해 얻을 수 있는 것은 혼자 수련하는 것 이상의 이득을 안겨줄 수 있기 때문이다. 왕궁의 기사들도 제법 실력이 있다고는 하지만 케이에 비한다면 어른과 어린아이를 비교하는 거였으니… 일리나의 말대로 잠시 자일론을 떠나 있기에는 바로 이 대련 부분에서 케이는 망설이고 있었다.

"지금 내가 자일론에게 해줄 게 별로 없는 것은 사실이지만 곧 대련을 통한 검법 수련도 가져야 하는데 그때는 내가 아니면 곤란해."

결국은 떠나 있기 힘들다고 판단한 케이는 이렇게 대답했다. 그러나 케이의 대답을 들은 일리나는 한 점의 동요도 없이 여전히 싱긋 웃을 뿐이었다.

"그래? 하지만 그렇더라도 나는 네가 잠시 자일론의 곁을 떠나주었으면 하는 바람이 있는데 어쩌지?"

"왜 그러는 거지?"

"흠… 사랑하는 아들을 한낱 늑대에게 빼앗긴 엄마의 작은 질투라고 할까?"

사실 자일론이 케이에게 무공을 배우기 시작한 이후로는 거기에 매달려 일리나를 잘 찾지 않은 것도 사실이었다. 일리나의 입장에서는 그것이 많이 서운하게 느껴진 모양이었다. 일리나의 대답에 잠시 흠칫하는 케이였지만 케이가 그런 반응을 보이든지 말든지 일리나의 말이 이어졌다.

"그래서 난 널 여기에 두고 갈 거야. 너, 라디칼의 좌표를 모르지? 뭐 알고 있다고 하더라도 그리로는 텔레포트 자체가 불가능하니까. 설혹 한다 하더라도 바로 텔레포트로 인한 마나 변동을 감지한 궁정 마법사들의 마나 간섭으로 어찌 될지 모르지."

일리나의 계속되는 말에 케이는 조금씩 불안해져 갔다. 일리나는 마치 자신만 이곳에 놔두고 혼자 왕국으로 돌아가겠다는 듯이 말을 하고 있었기 때문이다.

"분명 내가 라디칼의 좌표를 모르기는 하지만 네가 말한 대로 알고 있다 하더라도 너 역시 텔레포트는 불가능한 거 아냐?"

케이는 자신의 불안감을 일말이라도 잠재우기 위해 마법의 생물이라는 드래곤에게도 그것은 불가능하지 않느냐고 은근슬쩍 묻고 있었다. 그런 케이의 물음에 일리나는 코웃음을 치며 대답했다.

"흥, 넌 내가 어떤 존재라고 생각하는 거냐? 난 드.래.곤.이다. 그런 내가 그깟 인간 마법사들이 마나 유동을 감지하지 못하게 텔레포트조차 못할 거라 생각하나? 그리고 용언(龍言) 마법만 써도 인간들은 전혀 느끼지 못하는데, 알겠냐?"

대답을 마친 일리나는 곧 이어 한마디 말을 더 붙였다.

"이동(移動)."

그리고 일리나는 사라졌다. 본인이 말했던 용언 마법을 사용하여 라디칼로 텔레포트를 한 것이다. 그런 모습에 케이는 벙찐 표정으로 묵묵히 서 있다가 서서히 바닥에 쓰러졌다. 일리나와의 전투에서 너무나 많은 내공을 소모해 지쳐 쓰러진 것이다. 일리나와의 대화 동안은 어떻게든 버텼지만 일리나가 사라지고 허탈함에 잠기면서 더 이상 버티지 못하고 쓰러진 것이다. 그리고 앞으로 어떻게든 되겠지라고 생각하며 눈을 감고 운공을 시작했다.

"바볼랏, 빨리 좀 와! 왜 그렇게 느려!"

"제나 양이 너무 빠른 거예요! 천천히 좀 가요. 그러다가 다쳐요!"

아주 깜찍하게 생긴 은발의 여자 아이가 폴짝폴짝 뛰면서 앞서 나가고 있고 성직자 복장을 한 청년이 뒤따르고 있었다. 청년의 양 어깨에 창조신 헤이트론의 문장이 있는 것으로 보아 헤이트론 성국의 성직자인 것 같았다. 류블라드 전역에 가장 많은 신전을 꼽으라면 그것은 당연히 창조신이자 주신인 헤이트론의 신전이었다. 그리고 모든 헤이트론 신전의 신관들은 다 헤이트론 성국인이었다. 즉, 헤이트론 성국은 헤이트론의 신관들과 신도들로 이루어진 나라였다.

"제나 양! 너무 멀리 왔어요. 숲에서도 너무 벗어났구요. 아무리 아침에 이 근처에서 강한 마나의 유동이 느껴졌다지만 위험하다구요!"

바볼랏이라 불린 청년 신관이 앞서 가는 어린 소녀, 제나에게 외쳤다. 하지만 제나는 전혀 상관없다는 듯이, 아니, 오히려 재미있어 죽겠다는 듯 눈을 초롱초롱 빛내며 주위를 둘러보고 있었다.

"그냥 강하기만 한 마나의 유동이 아니었어! 무려 8서클 급이었다고! 그것도 헬 파이어! 내가 비록 6서클 익스퍼트의 마법사지만 유동된 마나량 정도는 어느 수준인지 알 수 있어! 게다가 그런 성질의 마나들의 유동이라면 분명 헬 파이어라구."

바볼랏의 말을 강하게 받아친 제나는 주위를 찬찬히 살피며 아침에 있었던 일을 생각했다.

제나는 여느 때와 다름없이 아침에 일어나자마자 마을 가운데에 있는 나이가 어느 정도인지 추측조차 할 수 없는 거대한 나무 위의 굵은 가지에 앉아 명상에 잠겼다. 마을에서 유독 마법 익히는 것을 좋아하여 별종으로 취급받는 소녀였기에 마을에서 가장 마법이 뛰어난 이에게 받은 조언대로 아침에 명상에 잠기며 주위의 마나를 느끼는 수련을 매일같이 하고 있었다.

조용히 불어가는 산들바람에서, 아침 이슬을 가득 머금은 나무 밑의 풀잎에서, 마을 옆을 도도히 감아 돌아나가는 조금은 큰 개천에서, 아침 햇살 사이사이로 날아다니며 노니는 작은 새들에게서 각각의 특징과 성질을 가지면서 기분이 좋아지게 하는 마나들이 느껴졌다.

따사로운 마나의 기운에 둘러싸여 한참 기분 좋은 명상에 침잠해 가고 있을 때 갑자기 어디선가 광포한 마나의 소용돌이가 느껴졌다. 깜짝 놀란 제나는 마음을 가라앉히고는 그 광포한 마나의 여운에 정신을 집중했다. 그리고 느꼈다. 일찍이 경험하지 못했던 마치 지옥에서 빠져나온 듯한 그 끝이 없는 지독한 공포를, 온 세상을 모두 태워 녹여버릴 듯한 겁화의 불꽃을. 그 속에서 공포에 치를 떨던 제나는 곧 눈을 뜨고는 집중을 흩뜨리며 명상에서 깨어났다. 더 이상 그 마나를 접하고 있다가는 자신이 어떻게 될지 알 수가 없었기 때문이다.

정신을 수습한 제나는 곧 생각에 잠겼다. 마나의 특색에 놀라 미처

느끼지 못했지만 다시금 생각하니 정말 엄청난 양의 마나가 그런 공포
와 불꽃을 가지고 요란하게 춤췄던 것이다. 자신이 가진 마법 지식을
총동원하여 내린 결론은 하나였다. 그 정도 양의 마나가 그러한 특색
을 지니고 요동치는 마법은 단 하나밖에는 생각할 수가 없었다.

헬 파이어!

지옥에서 가져온 저주받은 지옥의 보랏빛 불꽃.

그 사실을 깨달은 제나는 곧장 어느 집을 향해 뛰어갔다. 여행 중이
라는, 정말 자신의 마을에서는 보기 힘든 손님이라는 존재에게. 마나
의 유동이 있었던 곳으로 가고 싶었지만 아직은 어린 그녀가 마을 밖
의 미드 산맥에 가는 것을 허락할 어른들은 없었다. 그렇다고 혼자서
만 몰래 나가려니 역시 겁이 나는 것은 어쩔 수가 없었다. 그래서 찾게
된 공범이 신관이라는 직업을 가진 여행자 손님이었다.

자신의 직업에 맞게 착해 빠진 바볼랏이 그녀의 공범자로는 적임자
였던 것이다. 물론 바볼랏은 제나의 이야기를 듣고 위험하다며 말렸지
만 막무가내인 그녀를 막을 수 없었기에 같이 산을 오르는 지금에 이
른 것이다. 그러고 보면 위험하다고 소녀를 말리면서도 마을의 어른들
에게는 아무런 얘기도 하지 않아 결국 제나가 손쉽게 마을 밖으로 나
오게 한 바볼랏의 진짜 속마음은 무엇인지… 알 수가 없었다. 사실 그
도 그 마나의 유동에 흥미를 느낀 것인지도…….

그렇게 투닥거리면서 바위산을 올라가던 바볼랏과 제나의 눈에 커
다랗게 파여진 구덩이가 눈에 띄었다. 과연 무엇이 이렇게 커다란 구
덩이를 만들었는지 추측조차 할 수 없을 정도로 그 규모가 엄청났다.

"이… 이… 런… 어떻게 이런 일이… 제나 양, 제나 양이 말한 대로

분명 이건 헬 파이어의 흔적이군요. 제나 양이 느꼈다는 마나의 특색과 양, 그리고 이 흔적을 보면 이곳에서 헬 파이어가 사용된 것이 틀림없습니다."

바볼랏은 구덩이를 발견하자마자 떨리는 목소리로 제나에게 말했다.

"응? 이 구덩이가 헬 파이어의 흔적이라구? 물론 엄청난 규모의 구덩이기는 하지만 이 정도 크기의 구덩이라면 나도 충분히 만들 수 있다구. 헬 파이어의 위력은 이 정도가 아냐! 좀 더 올라가 보자. 이 정도 규모의 마법을 사용한 싸움이 이곳에서 있었다면 더 올라가 보면 틀림없이 헬 파이어의 흔적도 있을 거야."

바볼랏의 말에 과장이 심하다는 듯이 제나가 말했다. 실제로 엄청난 규모의 구덩이기는 했지만 6서클의 마법으로도 충분히 만들 수 있을 듯한 크기였기에 제나는 바볼랏이 말도 안 되는 소리를 한다고 생각한 것이다.

"아니에요! 제나 양! 이곳이 평지였고 이런 구덩이가 생긴 거라면 분명 제나 양도 가능한 일이겠지만 이곳은 제법 큰 봉우리가 위치하던 곳이라구요!"

일전에 바볼랏이 그람으로부터 카이렌으로 넘어가기 위해 미드 산맥을 넘었을 때의 기억에는 분명 이 근처에 작지 않은 봉우리가 있었다. 바볼랏은 그것을 표식으로 카이렌 쪽으로 길을 잡아 내려갈 수 있었고… 그런데 지금은 아무리 찾아도 그 봉우리가 없었다. 어디에도. 그렇다면 생각할 수 있는 것은 단 하나. 저 구덩이가 원래는 봉우리가 있었던 자리라는 것이다.

바볼랏의 말을 들은 제나의 눈이 왕방울만큼이나 커졌다. 바볼랏의 말을 이해한 것이다. 분명 이 정도 높이면 봉우리가 하나 솟아올라 있을 법한 지형이었다. 물론 아직 더 올라갈 수 있는 길이 있지만 산맥이란 원래 크고 작은 산들이 이어진 것이고 이쯤이면 산봉우리가 하나 나와 있을 법했기 때문이다.

"그럼, 작은 산봉우리 하나를 날려 버렸다는 거야? 엄청나네. 헬 파이어라는 마법… 들어서 그 위력은 대충 알았지만 이 정도일 줄은 몰랐어. 이게 8서클 마법의 위력이라는 거야? 후."

눈앞에 펼쳐진 전경이 어떻게 만들어진 것인지 이해한 제나는 그야말로 놀라움과 감탄 어린 말을 토해냈다. 그녀도 마법을 배우며 8서클 마법의 위력에 대해서는 익히 알았지만 눈으로 그것을 보는 것은 처음이었기에 좀 더 자세히 기억에 담아두고자 주위를 자세히 살폈다. 그런 그녀의 눈에 흙먼지에 범벅이 됐지만 은빛으로 빛나는 거대한 물체가 보였다.

제 7 식

엘프의 숲

으, 음.

기분 좋군. 얼마 만에 침대에서 자보는 것인지. 푹신푹신한 것이 천국이 따로 없어.

가, 가만? 침대라구? 난 분명 운공을 마치고 그대로 그 산 위에서 잠든 거 같은데 침대라니? 이게 어떻게 된 거지. 나는 놀라서 벌떡 일어났다.

쿵!

그런데 갑자기 옆에서 쿵 하고 뭔가가 떨어지는 소리가 들렸다. 이게 어찌 된 거지?

"아야, 너 깼네? 그런데 왜 갑자기 그렇게 일어난 거야! 나도 잘 자다가 너 때문에 침대에서 떨어졌잖아! 씨."

곧 침대 옆에서 작은 꼬마애가 튀어나와서는 나에게 삿대질을 하면서 소리쳤다. 그런데 내가 일어난 거랑 저 애가 떨어진 게 무슨 상관이 있길래 저렇게 화를 내며 말하는 건지, 쩝.

그런데 도대체 이 침대는 뭐고 이 집은 뭐며 저 꼬맹이는 뭐지? 분명 일리나가 텔레포트해 간 후 운공을 마치고는 잠든 것 같은데… 도무지 어떻게 된 건지.

"바볼랏! 이리 좀 와. 애 깼어!"

내가 어찌 된 일인지 생각하면서 고개를 갸웃거리고 있을 때 눈앞에 있는 꼬마는 누군가를 불렀다. 계속 침대에 있기도 뭐해서 침대에 내려와서 그냥 바닥에 앉았다. 늑대로 산 지 10여 년이 흘러서 그런지 이젠 아무렇지도 않게 이렇게 바닥에 앉고 엎드리게 되었다. 나참.

그런데 눈앞의 이 꼬맹이는 무에 그리 신기한지 턱을 괴고는 눈을 반짝반짝 빛내며 나를 보고 있다. 나참, 무안하게.

어? 그런데 저건 뭐지? 눈앞의 나를 무안하게 하는 꼬맹이의 얼굴에서 무언가 어색한 것을 발견했다. 분명 무척이나 예쁘고 깜찍하게 생긴 여자 아이기는 한데… 무언가가… 아! 뭐야? 저 어색할 정도로 긴, 양쪽으로 뾰족하게 튀어나온 귀는…….

뾰족하고 긴 귀? 가만… 그럼 저 아이가 엘프란 거잖아? 이야, 난 엘프를 보게 될 줄은 생각도 못했기에 이제는 눈앞의 꼬마와 마찬가지로 눈을 반짝반짝 빛내며 쳐다보기 시작했다. 그러자 나의 변화를 눈치 챈 것인지 꼬마의 표정이 조금씩 변했다. 아마도 내가 자신을 아주 흥미롭게 관찰하고 있다는 것을 눈치 챈 모양이다. 뭐 나도 좀 전에 그 비슷한 기분을 느꼈으니 상관없지. 그래도 무척이나 신기하네. 저 귀

모양. 말로는 많이 들었지만 실제로 보게 될 줄이야…….

흠, 만져 보고 싶어. 무척이나 감촉도 좋을 거 같은데. 그렇게 생각한 나는 무의식중에 앞발을 들어 그 소녀의 귀로 뻗어갔다. 내가 늑대라는 사실을 망각한 채로…….

그렇게 내 앞발이 소녀의 머리 어림으로 다가갔을 때 그 소녀는 깜짝 놀라며 뒤로 잽싸게 물러서며 외쳤다.

"매직 미사일."

퍽퍼퍽!

소녀의 외침과 함께 세 개의 매직 미사일이 내 몸에 꽂혔다. 이 정도도 못 피할 내가 아니지만 소녀의 귀에 온 정신이 팔린 상태라 아무 수도 못 쓰고 고스란히 맞았다. 이 애, 마법사였나? 아니, 엘프는 마법에도 능하다고 했지. 그래도 이건 제법 아프잖아. 방심하다가 맞아서 그런지 더 아프네. 게다가 이 정도 위력이라니. 저 꼬마, 제법 서클이 높겠는걸.

"이게! 산바닥에 퍼질러 자고 있는 게 불쌍해서 이리로 데려왔더니 은혜도 모르고 나한테 덤비려고 해! 그래, 어디 한번 해보자구!"

뭐야? 그럼 내가 이 곳에 있는 것이 눈앞의 이 꼬마가 날 이리로 데리고 와서라고? 흠, 그런데… 이 꼬마 지금 뭘 하려는 거야. 이 무지막지한 마나의 유동은… 이 정도면 충분히 6서클 급은 되겠는데. 설마 여기서 쓰지는 않겠지.

"제나 양!"

그때 누군가가 뛰어들어 왔다. 양어깨에 이상한 그림이 그려진 옷을 입은 녀석이 다급한 표정을 지으며 꼬마애 앞을 막아섰다.

"무슨 짓이에요. 집 안에서 그런 마법을 펼치려고 하다니!"

"비켜. 지금 저 녀석이 은혜도 모르고 나한테 발톱을 들이댔다고!"

내가 발톱을 들이대다니… 난 그저 귀를 한번 만져 보려고… 아, 내가 앞발을 뻗었으니 당연히 발톱이… 거기에 생각이 미치자 난 내 앞발을 들어 물끄러미 바라보았다. 저런 꼬맹이 정도는 단번에 찢어버릴 수 있는 날카로운 발톱이 내가 보기에도 섬뜩하게 빛나고 있었다. 이걸 보면 분명 내가 맹수가 맞기는 맞군. 원래 인간이었던 데다가 야생이 아닌 왕궁에서 거의 애완용 비슷하게 지내다 보니 난 내가 늑대임은 이제 서서히 자각해도 내가 맹수라는 사실은 가끔 깜빡한다. 쩝, 저 꼬마가 질색을 해서 마법을 쓸 만도 하군.

"그래도 제나 양! 조화의 종족이라는 엘프가 한낱 늑대에게 그런 마법을 쓰려고 하다니요. 항상 느끼는 거지만 제나 양이 엘프가 맞는지 정말로 의심스럽습니다. 이렇게 흥분 잘하는 것하며 그 왕성한 쓸데없는 일에 대한 호기심. 도무지 엘프라고는 생각되지가 않아요."

내 앞을 가로막아 선 남자가 눈앞의 꼬마를 설득하는 모양이다. 제나라고 부르는 걸 보니 저 꼬맹이 이름이 제나인가 보다. 그. 런. 데. 한. 낱. 늑대! 그 소리를 듣는 순간 내 이마에서 무언가가 불끈 솟아올랐다. 흠, 이 녀석을 가만히 둬도 좋을까. 감히 나를 보고 한낱 늑대라니. 그런데 이 녀석이 입은 옷이… 치렁치렁 불편하게 보인다고 생각했더니 분명 왕궁을 돌아다닐 때 보았던 신관들이 입는 옷이네. 그러고 보니 저 어깨에 있는 이상한 그림이라 생각했던 것은 헤이트론의 문장이군. 저 녀석, 헤이트론의 신관이구나. 이렇게 내가 나만의 생각에 빠져 눈앞의 신관을 관찰할 때 신관의 말소리가 들렸다.

"그리고 엘프라면 동물들과는 어느 정도의 의사 소통도 가능하잖아요. 그런데 다짜고짜 마법을 쓰려고 하다니요."

"하, 하지만 난 아직 성년이 안 돼서 동물과의 대화에는 능숙하지가 못하단 말야. 게다가 저 녀석이 발톱을 내 얼굴에 바짝 들이댄 것만 봐도 날 해치려고 했던 게 분명하다구!"

"글쎄, 제나, 네가 동물과의 대화에 익숙하지 못한 것은 성년이 되지 못해서가 아니라 마법만 파고든다고 동물들과 대화를 별로 해보지 않아서 그런 거겠지? 그리고 발톱을 얼굴에 바짝 들이대었다고 해도 저 늑대에게서는 일말의 살기도 느껴지지 않는구나."

제나라는 꼬마가 눈앞의 신관에게 뭐라고 변명을 하고 있을 때 문밖에서 또 다른 목소리가 들려왔다. 그리고는 곧 목소리의 주인이 들어왔는데 정말 내가 지금까지 본 적이 없는 엄청나게 아름다운 여자 엘프였다. 햇살을 받아 반짝반짝 빛나는 그 순백의 은발이란……. 그리고 그 은발과 정반대의 칠흑같이 검은 눈동자는 마치 빨려들어 갈 것만 같았어.

난 이제야 왜 엘프를 미의 종족이라고도 부르는지 이해하게 되었지. 내가 기억하는 전생까지 통틀어 이 정도로 아름다운 여자는 그 망할 드래곤 일라나 외에는 이 여자가 처음이니까. 솔직히 일라나야 폴리모프 마법으로 자신이 원하는 대로 모습을 바꿀 수 있으니 예외로 친다면 정말 전생과 현생을 통틀어 처음 보는 미의 극치라고나 할까. 처음 저 제나라는 꼬마를 보았을 때는 그저 귀엽고 예쁘장하게만 보여서 그 꼬마가 엘프라는 걸 알았을 때 솔직히 엘프에 대해 좀 실망했는데…역시 미의 종족이라 불릴 만하다는 생각이 드는군.

"어? 퓨어 언니, 내가 동물들과 별로 대화를 나누지 않는 것은 사실이긴 하지만… 그렇다고 그렇게까지 적나라하게 말하면……."

"됐다. 조용히 해. 바볼랏님을 데리고 무단으로 마을뿐 아니라 숲까지 벗어나서 미드 산맥까지 간 걸 생각하면… 그곳에 헬 파이어의 흔적이 있고 이 늑대가 있었기에 뭔가 중요한 일이 일어났을 거라며 그것을 알아온 것을 생각해 장로님이 용서해 주시지 않았다면 넌 지금 어찌 되었을지……. 넌 지금 엘프의 가장 큰 규칙을 어긴 것을 자각이나 하고 있니? 성년이 되지 않은 엘프는 절대 보호자 없이 마을을 벗어나서는 안 된다. 엘프의 숲에 있는 엘프는 성년이 되지 않으면 어떠한 경우라도 엘프의 숲을 벗어나서는 안 된다. 이 두 가지 규칙이 어떤 의미를 가지고 있는지는 잘 알고 있잖니. 사실 네가 아무리 큰일을 알아왔다고 하더라도 징계를 면한 게 정말 신기할 정도야."

제나라는 꼬맹이가 퓨어 언니라고 부른 걸로 봐서는 둘이 자매인 모양이었다. 그리고 보니 둘 다 은발이군. 저 꼬마는 첫 인상대로 사고뭉치였던 모양이네. 그러면 그렇지. 아까 매직 미사일을 맞은 건 결코 내 잘못 때문이 아니라 저 꼬마의 성질이 나빠서였어.

"저, 퓨어 양. 제나 양을 데리고 나갔다 온 것은 제가 잘못했으니 이제 그만 하시죠. 제가 퓨어 양을 이곳에 데리고 온 것은 다른 일 때문이잖습니까? 제나 양에게 저 늑대가 깨어났다는 이야기를 듣고 퓨어 양을 데리러 갔으니까요. 아무래도 제나 양은 저 늑대와 대화를 못할 것 같아서 그런 것이었는데… 역시나였군요, 하하하. 헬 파이어의 흔적이 있던 곳에 쓰러져 있던 늑대입니다. 분명 무언가 알고 있을지도 몰라요. 한번 물어봐 주시겠습니까?"

음, 저 신관 남자의 이름이 바볼랏인 모양이네. 그런데 뭣이라고라고라. 내가 쓰러져 있었다구? 난 단지 자고 있었을 뿐이라구! 그나저나 아까부터 자꾸 동물과의 대화 어쩌고저쩌고하는 것을 보니 엘프들은 동물과도 대화를 할 수 있는 모양이네. 흠, 이건 자일론의 수업 시간에 듣지 못한 내용인데. 역시 인간의 지식에는 한계가 있는 법이라는 것인가. 이렇게 저들의 대화 내용으로 이것저것 추론할 때 퓨어라는 여자 엘프가 나에게 다가와서는 빙긋 웃으며 나의 눈을 들여다보았다.

"안녕하세요, 늑대님."

으, 으악, 깜짝아! 뭐야. 방금 내 머리 속에 울린 소리는?

내가 깜짝 놀라 고개를 쳐들자 퓨어는 살짝 물러섰다가 여전히 빙긋이 웃으며 다가와 나의 목을 살살 쓰다듬어 주었다. 아~ 기분 좋아~

'이 녀석, 뭐냐! 이런 반응은?'

"이런, 놀라셨나 보네요. 걱정 마세요. 놀랄 일은 아니니까요. 이렇게 놀라시는 걸 보니 우리 하이 엘프와는 처음 만나시나 보네요. 일반 엘프나 다크 엘프들과는 달리 저희 하이 엘프는 동물에게 이렇게 의사를 전달할 수 있고 또 의사를 전해 들을 수 있는 능력을 가졌답니다. 그러니까 안심하세요."

뭐? 하이 엘프? 그냥 엘프도 아니고 하이 엘프!

흠, 그러니 자일론의 수업 시간에 들은 기억이 없는 거구나. 분명 메이키론이 하이 엘프에 관해서는 정말 짧게 설명했었지?

"자일론 왕자님, 하이 엘프는 태초에 이 땅에 창조된 이후 그 순수한 기운을 가장 순수한 형태로 머금은, 엘프 중에서도 고귀한 엘프라고 알려져 있습

니다. 엘프의 숲 깊숙한 곳 어딘가에 있다고 전해져 오고 있을 뿐, 그 이상은
그들에 대해 아무것도 알려진 게 없답니다."

그래. 분명 이거였어. 햐~ 그런데 그런 하이 엘프가 지금 내 눈앞에
있다는 말이야? 그럼 여기가 하이 엘프의 마을? 정말 대단한 경험인걸.
이거 일리나에게 고마워해야 하는 일일까?
"늑대님? 왜 아무 말씀이 없으시죠?"
나 혼자만의 생각에 빠져 있을 때 다시 머리 속에 퓨어의 목소리가
울렸다. 퓨어의 손은 여전히 내 목 주위를 쓰다듬고 있었고. 아~ 정말
기분 죽이는군(이, 이… 놈의 늑대가… 인간의 기억 때문에 늑대로 적응 못하
겠다던 때는 언제고 이럴 때는 잘도……)~
쩝, 그럼 대답해 줘야겠지. 조화의 종족이라는 엘프 중에서도 하이
엘프니. 내가 말을 알아듣고 말을 할 줄 안다는 사실을 알더라도 큰일
은 없겠지? 인간들이 알았다면 당장에 팔렸겠지만…….
"내 이름은 케이야. 늑대라고 부르지 마. 듣는 늑대 기분 나쁘니까."
내가 혜광심어의 수법으로 셋 모두에게 말을 하자 셋 모두 눈이 똥
그래져서는 나를 바라보았다.
"뭐, 뭐야? 방금 내 머리 속에 울린 음성은?"
케이의 혜광심어에 놀란 제나가 케이를 바라보며 어리둥절한 표정
을 지었다. 반면 퓨어는 담담한 표정으로 케이를 보았고 바볼랏 역시
표정에 큰 변화는 없었다.
"아! 케이님이셨군요. 그런데 어떻게 저희들의 말을 들으실 수 있는
거지요? 케이님이 카이져 실버 울프인 것은 알겠지만 그런 능력에 대

해선 들은 적이 없어서요."

퓨어는 오히려 아무런 당황함 없이 여전히 그 특유의 미소를 지으며 케이에게 되물었다. 동물에게 하는 의사 소통 방법이 아닌 일반적인 말로.

"후, 저 꼬마를 제외하고는 아무도 당황하지를 않으니 별로 재미가 없네. 어떻게 당황하지 않을 수 있는 거지?"

내심 당황해서 어쩔 줄 몰라 할 모습을 상상하고 갑작스레 혜광심어를 사용한 케이였기에 퓨어와 바볼랏의 담담한 모습에 재미없다는 듯 맥빠진 소리를 했다.

"글쎄요. 저희 엘프들은 어떤 일이 일어나더라도 그 일을 받아들이며 조화를 이루려 하기 때문에 크게 당황하는 일이 없답니다. 물론 예외적인 상황이 있긴 하지만 그건 거의 일어날 일이 없는 거구요. 바볼랏님의 경우는 잘 모르겠네요. 그리고 제나가 저렇게 놀란 것에 대해서는 드릴 말씀이 없네요."

퓨어는 자신이 당황하지 않은 이유를 상세히 설명해 주었고 엘프답지 않게 무척이나 놀란 제나의 이야기를 할 때는 살짝 얼굴을 붉혔다. 동생의 모습이 조금은 부끄러운 모양이었다.

퓨어의 설명을 들으며 케이가 고개를 끄덕이고 있을 때 옆에서 묵묵히 듣고만 있던 바볼랏이 입을 열었다.

"드디어 만났군요. 제가 받은 신탁의 주인공을. 정말 힘들게 찾아 헤맸습니다, 케이님."

바볼랏의 말을 들은 이 인 일 랑은 바볼랏을 바라보았다. 놀랐다는 표정을 머금은 케이와 제나 그리고 여전히 담담함을 유지하는 퓨어가.

"바볼랏, 신탁이라니? 너 그런 말 없었잖아. 그저 여행자라고 했을 뿐. 그럼 우리 마을을 찾아온 게 신탁 때문이었다는 거야?"

궁금함을 참지 못하는 제나의 속사포 같은 질문이 터져 나왔다.

"예, 그렇습니다. 제가 헤이트론 성국의 신전에서 기도하고 있을 때 신탁을 받았지요. 일반 신관인 제가 신탁이라니 저 스스로도 놀랐습니다. 그리고 신탁에 따라 여행을 시작했고 그 최종 목적지가 대륙 유일의 하이 엘프의 마을인 바람의 마을이었습니다."

바볼랏의 대답에 퓨어는 묵묵히 고개를 끄덕였고 제나는 눈이 똥그래졌다. 신탁이라는 게 무척이나 신기한 모양이었다. 그때 케이의 음성이 세 명에게 울렸다.

"그 신탁의 내용이라는 것이 뭐지?"

자신이 환생한 연유를 너무도 정확히 아는 케이였기에 신이라는 존재를 알았기에 자신이 신탁의 주인공이라는 사실에 흠칫해서는 신탁의 내용을 물은 것이다.

"제가 들은 신탁의 내용은 이렇습니다."

시공을 뛰어넘은 이계의 존재가
혼돈의 존재와 함께 오리.
혼돈의 씨앗을 이 땅에 심으리.
인간이 아니되 인간인 존재는
지옥의 불길과 함께
가장 순수하고 가장 고귀한 이들이 모인 숲에 나타나리.
그는 자신의 씨앗을 자신이 거둘지니.

"처음 이 신탁을 들었을 때 저는 도무지 그 내용을 알 수가 없었습니다. 혼돈의 씨앗이라는 말에 저는 마왕의 강림이나 마족의 소환을 생각했습니다만 뒷부분의 자신이 씨앗을 거둔다는 부분과 그를 좇으라는 부분에서 그 생각을 수정할 수밖에 없었죠. 그래서 아무것도 확실한 것이 없는 상태로 일단 여행을 시작했습니다. 5행에 표시된 장소는 대충 추측할 수 있었으니까요. 분명 가장 순수하고 가장 고귀한 존재라면 엘프 중에서도 하이 엘프일 테니까요. 그래서 엘프의 숲으로 들어왔죠. 미드 산맥을 넘어서. 헤이트론 대신전에는 세상에는 알려지지 않은 하이 엘프에 관한 서적이 몇 권 남아 있었기에 신탁의 내용을 대신관님께 알리고 허락을 구해 서적을 읽고는 이곳을 찾아올 수 있었던 겁니다."

"그랬던 거군요. 어떻게 300년 만에 마을에 손님이 찾아왔다고 하더니 이곳의 위치를 알고 찾아오신 거군요."

바볼랏의 말을 듣고 있던 퓨어가 그의 말을 받았다.

"네, 그렇습니다. 그래도 지도 한 장 없이 그저 말로만 설명되어 있는 서적이었는 데다가 무려 500년 전에 쓰여진 거라 엘프의 숲에서 정말 오랫동안 헤매었습니다. 하하, 아무튼 우여곡절 끝에 이곳 바람의 마을에 도착해서 벌써 3개월을 보냈는데 아무런 징후도 보이지 않더군요. 그런데 어제 제나 양이 제게 찾아와서 헬 파이어일 것 같은 마나의 유동을 느꼈다는 말을 했을 때 무엇인가 제 머리를 강타하더군요."

"신탁에서 말한 지옥의 불길이었겠죠?"

이번에도 퓨어가 말을 받아주었다.

"네. 헬 파이어를 지옥에서 가져온 저주받은 보랏빛 불꽃이라고도 부르죠. 그게 떠올랐던 겁니다. 그래서 안 되는 줄 알면서도 순순히 제나 양의 꾀임에 빠진 척 따라갔던 거죠. 무단으로 제나 양과 숲을 벗어났던 일 다시 한 번 정말 죄송합니다."

"뭐! 그럼 알고 속아주는 척 따라갔다 왔다는 거야! 그럼 그때는 왜 그렇게 안 되는데 힘든데 하면서 내 속을 팍팍 긁어놓은 거야! 신관이라면서 이래도 되는 거야!"

바볼랏의 말을 듣던 중 제나가 화를 내며 소리쳤다. 자신이 바볼랏에게 당했다는 생각에 외친 것이다.

"아니에요, 제나 양. 전 혼자 다녀올까도 생각했었습니다. 제나 양과 같이 나간다면 그건 분명 마을의 규칙을 어기는 것이니까요. 마나 유동이 있었던 곳의 대략적인 위치를 제나 양이 알았기 때문에 어쩔 수 없이 제나 양과 같이 다녀온 것이죠. 제나 양이 장로님께 큰 징계를 받지 않은 것도 제가 어제 돌아와서 신탁에 관한 내용을 말씀드렸기 때문입니다."

바볼랏이 약간은 당황한 표정으로 서둘러 변명을 했다.

"그래서 말 끊지 말고 계속해서 이야기해 봐."

자꾸 바볼랏의 말이 중간에 끊기자 짜증이 난 케이가 바볼랏을 재촉했다.

"예, 그러도록 하죠. 제나 양과 함께 산에 올라가 케이님을 발견했고 주위에 아무도 없었기에 전 케이님이 신탁의 주인공일지도 모른다고 생각해 제나 양에게 부탁해 이리로 데리고 왔습니다. 신탁에는 지옥의 불길과 함께 나타난다고 했으니까요. 그리고 인간이 아니 되라는 부분 때문에 케이님이 늑대임에도 데리고 온 것이죠. 인간이 아니되 인간이라는 말은 케이님이 늑대임에도 인간의 자아를 가졌다는 말이었나 보군요."

이렇게 바볼랏의 신탁에 대한 설명이 끝났고 케이의 표정은 미묘하게 변했다.

이게 어떻게 된 거지? 염라대왕은 분명 내가 여기서 그냥 새 삶을 살면 된다고 했는데… 류블라드의 주신인 헤이트론이 신탁을 내리다니 이게 어찌 된 노릇이야.

케이의 머리 속은 엉킨 실타래처럼 복잡해졌고 그런 고민에 빠져들수록 케이는 머리를 땅에 박고 앞발로 머리를 감싸 안았다. 늑대가 취할 수 있을 거라곤 전혀 예상할 수 없었던 그 모습에 방에 있던 한 사람과 한 엘프는 살풋 미소를 지었고 나머지 한 엘프는 박장대소했다.

"푸하하하, 그게 뭐야? 네가 늑대지, 사람이야?"

물론 이 말은 제나의 말이었다.

류블라드 신계.

분명 지구의 염라부에 있어야 할 염라대왕, 조야선이 류블라드의 신계에서 인상을 잔뜩 쓴 채 앉아 있었고 그 옆에는 저승사자의 복장을 한 자가 시립해 있었다. 맞은편에는 리야드가 약간은 불쾌한 듯한 표정으로 앉아 있었고 상석에는 류블라드의 주신 헤이트론이 앉아 있었다.

[조야선, 환생하게 될 영혼이 전생의 기억을 가졌으면 가졌다고 말씀

을 해주셨어야 하지 않습니까? 어찌 그러지 않아 이곳 류블라드에 혼란을 불러오도록 하시는 겁니까?]

자신이 실수로 전생의 기억, 그것도 류블라드가 아닌 전혀 다른 세계에서의 기억을 가진 존재를 환생시켰다는 생각에 화가 난 리야드가 조야선에게 따졌다.

[정말, 미안하네. 나도 말을 해준다는 것을 그만 깜빡했지 뭔가. 역시 늙으면 죽어야 해.]

화가 난 리야드의 추궁에 전혀 모르는 일이라는 듯, 그저 실수라는 듯이 능글맞게 넘어가려는 조야선이었다. 조야선이 일부러 기억을 지우지 않고 환생토록 손을 썼다는 것을 너무나 잘 알고 있는 저승사자 곤은 그런 능청스런 조야선의 모습에 혀를 내두를 뿐이었다.

[일부러 그런 건 아닌가, 조야선? 내 요즘 자네가 사자의 영혼을 관리하며 심심해 미치기 직전이라는 소리를 명수성의 주신에게서 들은 기억이 있네만… 더 이상 명수성에서는 사고를 못 쳐서 이곳 류블라드에 장난질한 게 아닌가?]

가만히 리야드와 조야선의 대화를 듣고 있던 헤이트론이 조야선에게 말했다. 낮게 깔린 목소리로 말하는 것이 헤이트론도 상당히 화가 난 모양이었다.

[절대 아닙니다, 헤이트론님. 제가 어찌 명수성도 아닌 이곳 류블라드에 그런 장난을 치려고 마음을 먹었겠습니까? 이계의 질서에 고의로 영향을 미쳐 혼돈을 불러일으키면 그 존재가 설사 신이라 해도 소멸된다는 것을 너무나 잘 아는데요.]

헤이트론의 말에 변명을 하면서도 유독 고의라는 말에 조야선은 힘을 주었다. 자신은 절대 고의로 그러지 않았다는 것을 강변하려는 듯이. 그런 자신의 주인의 모습에 점점 더 한심함을 느끼는 곤은 그렇다고 한숨을 쉴 수도 없고 그저 조용히 시립해 있어야만 하는 자신의 처지가 너무도 답답하게 느껴졌다.

[그리고 그건 제가 가져온 일에 비하면 그다지 중요한 일이 아니지 않습니까? 이것도 저희 실수이긴 합니다만 저희 명수성에서 환생할 예정인 영혼 하나가 어떻게 되었는지는 몰라도 이곳 류블라드로 흘러 들어와 환생해 버렸단 말입니다. 그것도 역시 전생의 기억을 가진 채로요. 그것 때문에 제가 부랴부랴 이곳까지 오지 않았습니까. 그 덕에 헤이트론님께서 하계에 신탁을 내릴 수도 있었던 것이고요.]

조야선의 말을 들은 헤이트론은 한숨을 푹 쉬었다. 눈앞의 조야선이라는 존재의 악명은 이미 각자의 계를 다스리는 주신의 모임에서 충분히 들었기 때문이다. 명수성의 주신이 얼마나 두통을 호소하던가! 그러다가 1800년쯤 전이던가? 앓던 이 빠진 후련한 표정으로 명수성의 주신이 나타났던 것은. 조야선을 사자의 땅에 처박아놓아 이제 조용해졌다고 얼마나 후련해하던가! 그런데 그런 조야선이 이곳 류블라드에 장난질을 칠 줄이야.

헤이트론은 심증은 충분히 갔다. 하지만 물증이 없었다. 이미 명수성의 주신에게도 연락을 취했지만 조야선이라는 얘기에 고개만 절레절레 흔들면서 조야선을 이곳으로 보내주고는 나 몰라라 하고 있다. 분명 이곳으로 흘러든 또 다른 영혼도 저 조야선이 의도적으로 보낸 것 같은데……

장난 좋아하는 철없는 신 하나 때문에 하계에 닥쳐 올 혼란을 생각하니 머리가 지끈거렸다. 지구의 주신이 앓았다던 두통이 이해가 갔다. 일단 환생한 존재의 생명을 신이 임의로 거둘 수 없다는 규칙이 있기에 전생의 기억을 가진 채 이곳 류블라드에 환생한 케이를 그저 지켜볼 수밖에 없었다. 게다가 흘러들었다는 또 다른 영혼은 케이와는 달리 류블라드에서 환생을 담당하는 리야드가 정식으로 환생시킨 것이 아니기에 영혼의 인장은 명수성의 것이었다. 즉 아무리 신이라 하더라도 그 영혼이 어디에서 환생했는지는 찾을 수가 없는 것이다.

[자, 헤이트론님. 일단 눈앞에 닥친 문제부터 해결해야지요. 명수성에서 류블라드로 흘러든 그 영혼은 명수성 영혼의 인장을 가졌기 때문에 이곳의 신들은 결코 찾을 수가 없습니다. 저 역시 이곳 류블라드에서는 제 힘을 쓸 수 없기에 찾을 수 없구요. 그래서 제가 저희 명수성에서 사자의 영혼을 인도하는 임무를 가진 자 하나를 데려왔습니다. 이자에게 그 영혼을 찾게 하는 수밖에 없겠군요. 이자는 신이 아니니 헤이트론님께서 권능을 약간만 발휘해 주시면 하계에서 영혼을 찾는 데 전혀 지장이 없을 테니까요.]

조야선의 속셈이 빤히 보였지만 달리 수가 없었기에 헤이트론은 고개를 끄덕였다. 부디 큰 혼란이 오지 않기를 빌면서…….

이렇게 곤이 류블라드에 내려가서 어디 있는지도 모르는 영혼을 찾게 되었다. 따라올 때부터 짐작은 했던 일이지만 너무도 힘든 일이 눈앞에 닥쳐 한숨 쉬는 일 말고는 할 수 있는 게 없는 곤은 스스로의 힘 없음을 한탄했다.

그는 이 일의 전모를 모두 알고 있었던 것이다.

그러니까 이 일의 발단은 리야드가 제갈효를 환생시켰다는 이야기가 전해졌을 때부터였다. 그 소식을 듣자마자 조야선은 부리나케 리야드의 힘을 빌어 제갈효를 찾아보았고 곧 온몸을 부들부들 떨었다. 제갈효가 '개'로 환생한 것을 보았기 때문이다. 뭐 후일 개가 아니라 늑대라는 것을 알았지만 조야선에게는 개나 늑대나 별 상관이 없었다. 분명 리야드는 제갈효의 환생이 류블라드의 규칙에 따라 이루어질 거라고 말했지만 그래도 사람이나 유사 인종이라는 존재로 해주겠지라고 기대를 했고, 그럴 거라 예상하고 일을 꾸민 조야선으로서는 일이 틀어져도 이렇게 틀어질 수는 없는 것이었다.

그리고 곧장 또 다른 음모를 꾸미기 시작했다. 환생 대기 중이던 영혼의 구슬 하나를 빼와서는 전생의 기억을 복구시켰다. 원래 영혼의 기억은 영혼의 인장 속에 간직된다. 그리고 환생할 때 그 기억을 봉인함으로써 기억을 지우는 것이다. 그 봉인은 환생을 관장하는 신과 주신이 아닌 이상은 풀 수 없기에 거의 완벽하게 전생의 기억을 지우는 것이다. 조야선이 환생을 관장하는 신이었기에 기억을 손쉽게 복구시킨 것은 말할 나위도 없었다.

그렇게 복구된 전생의 기억을 가진 그 영혼을 슬쩍 류블라드의 환생의 길에 흘려넣은 것이다. 물론 우연한 사고로 가장해서. 그리고 그 영혼이 어디로 갔는지 알 수 없게 되었지만 류블라드의 환생 규칙을 무시하고 스며든 것이기는 하지만 분명 환생의 길 안으로 들어갔기 때문에 어디선가 어떤 존재로 곧 환생할 것이었다. 그러다가 개미나 메뚜기 같은 곤충으로 환생하면 일이 더 틀어지겠지만 조야선이 누구이던가. 주신마저 두 손 두 발 다 들게 한 신이 아니던가. 환생하게 될 종족에 관해서도 손을 써놓은 눈치였지만 신이 아닌 곤으로서는 어떤 방법을 썼는지 알 도리가 없었다.

그렇게 일을 마친 조야선은 즐거운 기분으로 무엇인가를 기다리는 듯했다. 그러다 그 영혼의 환생이 확인되자 이렇게 부리나케 류블라드로 곤을 데리고 온 것이다. 물론 무엇으로 어디에 환생했는지 조야선만이 알고 있었다.

그렇게 지금까지의 일을 회상하며 곤은 묵묵히 하계로 내려갔다. 자신의 주인인 조야선이 정말로 신이 맞는지를 의심하며……. 자신의 장난을 위해 다른 계의 주신마저 농락할 수 있다니… 그리고 자신도 그 장난의 희생양이 되어 전혀 새로운 세상을 헤매야 한다는 사실에 신세 한탄도 겸하면서. 그리고 문득 하계로 내려가기 전에 조야선이 자신에게 건네준 것을 생각하자 다시금 머리가 지끈거렸다. 그 물건을 건네주면서 조야선이 지시한 모종의 일. 그 일로 불어닥칠 하계의 일을 생각하니 머리가 아프지 않을 도리가 없었다.

햇볕이 따스하게 내리쬐는 화창한 오후. 케이는 시원한 나무 그늘 아래 엎드려 한가롭게 입을 쩍 벌리며 하품을 하고 있었다. 그런 그의 등에는 제나가 털 속에 푹 파묻혀 앉아 꾸벅꾸벅 졸고 있었고 그 옆에는 바볼랏이 앉아서 헤이트론의 경전을 읽고 있었다. 그런 그들 앞쪽의 공터에서는 퓨어가 열심히 검을 휘두르고 있었다. 너무도 한가롭게 자신들만의 일에 빠진 모습이었다. 그중 지루함에 못 이겨 하품을 하는 듯한 케이의 모습이었지만 지금 케이의 머리 속은 온통 고민으로 가득 차 있었다. 헤이트론의 신탁이라는 것이 맘에 걸렸던 것이다. 자신은 이곳에 아무런 지장 없이 잘 환생했고 나름대로 잘 적응해 살아가고 있다고 생각했다. 그런데 혼돈의 씨앗을 자신이 심을 거라니 아무리 생각해도 알 수 없다는 생각에 빠져 고민한 지 어느새 하루가 다 되어 가고 있었다.

처음의 심도 있는 고민은 대략 한 시간쯤 전에 그만두었다. 시간이 가면 자연히 알겠지라는 태평스러운 생각과 함께였다. 물론 신탁의 후반부에 자신이 그 씨를 거둘 것이라는 신탁도 같이 있었기에 어느 정도 안심을 한 것이다. 그리고 또 다른 생각에 잠겼다. 바로 일리나와의 싸움이었다.

그때 케이는 분명 일리나의 브레스의 위력에 몸이 굳어 아무것도 할 수가 없었다. 인간으로서는 넘볼 수 없는 영역에 대한 두려움이라고 할까 아무튼 그런 미지의 힘에 온몸이 묶인 듯이 꼼짝달싹도 할 수 없었고 태어나서 처음 죽음을 예감했다. 전생에서 마교의 구 인과 싸울 때도 그런 공포를 느껴 보지 못했었다. 공포에 미쳐 공황에 빠져 이제는 끝이구나라고 생각한 순간 자신의 의지와는 전혀 상관없이 온몸의 내공이 요동을 치며 몸 밖으로 뻗어 나갔다. 그 브레스의 광풍 속으로 검의 형상을 하고서는. 케이는 지금 그때의 상황을 좀 더 자세히 회상하며 연구하고 있었다. 그 검이 펼쳐진 결과는 브레스의 완전 소멸! 케이 자신도 얼마나 얼떨떨했던가. 그때 자신이 펼친 검은 죽기 직전에 깨달았던 최후의 심득, 자연검이었다. 저승사자에게 부탁해 제자 백리단에게 전수까지 했었는데 지금 생각하니 자신도 아직 자연검을 완전히 깨달은 것이 아니었다. 만일 자연검을 완전히 깨달았다면 겨우 브레스를 처음 써보는 어린 드래곤의 브레스에 그렇게 공황에 빠지지도 않았을 것이다.

가만히 생각하니 일리나는 그렇게 강하지는 않은 것 같았다. 브레스를 처음 써봤다면 그만큼 어리다는 말이고 드래곤의 나이는 곧 강함을 나타낸다고 들었기에 그다지 강하지도 않을 것 같았다. 그리고 다시 생각하니 그때 브레스에 응집된 마나는 자신의 전 내공의 세 배 정도밖에 되지 않았다. 인간의 범주에서 생각한다면 엄청난 양의 마나임이 분명하지만 지상 최강의 존재라는 드래곤의 브레스에 모인 마나라고 생각하면 '에게?' 라는 말이 나올 수도 있는 양이다. 그렇게 생각하자 일리나가 자신을 가지고 노는 데 가만히 당하기만 한 사실이 무척이나 화가 나 자신도 모르게 이를 갈았다.

뿌드득.

"어? 왜 그러시죠, 케이님?"

케이의 이빨 가는 소리에 놀라 바볼랏이 돌아보며 물었다.

"아, 아무것도 아냐."

자신이 너무 흥분했다고 생각한 케이는 잠시 심호흡으로 흥분을 가라앉히고 다시 생각에 잠겼다. 다음에 일리나를 만나면 어떻게 복수를 해줘야 할지… 그때의 정황으로 봐서 일리나가 낼 수 있는 최대 위력의 브레스는 분명 그것이 한계이다. 그리고 자신은 아직 자연검을 완전히 깨닫지 못한 상태. 자연검만 완전히 깨닫는다면 일리나 정도의 드래곤은 충분히 잡을 수 있을 것 같았다. 하지만 지난번의 경험을 되살려 본다면 자연검을 시전하기 위해 필요한 내공도 만만치 않았다. 그 위력을 생각한다면 그다지 많은 양이 아니었지만 케이가 가진 내공의 9할 정도는 소모하니 결코 적다고는 할 수 없었다.

이렇게 생각을 정리한 케이는 앞으로 자신이 해야 할 일의 방향을 정했다. 첫째, 자연검의 진정한 오의를 하루 빨리 깨닫는다. 그래야 자연검을 언제든 자신의 의지로 펼칠 수 있으며, 또한 소모되는 내공도 어느 정도 줄일 수 있을 것 같았다. 둘째, 최대한 빠른 속도로 최대한 많은 양의 내공을 모은다. 결국 혼원심법 역시 완전히 그 오의를 깨달아야 하는 것이다. 지금껏 케이가 익힌 혼원심법은 약간은 불완전한 것이었다. 장백파 대대로 문주와 그의 의발제자에게만 이어져 오던 마지막 구결. 그리고 지금껏 장백파의 개파조사 외에는 그 누구도 풀지 못했다는 최후의 구결. 원래 제갈효는 이 구결을 전수받지 못할 입장이었다. 그러나 제갈효의 뛰어남을 너무도 잘 알았던 문주가 어떻게든 그 구결의 재현을 바라며 제갈효가 출도하던 날 살짝 알려준 것이다. 제갈효도 처음 그 구결을 받았을 때는 전혀 알 수 없는 내용이었고, 무림에 나가서 천하제일고수로 인정받는 데는 그전까지의 혼원심법으로도 충분했기에 지금까지는 머리 한켠으로 밀어놓고 있었다. 그것을 드디어 다시 풀어보려고 하는 것이다. 오직 드래곤에게 어떻게 복수를 해줄까라는 생각으로. 물론 자일론에게 가르친 혼원심법에는 그 최후의 구결은 빠져 있었다. 자신도 깨닫지 못한 것을 어찌 남에게 가르친단 말인가. 그리고 마지막, 이왕 일이 이렇게 된 것 세상 구경 좀 하며 천천히 여행하다가 라디칼에 가서 일리나를 족친다로 케이의 계획 짜기는 끝을 맺었다.

그렇게 한참 뒤죽박죽이던 머리 속을 정리한 케이는 얼마간 멍한 상태로 그저 앞만 바라보고 있었다. 제법 긴 시간을 집중했던 관계로 잠시간 머리를 식힌다고나 할까? 그저 아무 생각 없이 멍하니 머리 속을 완전히 비우고는 앞만 보고 있었다. 그런 케이의 눈에 지금껏 신경도 쓰지 않았던 퓨어의 검술 연습이 비쳤다.

이미 성년이 된 퓨어는 그 세월만큼이나 열심히 수련했는지 제법 검에 틀이 잡혀 있었다. 엘프의 성년은 100세이니 인간으로서는 평생을 수련에 보낼 시간을 그저 어린 시절로 보냈으니 수련 시간에 비한다면 그다지 높은 성취는 아니었지만 인간과 엘프는 종족이 다르기에 인간의 관점에서 평가할 수는 없었다(단, 케이는 늑대지만 어느새 또 자신을 인간이라 착각하고 있었다). 인간이 짧은 순간 강렬하게 타올랐다 사그라지는 짚불이라면 엘프는 은은히 오랜 시간 서서히 타오르는 숯불에 비할까?

퓨어의 검은 엘프인 그녀의 성품을 닮은 것인지 무척이나 부드러웠으며 조용했다. 어느 것에도 저항하지 않고 그저 있는 그대로 흘러가는 듯 유검(柔劍)이 어떤 것인지를 보여주는 듯한 검로였다. 케이는 오랜만에 보는 경지에 오르는 검에 취해서 멍하던 눈에 어느새 초점이 잡히기 시작했다. 그리고 그 초점은 서서히 안타까움으로 변해갔다. 같은 검의 길을 걷는 자로서 상대의 벽이 눈에 보였고 그 벽을 넘지 못하는 퓨어가 안쓰러웠던 것이다. 그때 졸음에 빠져 잠시간 잠이 들었던 제나의 목소리가 들렸다.

“아~ 함, 언니는 아직도 검술 수련 중인가? 나보고 마법에 빠진 괴짜 엘프라고 할 자격이 없는 언니라니까. 자기도 검에 빠진 괴짜 엘프면서.”

제나의 말에 호기심이 인 케이가 물었다.

“괴짜 엘프라니 그건 무슨 말이지, 꼬마?”

“응? 꼬마라니! 이래 봬도 어느덧 56세의 나이를 먹었다고! 그런데 꼬마라니!"

케이의 질문에는 대답도 하지 않고 제나가 발끈하며 소리를 빽 지르자 케이는 피식 실소를 흘리며 한마디로 답해 주었다.

"네 모습을 거울에 비춰보고 그렇게 화를 내라구."

순간 얼굴이 잘 익은 사과처럼 새빨게진 제나는 고개를 돌리곤 입을 삐죽였다. 제나가 지른 소리에 책에서 눈을 뗀 바볼랏이 케이를 보며 물었다.

"제나 양에게 뭐라고 하신 거죠, 케이님?"

케이가 제나에게만 혜광심어로 말을 했기에 바볼랏은 그 내용을 몰랐던 것이다.

"아, 저 꼬마가 제 언니를 보고 검에 빠진 괴짜 엘프라기에 그게 무슨 말이냐고 물었을 뿐이야."

"거기에 꼬마라는 말도 덧붙이셨군요."

바볼랏이 빙그레 웃으며 케이가 스리슬쩍 넘어간 부분에 대해서 보충해 주었다.

"제나 양은 꼬마라는 말을 무척이나 싫어한답니다. 제가 이곳에 와서 인간 세상에 관한 얘기를 들려준 게 원인인지 자신의 나이가 인간으로 치면 중년을 넘어서 노년에 접어든다는 것을 알고는 꼬마라는 말에 저리 반응하더군요."

"야! 늑대! 너 바볼랏한테 뭐라고 하는 거야, 지금!"

바볼랏이 케이에게 설명하는 말을 듣자 다시금 제나는 소리를 지르며 케이를 추궁했지만 케이는 그저 고개를 까딱거리며 바볼랏에게 말을 계속 이어가라고 할 뿐이었다.

"엘프를 칭하는 말은 무척이나 다양하죠. 그들의 아름다움을 기리는 미의 종족이라는 말부터 숲의 종족, 조화의 종족, 그리고 거짓을 꿰뚫어보고 거짓을 말하지 못하는 점을 들어 진실의 종족이라고도 부른답니다. 이중 조화의 종족이라 불리는 이유는 세상의 조화 속에 살아가고 주어진 환경과 쉽게 조화되기 때문에 불리는 명칭이죠. 그런 그들이기에 쉽사리 남을 해치지 못한답니다. 물론 피치 못할 경우에는 어쩔 수 없이 해치기는 합니다만 가급적이면 지양하죠. 그래서 그들은 타인을 해치는 검술이나 마법에는 큰 흥미가 없답니다. 마법의 경우 생활에 도움이 되는 정도로만 익히고 또 리야드께서 그들에게 내린 축복된 능력 덕에 세월이 흐르며 저절로 마법 실력이 증가하는 것이지, 이렇게 제나 양처럼 죽자사자 마법에 파고 들지도 않는답니다. 뭐, 그 덕에 제나 양의 마법 실력은 이 마을 안에서도 손에 꼽힐 정도니까요. 저 퓨어 양의 실력도 4서클 익스퍼트에 불과하답니다. 반면 퓨어 양은 검술에 심취해 있더군요. 저도 많이 놀랐습니다. 엘프들은 인간의 세상에 나갈 일이 있는 경우에만 검을 쓰거든요. 자신을 지키기 위해. 인간인 제가 이런 말을 하는 것도 우습지만 원래 인간이란 존재가 보통은 욕망으로 뭉쳐 있고 특히 그 정도가 심해 온통 탐욕으로 둘러싸인 인간에게 위험을 당할 수가 있으니까요. 하지만 저렇게 그저 검을 휘두르는 것이 좋아서 검에 빠진 경우는 정말 드물죠. 아니, 제가 아는 한은 퓨어 양이 처음일 겁니다. 검이란 것이 원래 누군가를 해치기 위해 만들어진 것이다 보니 엘프들은 그다지 좋아하지 않는답니다."

바볼랏의 설명에 케이는 고개를 끄덕였다. 바볼랏의 설명 중 일부는 자일론의 수업 시간에 들었기 때문이다. 고개를 끄덕이던 중 낯익은 이름에 바볼랏에게 물었다.

"리야드라고?"

"네, 생명과 조화의 여신이시죠. 그리고 생명을 관장하시기에 이 세계의 환생을 책임지고 있으시기도 한 신입니다. 더불어 세상의 조화도 관장하시기에 류블라드의 생명 중 엘프를 가장 사랑하여 엘프의 여신이라 불리시기도 한답니다. 엘프는 리야드 여신의 가호를 받는다고 하지요."

리야드.

케이 자신을 이곳 류블라드에 환생시켜 준 존재가 아니던가. 그런 리야드가 엘프의 여신이라는 말에 약간은 놀란 표정을 지었다. 그러던 중 처음의 질문으로 생각이 갔다. 그들 두 자매가 괴짜라면 괴짜가 아닌 엘프는 어떤 생활을 하는지에 호기심이 생겼던 것이다.

"그건 그렇고. 그럼 일반적인 엘프는 어떤 생활을 하는 거지?"

케이의 질문에 바볼랏은 계속 말을 이었다.

"엘프는 숲의 종족이라고도 한다고 했죠? 그들은 숲을 가꾸는 것을 아주 좋아한답니다. 숲 속에서 엘프를 당할 존재는 드래곤을 제외하고는 없을 겁니다. 숲을 가꾸는 것을 좋아하고 숲을 사랑하기에 숲 속의 동물들도 좋아하죠. 그래서 하이 엘프에게는 동물과 의사 소통을 할 수 있는 능력이 있는 겁니다. 일반 엘프들도 하이 엘프 정도는 아니지만 동물의 의사를 어느 정도 읽을 수 있고 동물에게 의사도 전할 수는 있다고 하더군요. 그리고 자연을 이루는 정령들과도 아주 친하죠. 그래서 그들은 주로 정령 마법을 익힌답니다. 그렇게 그저 숲과 자연 속에서 숲과 자연과 조화를 이루며 가꾸며 살아가죠."

바볼랏의 대답에 고개를 끄덕이며 케이는 자신의 등에 올라탄 저 꼬마나 지금도 검의 심오한 세계에 깊이 가라앉아 있는 눈앞의 여인이나 확실히 괴짜라는 생각을 했다.

태양의 광대한 밝음에 밀려 하늘에 얼굴을 내밀지 못하던 별들이 하나둘 부끄러이 자신들의 모습을 내비치기 시작하는 저녁.

퓨어의 집 식탁에 두 엘프와 한 인간, 그리고 한 늑대가 앉아 있었다. 두 엘프와 한 인간이 식탁에 앉아 있는 건 이해가 가지만 한 늑대라니? 물론 그 늑대는 두말할 나위 없이 케이였다. 원래 제나가 케이의 저녁을 넓은 그릇에 담아서는 식탁 옆의 바닥에 내려주었다.

물론,

"자, 여기 네 저녁이야. 맛있게 먹어라."

라는 말과 목 아래를 쓰다듬어 주는 것을 성실히 수행하면서 말이다.

케이의 반응은 당연히 말할 것도 없었다. 그렇게 저녁 식사 전의 제나와 케이의 한바탕의 전쟁이 있고 나서야 넷 모두 식탁에 앉아 식사를 시작할 수 있었다.

각자가 자신의 식사에 열중하고 있을 때 제나가 케이에게 입을 열었다.

"이봐, 늑대 씨. 아까는 바볼랏이 신탁 얘기를 꺼내는 바람에 자세히 묻지를 못했는데 당신 어떻게 미드 산맥에 있었던 거야? 그리고 늑대 주제에 어떻게 사람의 말을 알아들으며 또 말을 할 수 있는지도. 사실, 난 아까부터 궁금해 죽을 지경이었거든. 거기에 대해서 설명 좀 해주지 않겠어?"

제나의 말에 케이는 참 싹퉁머리 없는 꼬마 녀석이라고 속으로 툴툴거렸다. 그때 옆에서 묵묵히 자신의 식사에만 열중하던 퓨어도 입을 열었다.

"정말, 케이님에 관해서 아무것도 알지 못하는군요. 이곳에 오신 지 이틀이란 시간이 지났는데 말이죠. 실례가 안 된다면 케이님의 이야기를 들을 수 있을까요?"

옆에서 바볼랏도 고개를 끄덕이며 빨리 말해 달라는 눈빛을 케이에게 팍팍 보내고 있었다. 그런 분위기 속에서 케이는 역시 부탁을 하려면 저 퓨어라는 아가씨처럼 해야 듣는 사람 기분도 좋고 들어주고 싶은 마음이 든다는 생각에 빠져서는 제나를 한번 슬쩍 흘겨보았다. 하지만 케이는 자신의 이야기를 별로 해주고픈 생각은 없었다. 자신이라는 존재가 이 류블라드의 이치를 깨고 있다는 것을 너무나 잘 알고 있기에 이들에게 자신에 관해 알리고 싶지 않은 것이었다.

"꼭 이야기를 해야 하는 것인가? 퓨어의 말대로 내가 이곳에 온 지 이틀밖에 지나지 않았지. 다시 말해 당신들과 나와는 그리 깊은 사이가 되지 않는다는 거야. 그런데 내가 굳이 나의 이야기를 해줄 필요가 있을까?"

이야기를 하기 싫었기에 퉁명스러운 거절의 말이 케이로부터 나왔다.

"아니에요, 케이. 케이와 우리가 깊은 관계이든 아니든 저는 꼭 케이에 관해 알고 싶습니다. 아니, 신탁을 받은 신관으로서 케이에 대해 알아야만 하는 의무가 있다고도 할 수 있죠."

케이의 거절에 옆에 있던 바볼랏이 입을 열어 케이를 재촉했다. 사실, 그 역시 신탁 속의 존재인 케이에 관해서 궁금한 것들이 많았던 것이다. 일단 인간의 언어를 알아듣고 머리 속으로 직접 의사를 전달할 수 있는 늑대라니… 아무리 신탁에서 그에 관한 언급이 있었다지만 어떻게 이런 일이 가능할 수 있는지 궁금하지 않을 도리가 없었던 것이다.

"맞아요. 케이는 신탁에 언급된 존재죠. 그런 케이가 앞으로 이 류블라드에 어떤 영향을 미칠지는 아주 중요한 문제예요. 조화를 추구하는 엘프의 한 사람으로서도 이 세계에 어떤 영행을 끼칠지 알 수 없는 케이에 대해 알아야 할 의무가 있다고 생각해요."

바볼랏의 말에 퓨어가 말을 덧붙였다. 거짓말을 하지 않는다는 엘프의 말이니 그 말은 진실일 것이다. 분명 조화를 추구하는 엘프로서 세상의 조화를 깰지도 모르는 케이에 관해 알아두어야 할 필요가 있다는 것도 일리가 있는 말이었다. 하지만 퓨어가 그런 말을 하게 된 것은 그러한 의무감보다는 케이라는 존재에 관한 호기심이 더 강한 작용을 일으킨 것은 아닐지…….

바볼랏과 퓨어의 집요한 추궁에 케이는 결국 두 손 두 발 아니 앞발 뒷발 다 들고 말았다.

"휴, 알았어. 이야기해 주지. 그럼 어디부터 이야기를 해야 하나. 흠, 처음부터 다 해야겠군. 이야기가 제법 길어질 텐데 괜찮겠어?"

자신의 능력에 관해서도 이야기하려면 결국은 전생의 이야기도 나와야 한다는 것을 생각한 케이는 이야기가 너무 길어질 것을 염려하며 물었다.

"밤은 아주 길답니다, 케이님."

케이의 질문에 퓨어가 특유의 따뜻하고도 싱그러운 미소를 지으며 대답했다.

"그럼, 우선 내가 이런 능력을 가지게 된 이유부터 설명하자면, 난 환생했어. 그것도 전생의 기억을 가진 채로 말이지."

"말도 안 돼!"

이구동성(異口同聲)!

말을 한 입은 세 개였으나 나온 소리는 하나였다. 환생 여신의 리야드의 사랑을 받는 엘프인 퓨어와 제나, 헤이트론의 신관인 바볼랏은 지금 케이가 한 말이 얼마나 말도 안 되는지를 너무도 잘 알기에 동시에 터져 나온 소리였다.

"아직 말도 안 되는 일은 더 있어. 나의 전생은 이곳 류블라드가 아니라 지구라는 다른 차원? 다른 우주? 아무튼 다른 세계였어. 아마 신탁의 이계의 존재라는 것은 그것 때문이겠지."

셋이서 놀라든 말든 계속해서 이야기를 이어간 케이 덕에 지금 셋 모두 멍한 얼굴로 입만 벌리고 있을 뿐이었다. 도무지 믿을 수가 없었던 것이다. 하지만 퓨어와 제나는 상대의 진실을 파악할 수 있다는 엘프였기에 그 말이 사실임을 인정할 수밖에 없었다. 그렇게 다들 마음을 추스르고는 케이의 이야기를 계속해서 들을 자세가 잡히자 케이의 이야기가 줄줄이 이어졌다.

케이의 이야기가 이어질수록 놀라움의 연속이었다. 특히 인간인 바볼랏과 엘프이되 전혀 엘프 같지 않은 제나의 반응은 이야기를 하는 케이를 재미나게 해주기에 충분한 것이었다. 다만 처음 전생의 기억을 가지고 환생했다고 했을 때 나머지 둘과 같은 반응을 보였던 퓨어가 그 이후에는 별 반응 없이 그저 미소만 지으며 케이의 말을 경청하고만 있어 케이는 왠지 맥이 좀 빠지는 걸 느꼈다.

퓨어의 말대로 밤은 길었고 케이의 이야기도 어느덧 한국에서 무림으로 넘어가 있었다. 그리고 이 대목에서부터 퓨어의 미소가 점점 사라지기 시작했고 눈은 창밖에 떠 있는 별보다도 더 반짝거리기 시작했다. 그러다가 제갈효의 죽음으로 이야기가 넘어갔고 저승에서의 일로 넘어갔지만 케이는 아무래도 저승에서의 일은 자세히 설명하기에 께름칙한 부분이 있었는지 대충 설명하고는 류블라드에 환생한 부분으로 넘어와 있었다.

케이의 이야기가 이어질수록 퓨어의 눈은 더욱 빛나기 시작했고 케이가 자일론을 가르쳤다는 부분에서 그 절정을 이루었다. 그리고 바로 전날 있었던 일리나와의 싸움에서 브레스를 소멸시켰다는 부분에 이르자 퓨어의 반짝이던 눈은 이미 반짝임을 넘어서 광기로 물들어 있었다.

그런 퓨어의 반응을 하나도 빼놓지 않고 자세히 지켜본 케이는 역시 제나의 언니구나라는 생각과 함께 신변의 위협을 느끼고는 피곤해서 이만 자야겠다는 말을 남기고는 서둘러 자신이 쓰도록 퓨어가 배려해 준 침실로 들어가 버렸다. 그렇게 케이가 떠나간 자리에서 무슨 생각에 잠겼는지 여전히 광기 비슷한 빛이 떠도는 눈을 반짝이는 퓨어와 케이의 이야기를 다시금 천천히 되새김질하는 바볼랏, 그리고 분명 저 늑대는 전생에 소설가였을 거야, 지금 지가 한 말을 믿으라는 거야라고 쫑알거리고 있는 제나까지 각자의 생각에 잠겨 있었다.

케이의 이야기가 얼마나 길었는지를 알려주려는 듯이 창밖의 하늘은 서서히 칙칙한 어둠을 벗어내고 본래의 푸른 빛깔 옷으로 갈아입고 있었다. 싱그러운 새벽 공기가 창을 통해 방 안으로 상쾌하게 들어오고 있었지만 이제는 다 먹고 빈 접시만 남은 저녁 식사의 식탁에서 여전히 꼼짝하지 않고 자신들의 세계에서 상념에 잠겨 있는 두 엘프와 한 인간이었다.

"안 돼!"

케이는 너무도 단호하게 딱 잘라 끊어 대답해 주었다. 어젯밤 자신의 과거 이야기를 할 때 점점 변해가는 퓨어의 눈빛에서 느꼈던 불안함이 현실로 케이의 앞에 나타나 있었다.

"케이님, 왜 안 된다고 하시는 거죠? 그 자일론이라는 소년에게는 아무렇지도 않게 가르쳐 주시고서는……."

어젯밤 케이의 이야기에서 퓨어는 이미 케이가 소드 마스터를 넘어서는 그랜드 마스터의 경지에, 아니, 그것도 넘어서는 전설 속의 경지로만 일컬어지던 소드 슈페리어의 경지에 들었을지도 모른다고 생각했다. 드래곤의 브레스를 소멸시키는 검법. 그것도 검도 없는 상태에서 펼쳐진… 그런 것이 가능하다는 이야기는 결코 류블라드에서 들어본 적이 없었다. 그런 경지에 든 케이라면 분명 그녀의 검술에 큰 도움을 줄 수 있을 거라 확신했다. 100년이 넘게 검술에 매진했지만 그녀의 앞에 있는 검의 벽은 높아만 갈 뿐, 그녀에게는 그 벽 너머에 무엇이 있는지를 보여주지 않았던 것이다. 그런 그녀에게 케이는 정말이지 구세주 같은 존재였고 그녀는 지금 거기에 매달리고 있는 것이었다.

케이는 케이대로 머리가 복잡했다. 어서 빨리 혼원심법의 마지막 구결로 풀어야 하고 자연검에 대한 깨달음의 깊이도 더해야 한다. 그저 한가롭게 왕궁에서 지내던 때와는 달리 할 일이 너무도 많고 또 벅찬 것이었다. 장백파의 역사상 개파조사 일 인을 제외하고는 누구도 풀지 못했다는 구결일진데 그 심오함이 오죽하겠는가? 물론 케이를 이렇게 바쁘게 만들어준 존재가 일리나임은 두말할 필요도 없었다. 또 자일론 이라는 존재는 케이에게는 특별했다. 이 세상에 태어났을 때부터 같이 있었던 존재는 별것 아닌 관계 같기도 하지만 또한 큰 의미를 지니는 관계이기도 하다. 일리나가 말한 것처럼 자일론이 태어나서 케이와 함께한 시간은 그 누구와 함께한 시간보다도 훨씬 길었고 그것은 케이 역시 마찬가지이다. 그런 그 둘 사이의 우정이 있었기에 케이는 사문 의 규칙에 반하면서까지 자일론을 가르쳤던 것이다. 이곳은 지구와는 다른 행성이다. 하늘 너머 어딘가에 있을 지구를 향해 구배지례를 취 해라와 같은 자기 변명을 하면서 말이다.

퓨어는 이제 만난 지 이틀에 지나지 않은 엘프였다. 그런 그녀가 그 에게 이렇게 검에 관해 가르쳐 달라고 매달린다고 해서 특별히 가르쳐 줘야겠다는 생각이 들지 않는 것은 어찌 보면 당연한 것이다. 물론 전 날 그녀의 검술 수련을 보면서 안타까웠던 것도 사실이기는 하지만 지 금 케이에게는 그런 안타까움보다는 일리나에게 큰 것으로 한 방 먹여 주는 것이 더 시급한 과제였기 때문이다.

이때 옆에서 묵묵히 듣고만 있던 제나가 끼어들었다.

"이봐, 늑대."

"뭐냐, 꼬마?"

절대 케이를 이름으로 불러주지 않고 오로지 늑대로만 부르는 제나

를 향해 케이의 고개가 획 돌아갔다. 기분 나쁘다는 오라를 팍팍 뿜어
내면서 제나가 가장 싫어하는 꼬마라는 말을 덧붙여 가면서. 케이의
반격에 제나의 눈썹이 하늘을 향해 치솟아올랐다. 제나는 제나대로 어
젯밤 케이의 이야기를 토대로 뭔가 수상쩍은 구석이 있어서 혹시 저리
도 절박한 언니에게 무언가 도움이 되지 않을까 하고 케이에게 말을
건 것이었다. 하지만 그녀의 입에서 나올 말이 결코 고운 말이 아니라
케이의 속을 팍팍 긁어댈 말이라는 것은 지금까지 그녀의 태도로 충분
히 짐작 가능한 일이었다.

　"이것 보라구, 늑대 씨. 사실 어제 한 말 전~ 부~ 지어낸 이야기
지? 솔직히 어떻게 일개 늑대가 드래곤의 브레스를 막는 것도, 피하는
것도 아닌 소멸시킬 능력을 지닐 수 있냐고. 아니, 늑대가 드래곤의 브
레스를 막거나 피한다는 것조차도 불가능한 일이지. 물론 늑대 씨가
우리 말을 알아듣고 또 의사를 머리 속으로 직접 전달할 수 있다는 사
실은 사실이긴 하지만 그것만으로 어제 그 모든 이야기를 믿으라기에
는 무리가 있지 않아? 어쩌다 생긴 변종 카이져 실버 울프일지도 모르
는데 말야."

　제나의 신랄한 갈굼에 이번에는 케이의 눈꼬리가 하늘을 향해 치솟
았고 케이에게 반드시 검법을 배우고 싶은 퓨어의 얼굴색은 점점 창백
해져 갔다.

　"제나! 그만두지 못해!"

　지금 아쉬운 것은 퓨어 그녀였기에 서둘러 제나를 말렸다. 반면 바
볼랏은 이런 대결 구도를 한쪽에서 아주 흥미로운 눈으로 묵묵히 지켜
보는 모습으로 신관이라는 그의 직업에 대한 진실성에 관해 아주 진지

한 고찰을 하게끔 해주었다. 제나는 언니가 말리든지 말든지 여전히 그 작은 입으로 쫑알거리며 제 할 말을 속사포처럼 쏟아내고 있었다.

"어제 네 이야기가 거짓이니까 언니가 검을 가르쳐 달라는데 자꾸 거절하는 거 아냐? 사실은 가르쳐 줄 수가 없으니 말이지? 그렇지 않아? 뭐? 아니라고? 하지만 난 네가 어제 한 이야기가 거짓말이라는 결정적인 증거를 가지고 있는걸. 넌 어제 분명 네 입으로 마법서에 나와 있는 9서클까지의 기본적인 마법을 다 알고 있고 실제로는 7서클의 마스터라고 했지?"

케이는 너무도 당연한 이야기를 왜 하냐는 듯 고개를 끄덕였다. 그러나 다음에 이어지는 제나의 말에 보기 좋게 얼굴을 구겼다.

"그.런.데. 왜 늑대의 모습을 하고 있지? 늑~ 대~ 씨? 7서클의 마스터에 9서클까지의 모든 기본 마법을 알고 있다면 당연히 폴리모프 해야 하는 거 아냐? 더군다나 전생에 인간으로 살았고 그 기억을 고스란히 간직하고 있어서 아직도 늑대로의 삶에 적응이 안 된다면 말야?"

"폴리모프는 8서클의 마법이다!"

폴리모프. 케이도 너무나 갈구하는 마법이기에 그걸로 걸고 넘어지는 제나에게 소리를 꽥 질렀다. 물론 혜광심어였기에 큰 소리가 난 것이 아니라 제나 머리 속에서 심하게 울린 것뿐이지만. 순간적으로 머리 속에 큰 충격이 온 제나의 눈썹이 꿈틀했고 그런 모습에서 케이가 제나에게 무엇인가 말을 했다는 사실을 깨달은 퓨어와 바볼랏의 눈빛이 변했다. 퓨어는 더욱 애절하게 바볼랏은 더 더욱 흥미진진하게, 그리고 결국 바볼랏이 입을 열었다.

"케이, 제나 양에게만 그렇게 이야기를 하시니 저희도 그 내용이 몹시 궁금하군요. 저희도 들을 수 있게 해주시겠습니까?"

그런 바볼랏의 말에 케이는 눈을 가늘게 뜨며 잠시 바볼랏을 노려보다가 말을 이었다. 물론 이번에는 셋 모두에게 들리도록.

"분명 말했지? 난 마나의 고리를 일곱 개밖에 만들지 못해 7서클의 마스터에 머물고 있다고. 그리고 폴리모프는 8서클의 마법이고."

그런 케이의 대답에 잠시 고개를 갸웃거리던 제나가 코웃음을 치며 대답해 주었다.

"흥, 마법진은 그러면 뭐 하라고 있는 건데? 마법진을 사용하면 시전자의 수준에 따라서 한두 서클 위의 마법을 사용하는 것도 충분히 가능하다구. 설마 7서클 마스터씩이나 되시는 분이 마법진 하나 못 그린다고 하지는 않겠지?"

제나의 말에 케이의 두 눈의 동공은 급격히 커졌고 몸은 딱딱하게 굳었다. 그런 케이의 반응은 너무나 적나라하여 셋 모두 쉽게 알아차릴 수 있었다.

"호~ 오, 마법진을 정말 몰랐던 모양이네. 그런 거야? 늑대 씨~?"

재차 이어지는 제나의 공격에 케이는 아무 말도 못한 채 그저 석상처럼 굳어 있을 뿐이었다. 그야말로 완벽한 제나의 K.O 승이었다.

날이 밝을 때까지 케이의 말을 들었기에 점심 때가 다되어 눈을 뜬 제나는 지난밤의 흥미진진한 이야기를 다시 한 번 머리 속에 떠올려 보았고 케이의 이야기에서 모순되는 점을 발견했다. 케이가 말한 경지와 지금 현재 케이의 모습. 인간으로 살았기에 인간의 모습을 갈구한다는 그가 마법진을 이용해 폴리모프를 하지 않는 이유가 궁금했고 나름대로 혹시 케이가 마법진을 모르는 것이 아닐까라는 추리까지 했던 것이다. 그리고 그 추리의 결과는 눈앞에 보이는 석화(石化)되었다가 서서히 풍화되어 가루로 흩날리고 있는 모습의 케이였다.

"마법진이라니? 그게 뭐지?"

어느 정도 시간이 흐르고 석화 상태에서 풀려난 케이가 제나에게 빠르게 물었다. 약간의 살기와 함께. 아마도 자신이 그런 것을 지금까지 몰랐다는 데 대해 제법 큰 분노를 품은 것이리라. 엘프인 제나라면 분명 그런 케이의 살기를 느꼈을 텐데도 여전히 유들유들하게 살살 약 올리는 말투로 대답했다.

"훗, 정말 9서클의 마법까지 알고 있는 거 맞는 거야? 마법진도 모르면서? 마법진이란 마나에 대한 이해가 부족한 마법사가 자신의 서클보다 높은 서클의 마법을 쓸 수 있게 하기 위한 일종의 도구지. 여기서 마나에 대한 이해가 부족하다는 말은 곧 마나가 부족하다는 말도 되니까 자신의 서클보다 높은 마법을 사용하기 위한 마법진은 혼자서 사용하지 못해. 비슷한 서클의 마법사 두셋이 자신들의 마나를 한데 모아 마법진을 발동시키는 것이지. 근데 늑대, 너 정말 9서클의 마법까지 알고 있는 거야? 5서클만 되도 다 아는 마법진을 모르다니……."

제나의 설명에 케이는 어느 정도 수긍하는 듯한 눈치였다. 하지만 제나의 그 말투가 분명 거슬리기는 하는지 고개를 끄덕이는 케이의 눈빛이 결코 곱지만은 않았다.

"하지만 고작 마법진이라는 것을 이용한다고 해서 어떻게 마나에 대한 부족한 이해가 채워진다는 것이지? 마나의 양이 많다고 해서 고서클의 마법을 사용한다면 내가 지금 고작 7서클의 마스터에 머물러 있어야 할 이유가 없어."

　지금껏 케이가 7서클의 벽을 허물지 못한 이유를 대면서 어찌 고작 마법진이라는 복잡한 도해로 그것을 뛰어넘을 수 있는지 물었다. 그러나 아직 6서클 익스퍼트인 제나에게는 그 정도가 한계였는지 입만 우물거리며 먼 산을 바라볼 뿐이었다. 마법에서는 제나보다 못한 퓨어나 신관인 바볼랏이 그 질문에 대한 답을 알고 있을 리도 없었다.

　"허허. 제나, 무엇 때문에 그리 곤란한 표정을 짓고 있는 것이지요?"

　그때 말소리와 함께 누군가가 나타났다.

　"엘시노어 장로님!"

　제나, 퓨어, 바볼랏의 입이 동시에 열렸다. 오늘 오전 퓨어가 전날 들었던 케이의 이야기가 심상치 않았음에 마을의 두 번째 서열인 엘시노어 장로에게 그 이야기를 전했던 것이고 관심이 생긴 장로가 직접 찾아온 것이다.

　"장로? 당신은 이 마을에서 제일 높은 사람인가?"

　엘프, 그것도 하이 엘프의 장로쯤이면 살아온 세월이 결코 적지 않을 텐데 케이의 말투는 조금도 변하지 않았다. 도대체 케이는 무슨 생각으로 저런 건방진 말들을 찍찍 내뱉는지…….

　"허허, 이 마을에서 제법 중요한 위치에 있습니다만 제일 높지는 않습니다. 이 마을을 대표하는 대장로님께서는 지금 잠시 볼일이 있어 마을을 떠나신 상태라 다만 제가 그 일을 대행하고 있을 뿐이지요."

　케이의 건방진 말투에 관해서는 아무런 말도 없이 그저 사람 좋은 웃음과 함께 대답을 해주었다. 엘시노어 장로의 등장에 반색을 한 제나가 재빠르게 그 동안의 대화와 케이의 질문에 관한 이야기를 해주었다. 엘시노어 장로는 이곳 바람의 마을에 있는 엘프들 중 마법 실력으로 다섯 손가락 안에 꼽히는 존재로 제나의 마법 스승이기도 했던 것이다. 비록 7서클 익스퍼트의 수준이라 눈앞의 케이보다는 못했지만 8서클의 익스퍼트인 마을의 대장로를 제외한 마을에 단 셋 있는 7서클 수준의 엘프 중 하나였다. 제나의 말을 다 들은 엘시노어는 여전히 사람 좋은 미소를 얼굴 한 가득 머금은 채 케이를 돌아보며 입을 열었다.

"이런, 아직은 제나가 부족한 점이 많아서 대답이 충분하지 못했던 모양이군요. 원래 마법진이라는 것은 자신의 서클보다 높은 마법을 구사하기 위해 만들어진 것이 아니었답니다. 자신의 서클에 있는 마법을 좀 더 편하게 사용하기 위해 만들어진 것이지요. 즉, 자신이 직접 주위의 마나를 배열하는 행위를 마법진에 약간의 마나만을 주입하여 좀 더 적은 마나로 좀 더 손쉽게 마법을 쓰기 위한 도구였답니다. 예를 들자면 8서클 익스퍼트 마법사가 연속해서 사용할 수 있는 8서클의 마법이라고 해봐야 3~4번이 한계입니다. 몸속의 마나가 부족하기도 하고 또한 마법사의 약한 몸은 그렇게 거대한 마나의 유동을 그 이상은 버티지 못하는 것이지요. 하지만 마법진을 이용하면 6~7번까지 사용할 수 있답니다. 효율이 두 배가 되는 것이지요. 마법진이란 것은 원래 그런 용도였습니다. 때문에 8서클의 마법진에는 8서클의 마법사들의 마나에 대한 이해가 그대로 녹아들어 가 있다고 해도 틀린 말이 아닙니다. 즉, 7서클의 마법사가 마나에 대한 이해가 부족하다 하더라도 마법진을 발동시킬 수 있는 마나만 가지고 있다면 그 다음은 마법진이 알아서 해주는 것이지요. 그렇기 때문에 마법진이라는 것은 6서클 마법부터 존재한답니다. 도해도 까다롭기는 물론이거니와 수식의 복잡함은 상상을 초월하니까요. 인간 마법사들은 5서클의 마법에 마법진을 만든다는 것은 시간 낭비라고 생각하는 자들이 대부분이라고 하더군요. 6서클의 마법부터 마법진이 존재하기 때문에 일반적인 마법사들이 마법진에 관해 듣게 되는 것도 5서클부터이지요. 그전에는 알아봤자 마법 공부에는 하등 도움이 되지 않으니까요."

엘시노어라는 장로의 자세한 설명에 케이는 완전히 수긍한 듯 고개를 끄덕였다. 엘시노어의 설명대로라면 모든 것이 맞아떨어졌던 것이다. 마법진이 6서클부터 존재한다면 당연히 자일론이 마법 수업 시간에 나왔을 리 없다. 또한 자일론 역시 마법진에 관한 것은 전혀 몰랐을 테니 자신에게 가져다 준 책들에 마법진에 관한 것이 빠져 있는 것도 어찌 보면 당연했다. 자신이 자일론에게 부탁한 것은 각 서클 별로 마법이 정리되어 있는 마법서 한 권씩 모두 아홉 권이었으니.

"그러니까 말이야……."

이때 제나가 갑작스레 끼어들었다.

"우리 집에 6서클부터 9서클까지의 마법진이 정리된 책이 있거든. 아버지께서 젊으셨을 때 마을에 들어왔던 인간 마법사랑 친해져서 선물로 받은 거라고 하더라구. 내가 그걸 너한테 빌려줄 테니까……."

제나가 하고 싶은 말은 뻔했다. 그리고 아마 그런 의도로 처음부터 마법진에 관한 이야기를 꺼낸 것이었으리라. 제나가 뒷말을 꺼내기도 전에 케이가 말을 자르며 대답했다.

"알았다. 퓨어에게 검법을 가르쳐 주지. 단, 내가 어제 이야기한 혼원검법이란 것은 아니야."

케이의 대답에 퓨어의 얼굴에 함박 웃음이 떠올랐다. 검법의 종류는 무엇이든 상관없었다.

높은 경지에 이른 검사로부터의 가르침이면 충분했다. 그것이면 자신의 앞에 놓여 있는 검벽(劍壁)을 넘는 데 충분할 테니까.

"단, 내가 마법진을 완전히 익힌 다음이다."

케이는 조건을 덧붙였다. 시기 따위야 언제든지 좋았다. 퓨어는 이미 100년의 세월을 검에 매달려 왔고 또한 아직 자신에게는 그것보다 훨씬 더 긴 세월이 남아 있었던 것이다. 그리고 제나로부터 마법서를 받아 든 케이는 조용히 자신에게 제공된 방으로 들어갔다.

케이는 방에 들어서자마자 얼른 책을 펼쳤다.

나, 9서클 마스터의 위대한 대마법사 매지션 슈페리어, 시스렌 데 메디오가 영원한 안식을 맞이할 엘프의 숲에서 생애 최초이자 최후의 친우를 위한 선물로 이 마법서를 남긴다.

책의 첫 장에 쓰여진 말이었다. 9서클의 마스터, 매지션 슈페리어라는 칭호로 불리는 인간은 결코 도달할 수 없다는 꿈의 경지. 그 경지에 도달한 시스렌 데 메디오라는 마법사가 남긴 책이었다.

시스렌 데 메디오.

무려 600년 전의 인물이었다. 인간의 역사상 최초, 최후의 9서클의 마스터. 칼라의 벽에도 그 이름이 기록된 대륙의 모든 마법사에게 거의 신처럼 추앙되는 존재였다. 그런 그는 나이 90이 넘어서 갑작스레 실종되었다고 전해졌는데 이곳 바람의 마을에서 죽음을 맞았을 줄이야.

케이 자신은 모르고 있지만 지금 케이에게 주어진 마법서는 소위 무림에서 말하는 기연(奇緣)이나 다름없었다. 사실 마법진이라는 것은 고서클의 마법사가 좀 더 편하게 마법을 펼치기 위해 만든 것이라고 했다. 때문에 각 마법진마다 미묘하게 달랐다. 물론 교과서적으로 전해져 내려오는 마법진들이 존재했지만 아무래도 마법진이라는 것의 효용 덕분인지 진정 뛰어난 위력을 발휘하는 마법진들은 스승에서 제자로 거듭해져 비밀리에 전수되어 내려오는 것이 대부분이었다.

즉, 쉽게 구할 수 있는 마법서에 기록된 마법진이나 남들이 다 아는 것이라면 그 효율성이나 위력이 무척이나 떨어진다고 봐야 했다. 하물며 케이가 구한 마법서는 인간 유일의 9서클의 마스터가 쓴 것이다. 그 속에 들어 있는 마법진의 위력이야말로 류블라드 그 누가 만든 것보다도 뛰어날 것은 의심할 여지가 없었다. 누구도 도달해 본 적이 없는 9서클 마스터의 깨달음으로 만들어낸 마법진. 마법사라면 눈이 뒤집혀 달려들 그런 마법서가 지금 케이 앞에 놓여 있는 것이었다.

케이가 방에 틀어박혀 두문불출하며 그렇게 조용히 하루하루가 흘러갔다. 그렇게 흘러간 날 수가 어느덧 예순을 헤아릴 정도가 되었을 때 케이는 묵묵히 마을을 벗어나 걸어가기 시작했다. 그 뒤를 제나, 퓨어, 바볼랏이 뒤따랐음은 말할 필요도 없었다. 제나까지 따라나서는 것은 문제가 되었으나 그 특유의 고집과 케이라는 존재로 인한 특수 상황이라는 점을 감안해 엘시노어가 허락해 주었다. 물론 따지고 보면 특수 상황이라 할 수도 없었다. 단지 케이가 자신이 익힌 마법진들을 시험하기 위해서 올라가는 것이니까.

예전에 케이가 일리나와 싸웠던 곳에 도달했다. 그곳에는 일리나의 헬 파이어 덕에 생긴 구덩이 덕에 제법 넓은 공간이 있었다. 하지만 역시 구덩이라 평지의 면적은 좁았다. 가만히 그 구덩이를 보던 케이는 가볍게 시동어를 외웠다.

"디그(dig)."

땅을 파는 초보적인 마법. 그러나 케이가 펼치자 그 위력은 전혀 달랐다. 구덩이의 최심부를 기준으로 구덩이가 있던 모든 것이 평지로 넓게 파여졌던 것이다. 자신이 만들어낸 평지를 흡족히 바라보던 케이는 제법 깊은 곳에 만들어진 평지로 훌쩍 뛰어내렸다.

"우와~!"

어느새 케이의 등에 올라타고 있던 제나는 무서워서인지 신나서인지 크게 소리를 질렀다. 웃음 가득한 얼굴로 보아서는 아무래도 후자 쪽인 것 같지만… 제법 깊은 곳이었기에 바볼랏이 내려가기에는 무리가 있었다. 그런 바볼랏을 퓨어가 엎고 뛰어내렸다.

케이는 몸을 잔뜩 움츠렸다가 갑작스레 펴서는 등에 타고 있던 제나를 높이 띄워 올렸다. 그냥 간단히 내리라는 말 한마디였으면 되었을 것을 여전히 사이가 좋지 않은 둘이었다. 그렇게 사이가 안 좋은 데도 케이의 등에 제나가 올라타는 것이 무척이나 신기한 일이었다. 케이에 의해 높게 띄워 올려진 제나가 케이를 향해 소리를 질렀다.

"야~! 늑대~! 정말 이러기야~!! 우쒸, 플라이(fly)."

어느새 제나는 아래로 자유낙하하고 있었고 자신도 그냥 땅에 떨어질 생각은 없었는지 마법을 사용해 허공에 몸을 띄운 후 천천히 내려왔다. 제나야 어찌 되든 말든 일단 제나를 떨쳐 낸 후 케이는 주위에 마법진을 그렸다. 그저 가만히 있는데도 케이를 원의 중심으로 하여 주변의 땅에는 마법진이 그려졌다. 시스렌의 마법서에 있던 방법으로 마나를 이용해 기억 속의 마법진을 그대로 그려내는 것이었다. 그렇게 그리자 마법진은 금세 완성되었다. 자신의 발 아래에 완성되어 있는 마법진을 매우 흡족한 표정으로 보고 있던 케이는 떨리는 가슴을 부여 잡고 나직이 시동어를 읊조렸다.

"폴리모프(polymorph)."

곧 강렬한 빛과 함께 마법진이 작동했고 케이는 그 빛에 가려 보이지 않았다. 그리고 잠시 후 빛이 잦아듦에 따라 서서히 케이의 모습이 나타났다.

"흠, 저 늑대 녀석, 어떤 모습으로 변할까나? 미남? 추남? 늙은이? 꼬마? 젊은이? 궁금하네. 언니는 안 궁금해?"

서서히 케이의 모습이 드러나고 있건만 그사이를 못 참은 제나가 옆에 서 있는 퓨어에게 쫑알거리고 있었다. 바볼랏은 그런 그녀의 모습에 미소를 지으며 서서히 드러나는 케이의 모습을 보기 위해 안력을 집중했다.

그곳에는 은발의 남자가 양손을 바라보며 서 있었다. 나이는 열아홉에서 스무 살쯤 되었을까? 청년의 모습을 한 그는 앞머리는 눈썹을 가릴 정도로 뒷머리는 목 위까지 오는 비교적 짧은 머리를 하고 있었다. 눈썹 역시 은색으로 살포시 솟아 있었고 진하지도 그렇다고 연하지도 않았으며 진한 흑색의 눈동자가 인상적이었다. 그 외에는 얼굴이 그다지 잘생기지도 못생기지도 않았지만 얼굴 선 자체는 류블라드에서 보기 힘든 선을 그리고 있어 무언가 숨기고 있는 듯한 신비스러운 분위기를 연출했다. 그러면서도 굳게 다문 입술이라던가 강직해 보이는 턱선은 평범하되 평범하지 않은 모습을 보여주며 남자다워 보였다.

분명한 것은 어디 다니면 추남이라 불릴 외모는 아니라는 것이다. 오히려 약간은 특이한 신비스러운 얼굴이라 오히려 사람들로 하여금 관심을 불러일으키게 생겼다고 할까? 그리고 의복은 류블라드에서는 전혀 보지 못한 종류였다.

"미러 이미지(mirror image)."

케이는 마법을 펼쳐 자신의 모습을 비춰보았다. 머리와 눈썹의 색을 제외한 나머지는 모두 삼풍 백화점 붕괴 사고로 건물 더미 속에 깔릴 당시의 모습이었다. 죽기 직전의 모습으로 할까도 생각했지만 역시 늙은 사람의 모습은 싫었다. 자신이 생각하기에도 역시 가장 젊고 패기 넘치던 때의 모습을 하고 싶었다. 원하는 대로 모습을 바꿀 수 있었기에 좀 더 잘생기고 멋진 얼굴로 할 수도 있었지만 그러면 왠지 자신이 자신이 아닐 것 같았다. 그리고 이곳 류블라드의 미남 기준이 1996년 당시의 한국과 다를 수도 있기에 그저 가장 자연스러운 자신의 모습을 찾은 것이다. 폴리모프로 변한 자신의 모습은 제법, 아니, 아주 만족스러운 수준이었다.

"에~ 이! 뭐야 평범하잖아. 난 또 얼마나 대단해지나 했지."

케이의 모습이 보이자마자 바로 또 쏘아붙이는 제나의 말이었다. 케이의 모습이 대단히 잘생긴 미남은 아니었지만 그렇다고 또 평범한 모습도 아니었다. 류블라드에서는 보기 힘든 얼굴 선으로 충분히 신비스러운 분위기를 연출해 내고 있었기 때문이다. 바볼랏은 제법 여행을 하며 많은 사람들을 봐왔기에 단번에 그것을 알아차릴 수 있었지만 바람의 마을에서만 살며 미의 종족이라는 엘프들만 보다가 인간이라고는 바볼랏밖에 본 적이 없는 제나의 눈에는 지극히 평범해 보이는 모양이었다. 평범이라는 말은 다른 많은 사람들과 비교한 후에 특별히 튀는 부분이 없음을 나타내는 것일진데 도대체 제나의 평범의 기준은 무엇인지. 제나가 뭐라고 하든 케이는 지금 다시금 인간의 모습을 한 기쁨에 젖어 미러 이미지로 비친 자신의 모습을 살피는 데 여념이 없었다. 그렇게 한참을 더 자신의 모습을 살피다가 흐뭇한 웃음을 지으며 걸음을 옮기려 하였다. 그러나 곧 쿵 소리를 내며 넘어지고 말았다. 인간의 기억을 가지고 있었지만 10년 남짓을 늑대로 살아온 몸이라 그런지 걸음을 옮기자 균형을 잡기 힘들었다. 케이는 그런 것에는 아랑곳하지 않고 다시금 일어서서 발을 내딛었다. 그렇게 걷기를 시도하고 넘어지기를 수차례. 이제 어느 정도 균형을 잡을 수 있었다.

"이제 넘어지지 않고 걸을 수 있게도 되었으니 폴리모프가 완전히 끝났다고 할 수 있겠네요."

바볼랏이 사람 좋은 웃음을 지으며 케이에게 말을 걸었다.

"그렇군."

케이 역시 고개를 끄덕이며 대답했다.

"이야, 그게 케이의 목소리였습니까? 듣기 좋네요. 머리 속에 울리던 것과는 확실히 달라요. 이렇게 말소리로 들으니 훨씬 좋군요. 다시 인간의 모습을 찾은 것을 축하드립니다."

바볼랏의 말에 케이는 슬며시 미소를 지으며 고개를 끄덕였다. 늑대였을 때의 구분하기 힘든 애매한 표정과는 확실히 대조되는 좋은 표정이었다. 그때 또다시 제나가 끼어들며 말했다.

"그런데 늑대 씨, 지금 입고 있는 옷은 어떤 거야. 난 한 번도 보지 못한 종류인데?"

케이가 인간의 모습으로 폴리모프했음에도 여전히 늑대라고 지칭하는 제나였다. 그것을 들은 케이의 눈썹은 역시나 꿈틀했다. 하지만 제나가 표시한 의문에 바볼랏도 같은 궁금증을 느꼈기에 고개를 끄덕이며 질문에 첨언하였다.

"아, 그것은 저도 궁금하군요. 신탁을 받은 이후 이곳 엘프의 숲까지 오는 여정에서 제법 많은 곳을 다니며 제법 많은 사람들을 많났고 적지 않은 복색을 보았지만 확실히 케이의 의복은 생소하군요."

지금 케이의 모습은 카키색의 반팔 셔츠에 리바이스 청바지. 그리고 건물 더미에 깔릴 당시 한참 유행하던 나이키 농구화를 신은 모습이었다. 이런 모습이니 당연히 그들에게는 생소할 수밖에.

"내가 전생에 살던 세계의 옷이다."

짧은 케이의 대답에 세 사람 모두 고개를 끄덕였다.

"자자, 그럼 이제 마을로 돌아가자구. 그리고 늑대 씨는 이제 우리 언니한테 검법을 가르쳐 줘야지."

제나의 말에 케이는 순순히 고개를 끄덕였고 다들 일리나의 헬 파이어와 케이의 디그로 만들어진 커다란 분지를 빠져나왔다. 그리고는 다시 마을로 방향을 잡고 걷기 시작했는데 걸어가는 동안 케이의 표정이 점점 심각하게 변해 갔다. 마을에 다다를 즈음에는 딱딱하게 굳어 있었다. 마을에 도착하자마자 케이는 엘시노어 장로를 찾았다.

"어어, 늑대 씨. 어디 가는 거야? 이제 우리 언니한테 검법 가르쳐 줄 차례잖아!"

제나가 크게 소리쳤지만 케이는 들은 척도 하지 않았고 퓨어는 제나의 어깨에 손을 얹으며 조용히 고개를 가로젓고는 케이를 따라갔다. 무엇인가 이유가 있을 거라는 생각에서였다.

"오, 케이. 폴리모프에 성공하셨군요. 마법서를 연구하기 시작하신 지 이제 두 달 남짓 흐른 것 같은데 대단하시군요. 그런데 이 늙은이에게는 무슨 일이신지요?"

엘시노어 장로의 나이가 엄청나게 많은 것은 사실이지만 엘프라는 종족의 특성상 아직은 젊은 모습을 유지하고 있었기에 스스로를 늙은이라 칭하는 그의 말이 약간은 어색하게 들렸다.

"폴리모프에 대해 몇 가지 궁금한 것이 있어서."

"호오? 그래요? 그게 무엇이지요?"

엘시노어 장로는 케이의 질문에 흥미있다는 표정을 지으며 대답해 주었다.

"헤, 9서클 마법까지는 다 알고 있다고 했으면서 고작 8서클인 폴리모프에 관해 궁금한 것이 있었다고? 역시 전에 한 말 거짓말이었지?"

케이의 말에 때를 놓치지 않고 또다시 딴지를 거는 제나였다. 하지만 케이는 지금 그런 제나의 빈정거림 따위는 중요한 것이 아니라 단번에 무시하고는 엘시노어를 보며 입을 열었다.

"우선 나의 머리 색이 궁금하군. 나는 분명 검은 머리로 폴리모프하려 했는데."

"아, 그것 말씀이군요. 폴리모프가 모습을 변화시키는 마법이기는 하지만 완벽하지는 않답니다. 늑대의 모습일 때의 털 색이 은색이었이게 지금 은발의 모습을 하게 된 것이죠. 폴리모프도 그것만은 어쩔 수가 없답니다."

엘시노어의 대답에 케이는 고개를 끄덕이며 다음 질문으로 넘어갔다.

"그럼, 다음으로 넘어가서. 도대체 폴리모프에 소모되는 마나는 어느 정도인 거지? 지금도 끊임없이 마나가 소모되고 있어. 이 정도의 소모량이라면 하루 정도 이 모습을 유지하는 것이 한계인 것 같군. 어떻게 된 것이지?"

그렇다. 케이가 산을 내려오며 얼굴이 심각하게 변했던 것은 바로 주체할 수 없을 정도로 엄청난 마나 소모량이었다. 처음 폴리모프에 성공했을 때는 인간의 모습을 되찾았다는 기쁨에 미처 알아차리지 못했지만 얼마 되지 않아 단전에서 썰물 빠지듯 빠져나가는 내공을 느끼고는 안색이 딱딱하게 굳었던 것이다. 그런 케이의 질문에 엘시노어는 무척이나 놀랐다는 표정을 지었다.

"하루씩이나 유지할 수 있다고요? 정말 케이의 능력은 대단하군요. 어떻게 그럴 수 있는 것인지 정말 궁금합니다."

케이의 눈에 의혹의 그림자가 짙게 드리워졌다. 자신으로서는 겨우 하루밖에 인간으로 있을 수 없는 것이 화가 나서 어떻게 된 일인지 알아보러 온 것인데 자신의 능력이 놀랍다니. 그런 케이의 눈빛을 읽은 엘시노어는 한숨을 내쉬며 입을 열었다.

"후, 어디부터 설명해야 할까. 그래, 폴리모프라는 마법의 탄생부터 설명드려야 하겠군요."

엘시노어의 말에 그 자리에 있던 네 사람 모두의 눈에 호기심의 빛이 강하게 솟아올랐다. 폴리모프의 탄생이라니…….

"원래 폴리모프라는 것은 드래곤만이 가진, 드래곤이 신께 부여받은 하나의 권능이었습니다. 드래곤의 그 커다란 몸집과 그 기나긴 수명을 견디게 해주기 위해서였다고 하더군요. 그런 드래곤의 폴리모프가 사람들에게 알려진 이후 많은 인간 마법사들이 그것을 마법으로 만들기 위해 노력했지요. 하지만 아무도 성공할 수가 없었지요. 드래곤만이 지닌 권능이기에 드래곤이 가르쳐 주지 않는 이상 방도가 없었기 때문입니다. 과연 어떤 인간이 드래곤에게 그것을 묻겠습니까? 결국 인간들에게 폴리모프란 손에 닿지 않는 환상에 지나지 않는 것이었지요. 그런데 그런 환상을 마법으로 만들어낸 인물이 있었습니다."

여기까지 말한 엘시노어는 잠시 숨을 골랐다. 엘시노어가 숨을 고르는 동안 넷의 눈은 그야말로 호기심덩어리로 변해 있었다. 특히 케이의 눈에 처음 띠었던 분노와 의혹의 빛은 완전히 사라진 채 오직 호기심과 흥미만이 남아 있었다. 그만큼 엘시노어의 이야기는 흥미 만점이었던 것이다.

"케이도 알고 있을 겁니다. 그의 책으로 마법진을 연구했으니까요. 바로 500여 년쯤 전에 폴리모프 마법을 만들어낸 사람은 9서클의 마스터를 이룬 시스렌 데 메디오였습니다. 9서클의 마스터라는 능력은 드래곤에게 인정받기에 충분한 능력이었지요. 그는 한 그린 드래곤과 친분이 있었지요. 그가 이곳 바람의 마을에서 안식에 든 것도 그 드래곤이 이곳을 알려줬기 때문입니다. 그 드래곤과 저희 마을이 제법 친분이 있기에 편안하고 조용한 안식처를 찾고 있던 그에게 우리 마을을 권했던 것이었습니다. 시스렌은 그 그린 드래곤 바리아논으로부터 폴리모프에 관한 내용을 들었지요. 그리고 끊임없이 연구했습니다. 그리고 결국 신으로부터 부여된 드래곤만의 권능을 마법화하는 데 성공했죠. 하지만 그것은 어디까지나 드래곤의 권능을 흉내 낸 것에 불과합니다. 그래서 드래곤이 폴리모프에 가지는 제약이 그대로 따라오죠. 바로 성별은 바꿀 수 없다는 것과 피부색이 모발의 색으로 변한다는 것이죠. 케이님의 경우는 털 색이 모발 색으로 그대로 바뀐 것 같군요. 그것 외에도 몇 가지 제약이 더 있습니다만 그것은 시전자에 따라 다르게 나타난다고 하더군요. 케이님의 경우도 피부 색 대신 털 색이 모발색으로 바뀐 경우니까요. 그렇게 폴리모프를 마법화한 시스렌은 그 수식을 칼라에 보냈지요. 그렇게 폴리모프라는 마법이 탄생한 겁니다.”

다들 몰랐던 사실이었기에 눈들을 반짝반짝 빛내고 있었다. 엘시노어의 말대로라면 폴리모프라는 마법이 만들어진 것은 이제 500년이 좀 넘었다는 말이었다. 잠시 쉰 엘시노어는 계속해서 말을 이었다.

“마법화되었다고는 하지만 폴리모프는 인간이 펼치기에는 무리가 많이 따르는 마법이었습니다. 폴리모프가 8서클로 분류되어 있습니다만 수식으로만 따지자면 6서클이나 7서클 정도의 수준일 겁니다. 그런데 시스렌이 굳이 8서클의 마법으로 만든 이유는 바로 막대한 마나의 소모량 때문입니다. 여섯 개나 일곱 개의 마나 고리로 폴리모프를 펼친다면 그 엄청난 마나의 소모를 시전자의 몸이 견뎌낼 수 없었기 때문이지요. 마나 고리의 수라는 것은 곧 주변의 마나를 얼마만큼 움직일 수 있느냐를 알 수 있는 척도이고 동시에 심장에 얼마만큼의 마나를 쌓았느냐를 알 수 있는 척도입니다. 그리고 여덟 개의 고리는 있어야지 그 급격한 마나의 소모 속에서도 시전자의 몸이 버틸 수 있는 것이지요. 비록 아주 짧은 시간 동안만 폴리모프 상태를 유지할 수 있다고 하더라도 일단 시전자의 생명에는 지장이 없는 최소한의 수준이 바로 8서클인 것입니다. 그래서 시스렌은 일부러 그 수식을 조금 더 꼬았습니다. 바로 여덟 개의 마나 고리를 이용한 수식으로 바꾼 것이죠. 마법이란 원래 주위의 마나를 움직여 펼치는 것입니다. 물론 마나의 배열을 위해 자신의 몸에 있는 마나도 사용해야 하죠. 하지만 이 폴리모프는 드래곤의 권능을 흉내 내어 만들었기 때문인지는 몰라도 계속해서 마법을 유지하려면 시전자 몸 안의 마나를 소모하게 된답니다. 그렇지 않으면 폴리모프는 금세 풀려 버리죠. 마법을 시전할 때의 엄청난 마나 소모뿐만 아니라 마법을 유지시키기 위해 또다시 지속적인 마나 소모가 있기에 폴리모프는 무척이나 어려운 마법이랍니다. 그리고 폴리모프를 시전하는 순간에는 외부의 마나를 끌어올 수 있다지만 유지하기 위해서는 순수하게 자신이 지닌 마나를 소모해야 하죠. 정말 제약이 많은 마법입니다. 때문에 그 누구도 폴리모프 상태를 10분 이상 유지하지 못했습니다. 심지어 폴리모프를 만들어낸 시스렌조차도 마법진을 이용하여 고작 다섯 시간 정도 유지했을 뿐이지요. 마법진이라 것이 원래는 마나를 덜 소모하고 마법을 사용하기 위해 고안된 것입니다. 때문에 자신의 서클보다 높은 마법을 마법진을 이용하여 펼칠 경우 반대로 마나의 소모량이 배 이상 증가하지요. 그래서 인간 마법사들은 서클을 뛰어넘는 마법진을 이용할 경우 여러 명이서 함께 마법진을 발동시킵니다. 그런 면에서 케이가 마법진을 이용해 폴리모프를 펼쳤음에도 하루나 그 모습을 유지할 수 있다는 데 감탄을 금할 수가 없군요. 아니, 케이가 마법진을 이용해서 폴리모프를 성공시킨 것 자체가 굉장한 일이죠. 앞서 말했듯이 폴리모프를 시전할 때의 마나 소모는 엄청납니다. 7서클의 마법사가 견딜 수 있는 것이 아니죠. 그래서 8서클로 만든 것인데 그런 것을 마법진을 이용해 억지로 펼치면 원래 소모되는 마나보다 더 많은 양의 마나가 소모됩니다. 보통은 마법진이 발동되는 순간 아마도 마나 소모를 견디지 못하고 죽을 겁니다. 그래서 지금껏 7서클의 마법사가 폴리모프를 시도했다는 말은 들은 적이 없습니다. 그런데 케이는 그것을 견뎌냈을 뿐 아니라 하루 동안이나 폴리모프를 유지할 수 있다니… 전 더 이상 뭐라 할 말이 없습니다.”

엘시노어의 말이 끝을 맺었을 때 케이의 얼굴에 떠오른 것은 오직 허탈함 하나였다. 엘시노어의 말을 종합하자면 결국 폴리모프란 것은 단지 드래곤의 권능을 마법화한 것에 그 의의가 있는 마법이었다. 폴리모프를 창안해 냈다는 시스렌의 마법진으로 펼쳤음에도 불구하고 자신의 내공으로는 고작해야 하루를 버티는 것이 한계였다. 그렇다면 인간의 모습으로 사는 것은 결국 꿈이란 말인가?

물론 혼원심법은 마음만 먹으면 항상 운공을 해서 소모된 내공을 회복할 수 있다. 하지만 현재 폴리모프로 인한 내공의 소모량은 혼원심법으로 회복하는 양의 세 배 이상이었다. 결국은 케이의 몸에 있는 내공을 계속 까먹게 되는 것이고 그렇게 하루가 지나면 완전히 바닥이 나는 것이다. 이렇게 결론을 내리자 케이는 폴리모프를 풀었다. 굳이 엄청난 양의 마나를 소모해 가면서 유지할 필요성을 못 느낀 것이다.

그리고는 고개를 숙인 채 퓨어의 집을 향해 터벅터벅 걸어가기 시작했다. 집에 도착하자 곧장 자신의 방으로 들어가 혼자만의 세계에 깊게깊게 침잠해 들어갔다. 그런 케이의 모습에 제나가 뭐라 말하려 했지만 지금 케이의 상심 정도를 충분히 짐작한 퓨어와 바볼랏의 필사적인 저지로 인해 입 안에서만 웅얼거릴 뿐 말로 튀어나오지는 않았다.

케이가 침울해진 지도 어느새 이 주일 정도가 지났다. 그동안 누구도 쉽게 케이에게 말을 붙이지 못했다. 아니, 심지어 케이의 방에 들어가 보지도 못했다. 방문 밖에까지 접근 금지라는 암흑의 오라가 무럭무럭 새어 나왔던 것이다. 바볼랏과 퓨어는 걱정스러운 표정으로 매일 문 앞을 몇 번이고 왔다 갔다. 2주 동안 아무도 방 안에 들어가 보지를 못했으니 당연히 케이는 2주간 물 한 모금 안 마신 것이다. 제나도 걱정하는 빛이 역력한 눈으로 케이의 방문을 힐끔거렸다. 물론 입은 쫑알거리고 있었지만 항상 투닥거리던 케이를 걱정한다는 것이 조금은 쑥스러운 모양이었다. 나이는 인간으로 치면 이미 중년을 넘어섰지만 엘프라는 종족이라 그런지 아직 어린 티를 벗지 못했다. 그래서 더 더욱 케이가 꼬마라고 놀렸던 건지도……

어느새 해는 산 너머로 뉘엿뉘엿 넘어가며 피보다도 붉은 노을이 온 하늘을 뒤덮을 때.

끼이익.

2주 만에 움직인 문은 요란한 소리를 내며 열렸고 이제나저제나 하면서 항상 케이의 방에 신경을 쓰던 삼 인은 소리가 들리자마자 케이의 방문 앞에 나타났다.

"배고파……. 밥 줘……."

문을 열고 나온 케이의 첫 마디였다.

2주 만에 문 열고 나와서 하는 말이 고작 밥 줘라니……. 그동안 걱정으로 안절부절못하며 기다린 자신들의 행동이 허탈해진다는 듯한 표정이 세 사람 모두의 얼굴에 떠올랐다. 보통은 이쯤에서 제나가 뭐라 한마디 쏘아 붙여야겠지만 그래도 케이가 2주간 굶었다는 것을 알았기에 눈꼬리만 살짝 올라갔다가는 아무 말이 없었다. 허탈한 표정에서 회복한 퓨어는 특유의 미소를 지으며 케이에게 식사를 차려주었다.

사실 케이가 받은 충격은 엄청난 것이었다. 왕궁에서야 서클이 모자라 폴리모프를 시전할 수 없었을 뿐이니 서클만 올리면 인간의 모습을 할 희망이 보였었다. 그랬기에 오히려 마법에 머리를 싸맸었던 것이고. 하지만 이곳에서 알게 된 사실은 케이가 설혹 9서클의 마스터가 되더라도 잘해야 일주일 정도만 인간의 모습을 할 수 있다는 것이었다. 그것은 케이에게 큰 충격으로 다가왔다. 그랬기에 침울의 바다에 빠져 허우적거리면서 방 안에 틀어박혀 아무것도 생각하지 못한 상태로 일주일을 보냈다. 그리고 이제 나는 늑대다, 늑대로 살아야 한다 그러면서 스스로의 처지를 명확히 인식하는 데 다시 일주일이라는 시간이 흘렀다. 하지만 아무리 자기 최면에 가깝게 지금의 처지를 인식하려고 해도 인간의 모습을 할 수 있는 길이 있었다는 사실에 다시금 침울해질 뿐이었다. 그러던 중 조금 전 케이의 머리를 강타한 것이 있었다.

자신이 아무리 발버둥 쳐도 일주일간 인간의 모습이 한계다. 그리고 일주일이 지나면 몸속의 마나가 완전히 소모되어 그후 꼬박 하루는 운공을 해야 마나를 회복할 수 있다. 하지만 매일 밤마다 운공을 해준다면? 그러면 간단했다. 물론 폴리모프로 소모되는 마나 때문에 늑대로 있을 때보다는 본신의 실력을 다할 수 없겠지만 여차하면 전투시에는 다시 늑대로 돌아오면 된다. 그리고 일리나도 어차피 자신이 늑대인 걸 알고 있다. 굳이 인간의 모습에 집착하며 싸울 필요도 없다. 단지 인간의 모습으로 생활하면 된다.

이런 생각이 일사천리로 케이의 머리를 훑고 지나갔다. 그러고는 케이는 허탈한 자괴감에 빠져 버렸다. 이러면 되는 것을 왜 자신은 세상 다 잃어버린 것처럼 절망에 빠졌을까. 너무도 간단한 방법이 있었는데…….

제갈효야, 제갈효야. 너 진짜 아이큐 200이 넘어서 측정이 불가능한 천재라고 불리던 놈 맞아? 사실 바보지? 너무도 간단한 해결책에 허무함에 빠진 케이가 한 생각이었다. 아무튼 그렇게 고민이 말끔히 정리되자 케이는 배가 무척이나 고픈 것이 느껴졌다. 그러고 보니 얼마인지는 모르겠지만 상당히 오랜 시간을 방 안에서 절망 속에서 허우적거리면서 보낸 것 같았다. 그것을 깨닫자마자 케이는 문을 열고 나온 것이다.

이 주일 만의 식사라 그런지 케이는 쉬지 않고 먹어댔다. 그러고는 식사를 마치자마자 방 안으로 들어가 잠에 빠져 버렸다. 그런 케이의 모습을 끝까지 지켜본 삼 인…….

결국 제나의 입에서 한 소리가 터져 나왔다.

"야~! 늑대~! 너 뭐야~!"

그러나 이미 방에 들어간 케이는 꿈나라에서 폴리모프를 하고 있었다. 매우 기분 좋은 표정으로…….

어느새 동녘에서 태양이 기분 좋은 웃음을 머금으며 솟아올랐고 바람의 마을의 하루 일과도 시작되었다. 그리고 케이는 방 안에서 조용히 혼원심법의 운공에 빠져 있었다. 전날 폴리모프에 대한 해결책을 구하긴 했지만 어쨌든 지금의 케이로서는 폴리모프는 하루가 한계였다. 결국 마나를 단시일 내에 최대한 늘려야 했다. 어차피 자연검을 펼치기 위해서도 필요한 일이었지만 여기에 폴리모프까지 더해지니 케이는 그야말로 무아지경에 빠져 운공 중이었다.

사실 태어나서 3년 정도만 운공에 몰두했지, 환골탈태를 한 번 거친 후로는 그냥 지냈다. 그래서 현재 케이의 몸에 있는 내공은 그때의 사 갑자에 멈추어 있었다. 물론 혼원심법을 극성으로 익히면 굳이 운공을 해야겠다는 생각을 가지지 않아도 12시진 내내 저절로 운공이 된다. 하지만 극성이라는 것은 아직 케이가 풀지 못한 최후의 비전 구결을 풀었을 때의 이야기이고 현재 케이의 경지로는 어느 정도 운공을 해야겠다는 의식 정도는 가지고 있어야 운공이 가능한 것이다.

그런데 그동안 케이는 그저 자일론이랑 놀기에 바빴으니 운공을 중단한 이후로 내공이 전혀 늘지 않았던 것이다. 그랬던 케이가 지금은 운공에 몰두하고 있는 것이다. 사실, 케이는 그동안 운공을 할 필요성이 없었기에 그렇게 게을러져 있었던 것이다. 자신이 가진 사 갑자 정도의 내공이면 이곳에서 늑대로 생활하는 데 하등 불편함이 없었다. 지난번의 일리나와의 싸움에서도 약간 밀리는 감은 없지 않았지만 그리고 일리나가 아직은 어린 드래곤이라지만 어쨌든 지상 최강의 존재라는 드래곤과 동수를 이룰 정도는 되었다. 사 갑자의 내공만 있어도 이 정도인데 굳이 더 쌓을 필요를 못 느꼈던 것이다. 하지만 이제는 상황이 완전히 바뀌었다. 드래곤은 하루에 브레스를 세 번은 사용할 수 있는데 자신은 자연검을 한 번만 펼쳐도 탈진이다. 게다가 폴리모프도 해야 한다. 이 문제들을 해결하기 위해서는 다다익선(多多益善), 내공이 많으면 많을수록 좋은 것이다.

운공을 마친 케이는 기분 좋은 얼굴로 집 밖으로 나왔다. 시원한 아침 공기에 싱그러운 아침 햇살이 상쾌했다. 그런 좋은 기분을 가진 채로 퓨어가 검술 연습을 하던 공터로 갔다. 어젯밤 케이를 괴롭히던 문제가 너무도 갑자기 허탈할 정도로 간단하게 해결된 이후 허무함에 잠시 빠져 있기도 했지만 어쨌든 좋은 게 좋은 거라고 케이는 기분이 무척이나 좋았다. 게다가 오랜만에 혼원심법을 운기해 내공을 쌓으니 온몸이 날아갈 것 같은 기분에 빠진 것은 착각일까? 정말 근래에 들어 이 정도로 기분 좋은 아침을 맞은 적이 없었던 것 같았다.

공터에 도착하니 제나는 한쪽 나무 아래에 기대앉아 있었고 바볼랏 역시 그 옆에 앉아 변함없이 헤이트론의 경전을 열심히 읽고 있었다. 그리고 공터 가운데에서 퓨어가 열심히 검을 휘두르고 있었다.

"열심히군. 늦었지만 오늘부터 검법을 가르쳐 주도록 하지. 개인적인 문제로 약속을 늦게 지키게 되어 미안하다."

케이 자신도 2주간이나 방에 틀어박혀 사람들을 걱정시켰던 것이 미안했는지 그리고 약속을 해놓고는 그 2주간 나 몰라라 했던 것도 미안했는지 일단 사과부터 했다. 그런 말과 함께 나타난 케이를 바라보는 퓨어의 눈은 기쁨으로 젖어 있었고 얼굴에도 화사한 미소가 피어났다. 처음부터 케이가 세 사람 모두에게 들리도록 혜광심어를 썼기 때문에 케이의 말을 듣고는 나무에 기대 멍하니 앉아 있던 제나의 눈에 생기가 돌았으며 바볼랏 역시 열중해서 읽고 있던 경전을 덮고는 흥미로운 눈빛으로 케이와 퓨어를 바라보았다. 바볼랏은 신관이라 검에 대해서는 아무것도 모르지만 드래곤의 브레스를 무효화시켜 버렸다는 케이의 실력에는 호기심이 동한 것이다.

“엘프의 기억력은 어떻지? 역시 인간보다 뛰어난가?”

케이가 알고 있는 검법들은 일단 내공이 기초가 되어야 진정한 위력을 발한다. 이왕 가르치기로 한 것, 초식만 가르쳐 이도 저도 아닌 어중간한 상태로 만들어놓는 것은 케이의 자존심이 용납하지 않았기 때문에 기초적인 심법과 함께 검법 하나를 전수해 줄 생각이었다. 케이의 질문에 퓨어는 고개를 끄덕였다.

“평균적으로는 엘프의 기억력이 보다 뛰어난 편이지요. 인간 중에도 뛰어난 자들이 있으니 그런 사람들과 비교하면 어떨런지는 모르겠지만요.”

“그래? 그럼 따라와. 일단 검을 배우기 전에 먼저 배워둬야 할 것이 있으니까. 내가 익힌 검법의 수련 방법은 이곳과 다르니까.”

그러면서 케이는 몸을 돌려 다시 집으로 향했다. 퓨어는 곧 케이 뒤를 따랐고 호기심 많은 제나 역시 잽싸게 일어나 다다닥 뛰어와서는 늘 그렇듯이 케이의 등에 훌쩍 올라탔다. 제나가 올라타는 순간 케이의 눈이 가볍게 찡그려졌지만 이미 포기한 듯 그냥 걸어갔다. 집에 도착한 케이는 퓨어에게 종이와 잉크를 요구했고 퓨어가 내어주자 역시 자일론을 가르칠 때처럼 인체를 그리고는 그 위에 혈도를 하나씩 찍고 명칭과 그 효용을 기록했다. 물론 모두 류블라드의 문자로 기록했다. 자일론을 가르치며 터득한 것 중 하나는 굳이 한자를 이용할 필요가 없다는 것이었으니까. 그렇게 모든 그림을 완성한 케이는 퓨어를 돌아보며 말했다.

“자, 이 그림에 있는 것을⋯⋯.”

말을 하던 케이는 갑자기 고개를 갸웃거렸다. 말하면서 본 퓨어의 귀에 시선이 멈췄기 때문이다.

'참, 퓨어는 인간이 아니라 엘프지. 종족이 다른데 과연 혈도까지 같을까 모르겠군, 흠.'

퓨어의 종족이 케이의 머리에 떠오른 것이다. 인간과 비슷한 유사 인종이라 하지만 혈도의 위치까지 같다고 확신할 수는 없었던 것이다.

"저, 케이? 왜 말을 하다가 갑자기 그러는 거죠?"

무언가 자신에게 말을 하려던 케이가 자신을 보다가 갑자기 고개를 갸웃거리는 것을 본 퓨어가 물었다.

"아, 잠시 생각할 게 있어서 말야. 내가 가르칠 검법은 인간의 신체를 기준으로 한 것인데 이게 과연 엘프에게도 똑같이 적용될 수 있을지 몰라서 말야. 그런 의미에서 꼬마, 잠시 협조 부탁한다."

말을 마친 케이는 제나의 대답은 들을 필요도 없다는 듯이 잽싸게 제나를 등에서 떨궈내고는 제나의 경문혈(京門穴)을 점했다. 제나는 이 늑대가 지금 뭐 하는 짓인지 멀뚱거리며 보다가 갑자기 키득거리면서 웃기 시작했다. 그런 모습에 케이는 고개를 끄덕였고 다시 기호혈(氣戶穴)을 점했다. 그러자 제나의 웃음은 점점 더 심해졌다. 케이는 다시근 고개를 끄덕이며 싱긋 웃었다. 그리고는 곧 이어 소요혈(笑腰穴)을 점했다. 그러자 제나는 곧 숨이 넘어갈 정도로 미친 듯이 웃으며 껙껙대더니 스르르 정신을 잃어버렸다. 그런 제나의 행동에 퓨어는 눈이 휘둥그래지며 케이를 돌아보았다. 케이가 제나의 몸을 가볍게 친 것이 원인인 것 같았기 때문이다.

"아, 별거 아니니까 너무 신경 쓰지 마."

퓨어의 시선을 느낀 케이가 짧게 말했다. 그리고는 제나를 깨웠다.

물론 먼저 점했던 혈도들은 풀어주고.

"야! 이 늑대가! 내 몸에 무슨 짓을 한 거야!"

정신을 차리자마자 제나는 대뜸 케이에게 소리를 질렀다. 자신은 전혀 웃고 싶은 생각이 없었는데 케이의 앞발이 몸에 닿고 나자 갑자기 웃음이 나왔고 곧 이어 미친 듯이 웃다가 기절해 버렸다. 때문에 제나는 정신이 들자마자 케이에게 일단 소리부터 지르고 본 것이다. 보통의 케이라면 뭐라고 대꾸라도 했을 텐데 아무 말이 없었다. 그저 아~주 기분 나쁜 미소를 씨~ 익 지으며 앞발을 들더니 아문혈(啞門穴)을 점했다. 그러자 계속해서 뭐라고 말을 쏟아내려던 제나는 그저 입만 벙긋거리게 되었다. 아무리 소리를 지르려고 해도 혀가 움직이지도 않고 성대가 울리지도 않았다. 악이 바칠 대로 받쳤다가 곧 자신이 말을 할 수 없게 되었다는 데 겁을 먹었는지 눈에 습막이 어렸다. 그러나 케이는 그런 것에는 신경 쓰지 않고 계속해서 제나의 몸에 각 혈도를 하나씩 점했다. 그러는 중 제나는 한쪽 팔이 뻣뻣해지기도 하고 기절도 했으며 잠이 들기도 하였다. 물론 케이는 사혈(死穴)을 점할 때는 조심스레 죽지 않을 정도로 시험만 해보았다. 아무튼 한참을 제나를 실험 대상으로 삼아 모든 혈도를 확인한 후 고개를 끄덕였다.

엘프들의 혈도가 인간과 다름이 없음을 확인한 케이는 마지막으로 제나의 수혈을 강하게 눌렀다. 아마도 하루는 꼬박 잠들어 있으리라. 그런 케이를 퓨어는 질린 얼굴로 보고 있었다.

케이의 앞발이 지나갈 때마다 보인 동생의 반응이 본인에게도 충분히 놀라웠던 까닭이다. 하지만 케이는 퓨어가 어떤 얼굴을 하고 있던지 상관하지 않고 제 할 말만 했다.

"자, 그럼 다시 본론으로 돌아가서 이 그림에 있는 것들을 모두 외워. 이것들은 혈도라고 하는 건데 인체에 마나가 흐르는 길을 나타낸 것이지. 그리고 이 혈도라는 것들을 자극해 주면 몸은 여러 가지 반응을 보여. 약하게는 마비되는 것부터 심하게는 죽음에 이르는 것까지. 뭐, 그 반응은 방금 저 꼬맹이를 통해서 충분히 봐뒀지? 인간과 엘프의 혈도가 과연 같은지를 몰라서 잠시 시험해 본 거다."

"그런, 그러다가 제나가 잘못되기라도 했으면!"

케이가 자신의 동생을 그저 실험 대상으로 삼았다는 사실에 퓨어는 소리를 질렀다. 잘못 건드리면 죽을 수도 있는 것이 혈도라는데 인간의 그것과 같은지 확인하기 위해 제나에게 시험해 봤다니 화가 안 날 수가 없는 것이다. 비록 자신이 케이에게 검을 배워야 하는 입장일지라도 말이다.

"아, 그렇게 화내지 말라구. 난 아주 약한 자극을 줬을 뿐이니까. 이 정도 자극으로는 사혈을 건드려도 죽지 않는다구. 그러니까 어서 혈도에 대해서 외우기나 하라구."

그렇게 말을 마친 케이는 다시금 밖으로 나갔다. 그런 케이의 태도에 퓨어는 고개를 절레절레 흔들며 케이가 그려준 혈도 그림에 눈을 돌렸고 지금까지의 광경을 흥미로운 눈으로 그저 지켜만 보고 있던 바볼랏은 늘 그렇듯 방 밖으로 나와서는 성서를 펼쳐 들었다.

따뜻한 오전의 햇볕을 받으며 늘어지게 하품을 한 케이는 좀 전의 일을 회상하며 큭큭거렸다. 혈도의 위치를 확인하는 것은 분명히 필요했지만 제나에게 했던 것처럼 과격할 필요는 없었다. 그저 체내에 아주 약하게 진기만 흘려보았어도 충분히 알 수 있었다. 그런 간단한 방법을 놔두고 일부러 몸을 많이 움직이는 수고를 하면서까지 그런 방법으로 혈도를 확인한 것은 오로지 제나를 골려먹기 위해서였다. 그동안 제나의 건방진 말투와 행동, 특히 자신의 등에 올라타는 그 행동에 상당한 스트레스가 쌓였던 것이다. 그 스트레스를 마침 풀었으니 얼마나 기분이 좋을까? 그래서 케이는 지금 매우 기분 좋게 큭큭거리면서 웃고 있는 것이다. 다음날 제나가 깨어난 다음 뒷감당은 어찌 할지 전혀 생각하지 않고는 그저 지금 이 순간을 즐기고 있었다.

'가만, 엘프가 종족이 달라서 혈도가 다를 가능성이 있었다면… 이곳은 지구와는 다른 행성이니까 역시 이곳의 인간의 혈도도 지구의 인간의 그것과는 위치가 다를 수도 있는 거였잖아.'

좀 전의 일을 회상하면서 한참이나 큭큭거리던 케이는 불현듯 머리를 강타한 생각에 고개를 들었다.

'그럼, 자일론한테 심법을 전수하기 전에 혈도를 확인했어야 했잖아. 그런 것도 없이 바로 혼원심법의 운용부터 시작했으니… 혹시라도 혈도가 달랐으면 사람 하나 잡을 뻔했군. 뭐, 다 잘됐으니 이제는 상관없지만 말야.'

그렇게 곧 결과가 좋으니 상관없다는 결론을 내리고는 다시금 편안한 자세로 엎드렸다. 그리고 이제는 퓨어에게 전수할 심법과 검법에 생각이 미쳤다. 사실 퓨어에게 전수할 검법은 이미 결정해 두었다. 사실 퓨어가 검을 수련하던 그 모습을 본 순간 저절로 머리 속에 떠오른 검법이었다. 그리고 그 검법은 결코 케이가 알 수 없어야 정상인 검법이기도 했다.

바로 무당의 비전이라는 태극혜검(太極慧劍). 퓨어의 유려하고도 부드러운 검로를 보면서 케이는 자연스럽게 태극혜검을 떠올렸던 것이다. 그리고 심법은 같은 무당의 기본 심법인 오행심법(五行心法)을 가르칠 생각이었다.

오행심법은 수, 금, 화, 목, 토의 오행의 상생과 상극의 원리를 이용한 심법으로 무당에 처음 입문하면 누구나 배우는 그야말로 기본 심법이었다. 태극혜검은 무당의 무공이니 같은 무당의 심법을 가르쳐야 하기에 오행심법을 선택한 것이다.

오행심법은 다른 높은 수준의 심법에 비해 내공을 닦는 속도는 느렸지만 반면 기본 심법인 만큼 기초가 탄탄하고 안정적인 심법이었다. 즉, 주화입마의 위험이 거의 없으며 또한 순수한 내공을 쌓을 수 있게도 해주었다. 그래서 무당의 입문 제자들은 반드시 익혀야 하는 심법이기도 했다. 좀 더 고절한 심법을 익히기 전에 몸 안의 정화 과정을 거치기 위한 심법이랄까? 주로 그런 용도로 사용되었다. 오행심법은 그 안정성과 순수한 내공 정화력에 비해 내공이 쌓이는 속도가 턱없이 느렸기 때문에 그저 입문 과정의 기본 심법으로만 사용되었던 것이다. 하지만 그것도 어디까지나 지구에서의 이야기였다. 지구에 비해 정말 엄청날 정도로 자연의 기가 충만한 류블라드라면 오행심법으로도 충분히 빠른 속도로 내공을 쌓을 수 있었다. 그래서 케이는 오행심법을 선택한 것이다.

오행심법은 무당의 기본 심법이니 케이가 어떻게 알 수 있다고 해도 무당의 비전 중의 비전이라는 태극혜검을 어떻게 케이가 알고 있기에 퓨어에게 가르치겠다고 마음먹은 것인지…….

'큭큭큭. 그러고 보니 자공, 그 교활한 땡중. 일이 이렇게 될 줄은

전혀 몰랐겠지? 오히려 통쾌하군. 하하하.'

　케이는 자신이 태극혜검을 얻을 당시를 떠올리며 아주 기분 좋게 통쾌하게 웃었다. 케이가 태극혜검을 얻게 된 데에는 어떤 연유가 얽혀 있었기에…….

제 8 식

마교혈겁지사
(魔敎血劫之事)

마교혈겁지사(魔敎血劫之事)

고즈넉한 분위기의 작은 방. 그곳에는 가지각색의 복장을 한 사람들이 모여 앉아 있었다. 승복을 입은 스님도 보였고 도복을 입은 도사도 그리고 비구니에 속인의 복장을 한 사람들에 거지까지 앉아 있었다. 그렇게 모여 앉은 사람이 모두 열 명. 이들은 당금 천하 정파의 기둥이라는 구파일방의 장문인들이었다.

"아미타불⋯⋯."

그때 그들 중 스님이 입을 열었다. 무림의 태산북두라는 소림의 당대 방장 자공 대사. 그가 불호성과 함께 입을 연 것이다.

"그동안 조용하던 마교가 드디어 움직임을 보이고 있소이다. 300년 전의 혈겁 이후 너무도 조용하다 했는데 그들은 와신상담 힘을 키우고 있었던 모양이오. 당금 마교의 교주는 교주들에게만 전해져 내려온다는 역천혈공을 대성했다고 하더이다. 이것은 개방에서 나온 정보이니 틀림없다고 보아야 할 것이오. 300년 전 혈겁을 일으켰던 천마무제(天魔武帝)조차도 역천혈공의 화후는 10성에 불과했는데 당금 교주는 12성 대성했으니… 도대체 어떤 혈겁을 일으킬지… 아미타불…….”

자공 대사가 침중한 어조로 이야기를 했다. 자공 대사가 잠시 말을 마치자 곧 한쪽에 앉아 뚱한 표정을 짓고 있던 거지 차림의 노인이 입을 열었다.

“그것뿐만이 아니지요. 교주 휘하의 여덟 호법. 천마팔호법의 화후 또한 300년 전의 천마무제와 맞먹는다고 합니다. 즉, 이번에 마교가 발호를 하게 되면 우리는 300년 전의 천마무제 여덟과 그보다 강한 자 하나를 상대해야 한다는 것이지요. 솔직히 당금 정파의 힘은 300년 전에 비해 어느 정도 약해져 있는 게 사실입니다. 그간의 긴 평화 기간 동안 정파의 기둥이랄 수 있는 구대문파가 서로의 이권을 위해 싸우며 스스로의 힘을 야금야금 갉아먹었으니 말이오.”

말을 마친 노인은 날카로운 눈으로 사방에 앉아 있는 사람들을 둘러보았다. 거지 차림에서도 알 수 있듯 그리고 그의 허리 어림에 매어져 있는 구결 매듭으로 알 수 있듯 그는 당금 개방의 방주인 멸사광개(滅邪狂丐)였다. 개방은 거지들이 모여 이룬 방파로 본디 세속의 명리에는 그다지 관심이 없었다. 오직 그들은 의(義)를 숭상했기 때문에 척마멸사의 기치 아래 있는 방파라 평화로운 시기에 벌어진 구대문파 간의 세력 다툼에는 끼어들지 않았던 것이다. 그랬기에 지금에 와서는 무림의 양대 산맥이라는 소림과 무당보다도 오히려 그 세가 더 강했다. 멸사광개는 구대문파의 제 살 깎아 먹기 식의 세력 다툼으로 정파의 세력이 크게 약해져 당장 있을지도 모르는 마교의 발호를 어찌 할 수 없는 현실에 무척이나 화가 난 상태였다.

300년 전의 혈겁 때도 정파는 커다란 손실을 입으면서 마교를 막아냈었다. 하지만 당시 그 세력을 뿌리 뽑지 못했기에 그들의 재발호는 예견된 것이었다. 처음 100년 정도는 구대문파 모두 그 사실을 잘 알았기에 각자 다시 전열을 가다듬고 마교와의 싸움에서 손실된 전력을 복구하는 데 애썼다.

그 결과 100년 만에 무림은 오히려 혈겁 전보다도 더욱 세력이 강해졌다. 하나 그때부터 구대문파 간의 세력 다툼이 시작된 것이다. 그 이후 200년간 이어져 온 다툼으로 혈겁 직후만큼은 아니지만 현재의 세력은 당시 혈겁을 막아낼 때보다 손색이 많은 것이 사실이었다. 오직 개방만이 그 다툼에 끼어들지 않아 온전한 전력을 보전할 수 있었지만 개방의 위력은 그 엄청난 방도 수에서 나오는 정보에 있는 것이지 무공의 고강함은 아니었다. 물론 방주와 장로들의 무공은 어느 문파도 감히 경시하지 못할 수준이지만 일반적인 방도들의 평균 무공 실력으로 따지면 다른 구대문파에 비해 손색이 있는 것은 분명했다. 멸사광개가 냉소적인 말투로 구대문파 간의 다툼을 질책하는 말이 끝나자 자공 대사가 다시 입을 열었다.

"아미타불. 광개 시주의 말에는 빈승도 감히 뭐라 대꾸할 수가 없구료. 분명 지금 정파의 세력으로 마교의 발호를 막는 데는 무리가 따르는 것이 사실이기는 하나 그것도 마교의 교주와 천마팔호법만 막아낸다면 그 휘하의 세력을 막아내는 것은 충분히 가능할 거라고 봅니다. 지난 혈겁 때도 천마무제의 역천혈공으로 인해 가장 큰 피해를 보지 않았소이까? 이번에도 역시 그들 아홉이 혈겁을 이끌 거라고 봅니다. 그러니 우리는 그들 아홉부터 어떻게든 막아내야겠지요.”

“무량수불. 대사께서 무슨 복안이라도 있으신지오?”

현 무당의 장문인인 벽송 도장이 자공 대사의 말에 되물었다.

“여러분들은 현재 천하에서 가장 강한 검을 가지고 있는 자를 잊고 계신 건 아닌지요?”

벽송 도장의 말에 자공 대사는 잔잔한 미소를 지으며 대답했다.

“천무검황(天武劍皇)!”

자공 대사의 말에 좌중의 아홉은 동시에 소리쳤다.

“하나 그는 이미 은거에 들어 무림의 일에는 전혀 개입을 안 하지 않습니까? 비록 그의 제자 백의검룡이 지금 명성을 떨치고 있다고는 하나 그는 무림에는 전혀 관심이 없어 보였습니다. 또 그가 당금 천하제일인이라고는 하나 과연 혼자서 마교의 구 인을 막아낼 수 있을까요?”

화산의 장문인인 현현검(玄玄劍) 매천립이 입을 열었다.

“아무리 그라도 아홉을 모두 막는다는 것은 불가능할 거 같군요.”

뒤 이어 곤륜의 장문인인 자양 진인(慈陽眞人)이 대답을 했다. 그리고 그 대답에 좌중은 고개를 끄덕였다.

“하지만 그가 그들 아홉 중 얼마를 맡아준다면 분명 발호를 막아낼 가능성도 커지겠지요.”

아미파의 장문인인 칠절신니(七絶神尼)의 말에 다시 좌중은 고개를 끄덕였다.

“흥, 평소에는 그를 그리 타박하더니 이제는 손을 벌리겠다고요. 게다가 은거에 든 사람에게 죽을지도 모르는 일을 말이오? 이번에도 무림의 평화를 위해서니 하고 그에게 말을 하겠지요. 하지만 그는 그런 말에 움직일 사람이 아니지요. 비록 광명정대한 성품을 지녔다고는 하나 당신들의 생각대로 움직여 줄 장기판의 말이 아니란 말이오. 그는!"

평소 천무검황 제갈효와의 친분이 남달랐던 멸사광개가 노하여 소리쳤다. 그도 그들의 말에 고개를 끄덕이긴 했지만 지금 그들은 손도 안 대고 코 풀려는 심보로 제갈효를 이용하려 하는 것이다. 구대문파와 제갈효가 평소에 돈독한 우의라도 가지고 있었으면 모르겠지만 구대문파는 오히려 제갈효를 경원시했다. 정파의 기둥이라고 자처하는 그들이지만 정작 천하제일인은 그들 문하에 있는 것이 아니었기에 제갈효라는 존재가 눈엣가시였던 것이다. 무림이라는 세계는 강함과 의로움으로 인정을 받는 세계였다. 비록 제갈효가 아무런 문파도 만들지 않고 남경의 한 장원에 홀로 지내고 있다지만 이미 그를 추종하는 무리들이 남경에 모여들어 있기에 마음만 먹는다면 당장에라도 한 문파에 버금가는 세력을 모을 수 있었던 것이다.

또한 그의 제자인 백의검룡 백리단 역시 후기지수 중 제일의 무공과 인덕으로 점점 더 그 명성이 올라가는 상황이었다. 지금 이 자리에 모인 각파 장문인들의 생각은 평소 눈엣가시였던 제갈효를 이용하여 마교의 세력도 축소시키고 제갈효도 죽음에 이르게 하자는 일석이조를 노리고 제갈효를 끌어들이려 한다는 것이 멸사광개의 눈에는 너무도 확연히 보였던 것이다. 멸사광개의 말에 나머지 여덟의 얼굴이 붉어졌다.

"그러나 그는 남경에 꼭꼭 틀어박혀 있는데 어찌 끌어들이지요? 평소 우리 구파와 사이가 좋았던 것도 아닌데 말입니다."

그들은 얼굴만 잠시 붉어졌을 뿐 멸사광개의 말을 가벼이 무시하고는 제갈효를 끌어들일 방안에 관해 의논하기 시작했다.

"이, 이, 이런 자들이 정파의 기둥이라는 구대문파의 장문인들이라니! 내가 마교의 발호에 대한 정보를 가지고 온 것이 후회되는구나!"

자신의 말에 아랑곳 않고 자신들의 이득만을 생각하며 움직이는 장문인들의 행태에 분노한 멸사광개는 자리를 박차고는 나가 버렸다.

"여러분들은 천무검황이 은거 이후 무엇을 하고 있는지 아시오?"

자공 대사의 말에 멸사광개가 빠진 여덟은 고개를 흔들었다. 천하를 떠돌 당시는 너무나 시끄럽게 울리던 천무검황, 그의 그 명성이 요즘은 너무도 조용했던 것이다. 은거에 들었다는 것은 알지만 그렇다고 이렇게 조용한 것은 이상했다. 얼마 전 그의 제자가 출도하여 제법 명성은 얻고 있지만 그에 관한 이야기는 거의 전무하기 때문이다.

"제가 알고 있는 바로는 그는 요즘 무공에 미쳐 있다고 합니다. 자신의 무공이 아니라 천하에 퍼져 있는 각종 무공에 대해서 말이지요. 마치 물이 솜을 빨아들이듯 무공 서적들을 읽으며 연구하고 있다더군요. 어디서 그 많은 무공 서적들을 구해오는지는 모르겠습니다만 아무튼 무공 연구에 두문불출 꼭 틀어박혀 있다고 합니다."

자공 대사가 제갈효의 최근 근황에 대해 사람들에게 이야기해 주었다.

"하면 그렇게 무공에 푹 빠져 있는 사람을 어찌 끌어들인단 말입니까?"

화산의 현현검이 물었다.

"무공에 미친 사람은 무공으로 끌어들여야겠지요."

그때 옆에 조용히 앉아 있던 무당의 벽송 도장이 대답했다.

"아미타불. 벽송 도장의 말씀이 맞습니다. 우리는 그에게 그가 연구할 무공을 제공해 주고 그를 끌어들여야 할 겁니다."

자공 대사가 벽송 도장의 말을 받아 대답하자 칠절신니가 물었다.

"그럼 어떤 무공을 제공해야 한다는 말입니까? 천무검황 정도의 고수면 어느 정도의 무공으로는 어림도 없을 것 같은데……."

"물론 구대문파의 진산지보를 전해야겠지요. 저희 소림은 칠십이종 절예의 최정화라 할 수 있는 역근경과 세수경을 그에게 전하겠습니다."

자공 대사의 말에 좌중은 조용해졌다. 아니, 모두들 딱딱하게 굳어 있었다. 진산지보가 어떤 것이란 말인가? 그 문파 무공의 최정화로 기밀 중의 기밀이 아니던가. 천하에 절대로 알려져서는 아니될 한 문파의 전부라고 해도 과언이 아닌 무공이었다. 그런데 그런 진산지보를 전하자니… 당장 누구라도 무슨 헛소리냐며 소리칠 수도 있는 상황이었지만 이 이야기를 꺼낸 소림은 진산지보 중의 진산지보인 역근경과 세수경을 내놓겠다고 공언했다. 그러니 누구도 감히 따지지 못하고 침묵만을 지키는 것이다. 그때 나직한 도호성이 들렸다.

"무량수불. 어쩔 수 없군요. 자공 대사의 말씀이 맞는 것 같습니다. 그럼 저희 무당은 태극혜검보를 내놓도록 하지요."

무당의 벽송 도장 역시 자파의 최고 절예인 태극혜검의 구결이 적힌 태극혜검보를 내놓겠다고 했다.

"하지만 진산지보라는 것이……."

곤륜의 자양 진인이 아무래도 이건 아니다라는 생각으로 입을 열자 무당의 벽송 도장이 그 말을 끊었다.

"어차피 죽은 자는 말이 없답니다. 그렇지요, 자공 대사?"

자양 진인의 말을 끊고 튀어나온 벽송 도장의 말에 좌중은 다시금 굳어졌다.

"아미타불. 벽송 도장께서 제 마음을 읽고 계셨구려. 허허, 그렇지요. 죽은 자는 말이 없지요. 아무리 천무검황이라 할지라도 그들 아홉과 맞서 살아남을 수는 없을 테지요. 우리가 그에게 진산지보를 전할 때는 물론 조건을 달아야 합니다. 그 혼자서만 보고 연구할 뿐, 우리의 진산지보에 대해 그의 제자는 물론 무림에 결코 알려서는 안 된다. 그 어떠한 단서나 내용을 글로도 사람에게 전해서도 안 되며 오직 그 일 인만이 알고 있어야 하며 결코 익힌 후 펼쳐서도 안 된다는 조건을 달아야지오. 그렇게 잠시 저희의 진산지보를 연구하다가 마교가 발호하면 그는 죽을 수 밖에 없을 테니까요."

자공 대사의 말에 좌중에는 수긍하는 빛이 감돌았다. 분명 자공 대사의 말대로라면 한 번 해볼 만한 일이었다. 진산지보가 외부로 알려지지만 않는다면야 충분히 해볼 수 있는 일이었기 때문이다. 그렇게 소림의 방장실에서는 당금 무림의 천하제일인인 천무검황 제갈효에 대한 토사구팽(兎死狗烹)의 음모가 진행되고 있었다.

"어이, 사기꾼! 잘 지냈어?"

"뭐냐? 도둑놈. 사기꾼이라니. 천무검황이라는 좋은 별호가 있는데 말야."

"큭, 지금 네놈 말투를 봐라. 천하에 누가 있어 그 딴 말을 하는 너를 천무검황이라고 생각하겠느냐. 그러니 내가 네놈을 사기꾼이라고 부르는 거다. 그것도 천하를 속이는 천하제일사기꾼. 크크크, 아무리 생각해도 네놈은 천하제일인보다 천하제일사기꾼이 어울려!"

"천하제일도둑놈에게 그런 말 듣고 싶지 않다."

천무검황 제갈효가 호쾌한 웃음을 지으며 눈앞의 남자와 이야기를 나누고 있었다. 이미 오십 줄이 넘어선 나이의 그였지만 지금의 모습을 보면 누구도 믿지 못할, 아니, 나이를 떠나서 그의 신분으로 보아 도저히 믿기지 않는 어투로 이야기를 하고 있었다.

"효, 이 친구야. 어찌 그리 천하를 잘 속이는가. 뭐 나도 처음 자네의 이런 모습을 보았을 때는 까무러치는 줄 알았으니 말이야. 단아, 그아이도 자네의 이런 모습을 모를 테지?"

"홍, 천하에 나의 모습을 알고 있는 이는 도둑놈, 너하고 거지 늙은이뿐이다."

"크크, 그래? 재미있군 재미있어. 자네가 무림에 출도하고 20년이 지났는데도 아무도 이런 자네 모습을 모르다니 말이야."

"시끄러워. 어여 가지고 온 책이나 내놔."

"이거이거, 천하에 야황신투(夜皇神偸)가 수집해 놓은 무공 비급들이 전혀 엉뚱한 사람 손에서 놀고 있으니… 원."

야황신투 종리수.

제갈효가 계속해서 말한 것처럼 천하제일의 도둑이었다. 도둑이지만 그는 결코 아무것이나 훔치지 않았다. 무공 비급을 수집했다고 말하는 것처럼 천하에 귀중하다고 이름있는 것들만을 훔쳤다. 특히 무공비급에 관해서는 광적으로 수집했기에 그에게 비급을 털리지 않은 문파가 없을 정도였다. 그런 그에게도 필생의 숙원이 있었으니 구파일방의 비전 진산무공의 비급을 수집하는 것이었다.

"책은 읽으라고 있는 거다. 냄새 나는 동굴 속에 처박아놓는 것보다는 나에게 읽히는 것을 이 비급들도 더 기뻐할 게야."

"홍이다, 이놈아. 아무튼 이번에 가지고 온 것들이 마지막이다. 내가 평생에 걸쳐 모은 것을 도대체 벌써 다 읽어제끼다니……."

종리수는 제갈효의 가공할 능력에 혀를 내두르며 말했다.

"뭐, 이 정도 가지고. 요즘 워낙 할 일이 없어서 심심하니까 그런 거지. 하루 종일 하는 일이라고는 네놈이 가져다 주는 비급 읽는 것뿐이니 말이야."

그 말에 종리수는 고개를 갸웃거리며 되물었다.

"그럼 무공 수련은 전혀 안 하는 거냐?"

"안 해. 너무 꽉 막혔어. 그래서 머리도 식힐 겸 또 다른 단서라도 찾을 겸 이렇게 무공 비급들을 탐독하는데 도무지 길이 안 보이는군. 이것들 다 읽으면 산속에 들어가서 면벽이라도 해야 할까 봐."

제갈효의 대답에 종리수는 빙그레 미소를 지었다.

"참나, 네놈이 더 이상 강해져서 어쩌겠다고. 더 이상 천하에서 네놈을 어찌할 사람은 없을 텐데……."

"이것 보라구. 강해지고 싶은 건 무인의 가장 기본적인 욕구라구. 이런 것을 이해를 못하니 그렇게 훌륭한 무공을 가지고도 평생 도둑질이나 해먹고 사는 게지."

제갈효가 반농담조로 던진 대답에 종리수는 배를 잡고 크게 웃었다.

"크하하하하, 내가 무공을 익힌 것은 도둑질을 하기 위해서지, 강해지기 위해서가 아니라고. 난 내가 도둑질하는 데 지장만 없으면 무공에 그다지 연연하지 않는다고. 그러니 내 절기까지 몽땅 네놈에게 털린 것 아니겠느냐. 그런데도 제놈은 꽁꽁 감춰두고 비급 하나 안 써주고 말야. 쫌생이같이……."

종리수의 대답에 제갈효는 빙그레 미소를 지었다. 이 세상에 단 둘뿐인 친우 중의 하나인 야황신투 종리수를 만났을 때가 떠오른 것이다.

그때가 벌써 12년 전이었다. 백리단을 거두어 남경에 자리를 잡았을 무렵이니. 제갈효는 원래 무공 비급 따위는 만들지 않았지만 백리단을 가르치기 위해 부득이 혼원심법의 비급을 만들어 백리단에게 전해주었었다. 백리단이 총명하기는 했지만 그렇다고 한두 번 구결을 들려주는 걸로는 다 외우지를 못했다. 그리고 백리단이 구결을 다 외울 때까지 계속 들려주기도 귀찮았는지라 비급을 하나 만들어주고는 다 외우거든 태워 버리라고 했었다.

그리고 거기에서 사단이 난 것이다. 천하의 무공 비급 수집에 광적으로 매달린 야황신투가 그냥 넘어갈 리가 없었던 것이다. 천하제일인의 독문심법이라는 혼원심법. 천하의 그 어떤 심법보다도 현묘하고 정심하다고 알고 있는 그 심법이 비급으로 만들어졌다는 것을 야황신투가 알자마자 일이 벌어진 것이다. 기실 제갈효가 제자를 얻어 남경으로 들어갔다는 이야기를 듣자마자 야황신투는 남경 제갈효의 장원을 어슬렁거리고 있었다. 바로 이런 일이 있지 않을까라는 생각 때문이었고 그의 추측은 바로 맞아떨어졌다.

당시 아홉 살이던 꼬맹이 백리단에게서 비급을 훔쳐 내는 것은 너무나도 손쉬운 일이었다. 그렇게 유유히 혼원심법의 비급을 훔쳐 내 입이 찢어져라 기분 좋게 웃는 것까지는 좋았다. 하지만 울면서 달려온 제자 백리단에게서 비급을 도둑 맞았다는 사실을 전해 들은 제갈효의 추적에 종리수는 그야말로 그날 이후 무려 석 달을 쫓겨야 했다. 그때의 그 도주와 추격은 천하에서도 유명한 사건이었다. 그 어느 문파의 비급도 유유히 훔쳐 낸 야황신투와 천하제일인의 추격전. 누구라도 흥미를 가질 일이었다.

결국 3개월 만에 야황신투는 이름없는 산속에서 제갈효에게 잡히고 말았다. 지난 3개월간의 도주는 정말 힘든 것이었기에 결국 탈진하고 쓰러져 버렸다. 훔쳐 낸 비급 표지만을 보고 단 한 번도 펼쳐 볼 시간도 없이 도망을 쳤으니 오죽했겠는가? 하지만 지친 것은 제갈효 역시 마찬가지였다. 3개월간의 추적으로 피로와 짜증이 쌓일 대로 쌓인 제갈효가 종리수를 잡자마자 외친 말은 이것이었다.

"야이, 이빨을 모두 뽑아 짤짤이 하다가 얼굴에 다 박아버릴 녀석!"

그동안의 피곤과 짜증, 울화 등이 아주 적절히 섞여서 그만 그때까지 천하를 속여오던 천무검황 제갈효의 가면이 벗겨진 것이다. 제갈효의 말을 듣는 순간 종리수는 자신의 처지도 잊고는 벙찐 표정이 되었다가 큰 소리로 웃고 말았다.

"크하하하하하, 뭐야. 큭큭큭, 이 녀석이 천무검황 제갈효라고? 큭큭큭. 웃기는군, 웃겨."

그렇게 제갈효에게 멱살을 잡힌 채로 종리수가 큰 소리로 웃고 있을 때 뒷쪽에서 쿵 소리가 들렸다. 그곳에는 제갈효의 뒤쪽에 있던 나무에서 떨어진 거지 하나가 역시나 배를 잡고 킬킬거리면서 웃고 있었다. 이 모습에 제갈효의 표정은 심하게 구겨졌다. 자신도 실수를 깨달은 것이다.

 '젠장, 너무 흥분했잖아. 이것들을 여기서 모조리 죽여서 입을 막아?'

 자신의 가면이 벗겨진 사실을 깨달은 제갈효의 머리 속에 잠시 떠오른 섬뜩한 생각이었다.

 "킬킬킬킬, 석 달이나 따라다니면서 지켜본 보람이 있군. 이런 모습을 보게 되다니 말이야. 역시 재미있는 일이 생길 줄 알았다니까."

 제갈효가 머리 속에서 한참 통박을 굴리고 있을 때 떨어진 거지가 웃으며 한 말이었다. 그런데 석 달 내내 그들의 추격전을 따라다니며 구경했다고? 물론 처음 추격전을 시작할 때 따라다니던 이들은 많았다. 그것이 보통 구경거리였던가? 그러던 사람들이 하나둘 떨어져 나가고 추격전을 시작한 지 두 달을 넘어서는 거의 다 떨어져 나갔기에 거기에 관해서는 신경도 쓰지 않고 있었는데… 석 달을 따라다니다니… 그건 보통 일이 아니었다.

 당금 천하에서 경공이 가장 빠른 자를 꼽으라면 야황신투였다. 도둑질에서 필수적인 요소가 도망이다 보니 빠른 경공은 도둑의 필요 조건이었고 야황신투는 그 필요 조건이 천하제일이었기에 천하제일의 도둑이 될 수 있었던 것이다. 그런 야황신투를 석 달이나 제갈효가 추적할 수 있었던 것은 어디까지나 무식하게 엄청난 양의 내공으로 경공의 차이를 매운 것이다. 제갈효의 천풍신법도 그 빠름이 천하일절이라 할 만한 것이었지만 야황신투의 파광무영신법(波光無影身法)에 비하면 손색이 있었다. 그 경공의 차이를 제갈효는 내공의 양으로 메우면서 추적을 하였던 것이고 결국은 승리한 것이다.

그런 그들의 무식하게 빠르기 그지없는 추격전을 석 달 내내 따라다니며 구경했다. 당금 천하에 그것이 가능한 인물은 딱 하나가 있었다. 그러고 보니 저기서 땅에 엎드려 킬킬거리고 있는 자도 거지였다. 그렇다면 답은 나왔다. 바로 저자는 개방의 방주 멸사광개 진운이었다.

당금 천하에서 가장 빠른 자를 꼽으라면 사람들은 주저없이 두 사람을 꼽는다. 그리고 그 둘 중 하나를 꼽으라면 다들 망설인다. 바로 이 둘이 비영이절(飛影二絶)이라 불리는 개방 방주 멸사광개와 야황신투였다. 가장 빠른 이 인 중 하나이니 당연히 다른 하나를 석 달간 추적하는 것이 가능했던 것이다.

제갈효는 종리수의 멱살을 잡아 들어 올리고는 부들부들 떨고 있었고 종리수와 진운은 미친 듯이 웃고 있었다. 그런 배치로 일 다향의 시간이 흘렀을까? 종리수의 멱살을 풀어주고는 갑자기 제갈효도 미친 듯이 웃기 시작했다.

"푸하하하하하하, 킉킉, 킥킥킥."

지금까지 미친 듯 웃던 두 사람은 제갈효도 갑자기 웃기 시작하자 웃음을 멈추고는 의혹이 가득 찬 얼굴로 제갈효를 보았다. 그렇게 한참을 웃던 제갈효가 입을 열었다.

"킥킥, 우선 이것부터 회수하고… 원래 내 목적은 이 비급이니까."

그러면서 종리수의 품에서 빠르게 비급을 꺼낸 후 내용을 확인하고는 삼매진화로 태워 버렸다.

"휴, 그동안 천하를 잘 속여왔다고 생각했는데 여기서 들키는군. 역시 꼬리가 길면 밟히는 법인가? 그래도 나름대로 통쾌한걸. 이렇게 내 모습으로 있을 수 있다니. 진중한 천무검황에 좀 지루해지고 있었거든. 너무 숨막히는 위치라서 말이야. 그렇게 생각하지 않나? 신투? 광개?"

갑작스런 제갈효의 이야기와 질문에 둘 모두 대답할 말을 찾지 못하고 우물거리고 있었다.

"그래도 내 또 다른 모습을 들켰다는 건 제법 기분이 나쁜걸. 또 이 모습이 알려지는 건 싫고 말이야. 그런데 천하에서 소문에 가장 빠르다는 개방 방주에게까지 들켜 버렸으니……."

계속해서 이어지는 제갈효의 말에 둘은 딱딱하게 굳었다. 지금 이곳에는 그들 셋밖에 없다. 그리고 제갈효는 자신의 모습이 알려지는 것을 싫어한다. 이럴 경우 택할 수 있는 가장 간단한 방법은?

살인멸구(殺人滅口).

그것을 모를 두 사람이 아니기에 딱딱하게 굳어서는 제갈효의 입만을 쳐다보았다. 제갈효가 광명정대하기로 소문은 나 있었지만 그 스스로 난 정파라고 딱 잘라 말한 적이 없었다. 굳이 따지자면 정사지간의 인물이라고 할까? 그러니 그가 살인멸구라는 방법을 택하는 것도 전혀 이상한 일은 아니었다. 그러니 둘 모두 긴장으로 몸이 딱딱하게 굳을 수밖에 없었다. 특히 그 긴장도는 진운이 더했다. 제갈효가 그러지 않았던가? 소문에 가장 빠른 개방 방주라고. 여차하면 두 사람이 전혀 다른 방향으로 도망치면 제갈효는 둘 중 하나는 포기해야 한다. 천하에서 가장 빠르다는 두 사람이니 그건 어쩔 수 없는 것이다. 다만 그럴 경우 제갈효가 쫓을 사람은 진운 자신일 확률이 십 할이었다. 그러니 더욱 긴장할 수밖에.

"그러니 두 사람 다 선택해 줘야겠어. 이 길로 나를 따라 근처 주점에 가서 거하게 마시고 친우가 될지, 아니면 이곳에서 곱게 뼈를 묻던지… 어떻게 하겠어?"

마지막 말을 하는 제갈효의 표정은 아주 짓궂은 장난을 할 때의 악동의 미소 그것과 꼭 같았다. 이미 둘이 어떤 선택을 할 거라는 사실을 다 알고서 그런 질문을 한 것이니… 사실 제갈효도 무척이나 지루하던 참이었다. 새로운 세상에 떨어져 고강한 무공을 얻어 천하제일인이 되었지만 그의 주위에는 아무도 없었다. 이제는 제자가 생겨 그나마 나아졌지만 그래도 제자는 제자일 뿐……

사실 이곳에 오기 전에도 제갈효에게 친구라는 존재는 없었다. 그 뛰어난 두뇌 덕분에 빠르게 대학에 들어갔고 초등학교나 다닐 나이에 한국이라는 나라에서 가장 좋은 의대에 다니는 그와 친구로 지낼 또래도 없었거니와 또 대학에서도 한낱 꼬마밖에 되지 않는 제갈효와 친하게 지낼 동기도 없었던 것이다. 그렇게 외롭게 지낸 19년이었다. 그나마 그때는 가족이라는 울타리가 있었기에 외로움이 덜했지만 이곳에 와서는 그 가족이라는 존재도 없었다. 그래서 더욱 무공에 매진했던 건지도 모른다. 그래서 그렇게 열심히 천하를 떠돌며 명성을 쌓은 것인지도 모른다. 그래서 백리단을 제자로 받은 것인지도 모른다. 외로움을 잊기 위해……

그런 그의 눈에 보인 종리수와 진운의 모습. 유쾌하기 그지없는 모습이었다. 도둑질하다가 잡혔음에도 불구하고 자신의 또 다른 모습을 보고는 폭소를 터뜨리는 모습이나 단지 재미있을 거라는 이유로 자신을 3개월이나 쫓아다니며 구경하다가 나무에서 떨어질 정도로 광소를 터뜨리는 진운이나. 그런 그들의 모습이 몹시도 유쾌하고도 담백하게 보였다. 그런 생각이 든 순간 불현듯 자신도 친구라는 존재에 관한 강한 목마름을 느꼈다. 그랬기에 그런 선택을 던진 것이었다. 당연히 두 사람 모두 제갈효와의 술을 선택했고 그날 있었던 질펀한 술자리 이후 시작한 인연이 지금의 진한 우정으로 이어져 오고 있었다.

오직 무공 비급 수집에만 관심이 있고 무공 자체에는 별다른 애착이 없었던 종리수였기에 제갈효는 그에게서 많은 무공 비급을 얻어 탐독할 수 있었다. 심지어 그의 본신 절기까지. 하나 제갈효는 그것들을 읽고 연구할 뿐 익히지는 않았다. 그런 무공들은 제갈효에게는 필요하지 않았던 것이다. 다만 다른 무공을 연구함으로써 자신의 무공을 한 차원 올리려 하고 있을 뿐이었다. 그렇게 무공 연구에 심취해 은거에 틀어 박혔기에 천하에는 제갈효에 대한 어떠한 말도 떠돌지 않았던 것이다.

이렇게 둘이 투닥거리고 있을 때 어깨에 커다란 술통을 하나 메고는 진운이 나타났다.

"어라? 웬 일이냐? 거지?"

진운을 본 종리수가 반색을 하고는 물었다.

"화급한 일로 소림사에 간다더니 벌써 볼일 다 본 거냐?"

이번에는 제갈효가 물었다.

"젠장, 머리에 똥만 든 정파 녀석들 같으니라고……."

두 사람의 질문을 정중히 씹고는 자신의 내화를 쏟아만 내는 진운이었다. 그러나 그 말이 뭔가 있어 보여 두 사람은 묵묵히 진운의 다음 말을 기다렸다.

"야, 제갈효! 지금 천하가 너를 죽이려 하고 있다. 젠장, 똥덩어리들이……."

진운의 말에 두 사람의 눈에 떠오른 의혹의 빛은 점점 더 짙어졌다. 하지만 진운은 더 이상의 이야기는 하지 않고 장원의 뜰 한켠에 있는 탁자에 앉아서는 어깨에 메고 온 술통에서 어디서 꺼냈는지 모를 사발 가득 술을 채워서는 벌컥거리면서 마시기 시작했다. 그런 그의 모습을 본 둘은 아무 말 없이 같이 탁자에 앉아서는 각자 사발을 찾아 꺼내서는 벌컥거리면서 마시기 시작했다. 안주 하나 없이 그저 술만을 주거니 받거니 그렇게 세 사람은 취기에 빠져들었다.

제갈효가 기거하는 장원은 제법 크기가 있어 결코 제갈효 혼자서 살지는 못한다. 그 혼자 산다면 장원이 관리가 되지 않기 때문에 하인 몇몇을 들이기는 했지만 지금 그들 셋이 있는 곳은 이 장원의 금지(禁地)였다. 오직 그들 셋과 제갈효의 제자 백리단만이 들어올 수 있는……. 그리고 제갈효는 주로 이곳에서만 있었기에 집안 하인들 누구도 제갈효의 또 다른 모습은 알 수 없었다. 하인들은 그곳 근처에는 얼씬도 하지 않은 채 장원을 관리했고 또 제갈효도 두 친우가 찾아오지 않는 한은 그 천무검황의 진중한 모습으로 있었기 때문이다. 이렇게 세 사람은 말없이 주거니 받거니 하면서 취기만 키워 나갔다. 그리고 마침내 진운의 입이 열리며 소림사의 방장실에서 있었던 이야기가 흘러나왔다.

"그러니까 이제 곧 마교가 발호할 것이고 당금의 구파일방에는 마교의 발호를 막을 힘이 없다. 하지만 마교의 교주와 팔대호법을 어떻게든 제거하면 충분히 막아낼 가능성도 생긴다. 그런데 그 교주와 팔대호법의 무공은 300년 전 혈겁 때의 마교 교주보다 더 강하다. 도무지 수가 안 난 정파에서는 나를 끌어들여 그들을 막고자 한다. 물론 그들을 막는 과정에서 나도 죽는 일석이조의 수를 노리고 있다라고 지금 자네 이야기를 정리하라는 것인가?"

담담한 눈빛으로 진운의 이야기를 듣던 제갈효는 술 한 잔을 쭉 들이키며 진운에게 물었다.

"크크크, 바로 그거야. 여전히 필요한 것만 간추려 정확히 집어내는 능력은 탁월하구만. 그리고 이 모든 계책은 소림의 땡중, 자공의 머리에서 나온 게고… 솔직히 자네의 등장 이후로 구파일방의 입김이 많이 약해지지 않았나? 그중 구파일방의 영수격을 자처하는 소림의 입장에서는 자네가 눈엣가시 같았겠지. 그렇다고 특별히 꼬투리 잡힐 일을 한 것도 아니니 단체의 힘으로 밀어버릴 수도 없고 말이야. 끌끌끌. 그러니 이런 계책을 생각해 낸 것인 줄도 모르지. 아마도 자공 그 땡중이 마교의 발호 소식을 들었을 때 은근히 기뻤을걸……."

이어지는 진운의 말에 종리수가 분개하며 외쳤다.

"젠장! 그 딴 놈들이 무에 정파고 무에 신승이야! 뱃속에 천 년 묵은 구렁이만 앉혀놓고 머리 속에는 똥만 가득 채운 것들이……."

종리수의 외침에 진운은 조용히 고개를 끄덕였다. 그리고는 자신 앞에 놓은 술잔을 한 번에 들이키며 제갈효를 바라보았다. 그런 그의 눈에는 고뇌의 빛이 가득했다.

"하지만… 하지만 말이네. 그런 그들의 모습에 화가 나 중간에 뛰쳐나와 곧장 이곳으로 오기는 했네만, 사실 내 마음 깊은 곳에는 그들의 의견에 동조하고 있는 것 같으이. 그래서 내 자신에게 화가 나 그 심화(心火)를 가라앉히려 이렇게 술을 들이키는 게고… 사실은 내 자신에 대한 화를 그들에게 돌린 것인지도 모르이… 진정한 친우라는 자네가 사지(死地)로 가기를 바라다니… 큭큭큭."

진운의 한탄에 제갈효와 종리수는 묵묵히 자신들의 앞에 놓인 술잔을 비울 뿐이었다. 그리고 종리수의 말이 이어졌다.

"큭큭, 하긴 당금 무림에 그들을 막아낼 수 있는 존재라고는 효, 자네뿐이지. 그러니 저 거렁뱅이도 마음 한켠에서는 그 속물들의 의견에 동조가 가는 게 아니겠는가? 큭큭큭."

처음 진운의 이야기를 요약한 이후에는 묵묵히 둘의 이야기만을 들으며 술잔을 들이키고 있던 제갈효가 입을 열었다.

"그런가? 하긴 그럴 수밖에 없겠군. 그들을 상대할 수 있는 사람이 나뿐이라면… 하지만 말일세. 소림의 달마동에 든 전대 고수들이라면 어느 정도는 그들을 막아낼 수 있지 않을까? 아니, 달마동에 아직 생존해 있을 전대 고수들의 수효는 아직 못해도 열은 넘을 거야. 그런 그들이 모두 나온다면 충분히 막아낼 수 있을 거야. 거기에 나까지 합세한다면 십 할의 승률을 장담할 수도 있지."

제갈효의 말에 진운과 종리수의 몸이 뻣뻣하게 굳었다. 그렇다. 그들은 소림의 달마동을 간과하고 있었던 것이다. 소림을 소림일 수 있게 해주는 두 가지 힘. 소림이 영원한 정파의 기둥일 수 있게 해주는 두 가지 힘. 그중 하나가 달마가 남겼다는 역근경과 세수경. 그리고 나머지 하나가 바로 달마동이었다. 은퇴한 소림의 노고수들이 열반을 준비하며 드는 소림의 절대 금역. 그곳에 든 고수들의 수준은 전 무림을 통틀어 최고라 할 수 있으나 이미 속세와는 인연을 끊고 열반을 기다리는 사람들이다. 하지만 무림에 큰 위기가 닥치거나 소림이 존폐의

위기에 처하면 그들은 자신들이 스스로 가한 금제를 깨고는 달마동을
나온다. 그때마다 그들이 보인 무위는 가공했고 그것이 지금의 소림을
만들어놓았다.

"그렇군. 내가 그것을 잠시 잊고 있었어. 후후, 이런 사람이 천하에
서 가장 많은 귀를 가졌다는 개방의 방주라니… 한심하구먼. 역시 자
공, 그 땡중은 능구렁이야. 그것도 한 만 년은 묵은 것 같아. 그 회합에
서 달마동에 대한 이야기는 단 한 마디도 없이 오직 자네만이 희망인
것처럼 말하다니. 아니야… 아니야… 아마 그 자리에 모인 사람들 모
두 달마동에 대한 이야기를 일부러 안 한 것일 수도 있지. 아니, 틀림
없이 그랬을 거야. 지금의 상황은 충분히 달마동을 열 수 있는 상황이
거든. 300년 전의 혈겁 때도 달마동이 열렸으니 말일세. 하지만 그들
이 달마동을 열기를 원하지 않은 게지. 그래야 자네를 사지로 내몰 수
있으니 말이야. 허허, 나도 늙었군. 그 자리에서 좀 더 냉정히 생각하
고 달마동에 대한 이야기만 꺼냈어도 이렇게 자네를 일방적으로 사지
로 내몰지는 않았을 텐데. 내 심화를 이기지 못하고 그 자리를 박차고
나와 버렸으니……."

제갈효의 말에 이제야 달마동에 생각이 미친 진운은 스스로에 대해
한탄을 하며 다시 한 잔을 쭉 들이켰다. 그런 그의 얼굴은 침중하기 그
지없었다. 제갈효는 그런 그를 바라보며 슬며시 미소를 지었다.

"나는 오히려 그런 자네의 모습이 더 고맙군. 자네가 그 자리에서
냉정을 잃은 것은 내가 사지로 몰리기 때문이 아니었는가? 자신의 친
우를 죽음으로 내모는 것을 의논하는 자리에서 냉정을 유지할 수 있었
다면… 난 오히려 자네를 원망했을 걸세."

그렇게 말을 하고는 제갈효는 자신의 손에 있는 잔을 앞으로 들었다. 그러자 나머지 둘도 잔을 가져와 부딪치고는 호쾌하게 들이켰다.

"큭큭큭, 역시 효, 자네다운 말이구먼. 큭큭큭, 천하의 괴짜다워. 하긴 외로움에 찌든 녀석이었으니 자신의 죽음보다는 자신을 걱정하는 친우의 모습에 더 신경이 쓰이는 거겠지. 큭큭큭, 하지만 말일세. 자네가 사지로 내몰리는 것을 가만히 지켜볼 수밖에 없는 우리도 서글프겠구먼. 내가 아는 자네는 틀림없이 그럴 터이니. 설사 정파의 똥덩어리들이 자네를 끌어들이려 하지 않더라도 말일세. 내가 아는 자네는 틀림없이 그럴 사람이야. 자네는 그동안 너무나 외롭게 살았거든. 그런데 요 12년 정도 자네는 그 지독한 외로움을 잊은 채 정말로 즐겁게 살았지. 자네에게 외로움을 잊게 해줄 존재가 생겼거든. 눈에 넣어도 아프지 않을 제자 단이 녀석과 자네의 안위를 걱정해 준다는 것만으로도 고마워해 마지 않는 친우 둘. 아마 자네가 기꺼이 사지로 걸어 들어가는 데 이 정도면 충분한 이유가 될 거야. 자네의 그 괴짜 할아버지 같은 성미만을 본다면 결코 남들 때문에 죽으러 갈 사람은 아니지만… 자네에게 있어 이미 단이와 우리 둘은 남이 아닌 존재이니……."

스스로를 제갈효에게 있어 특별한 존재라고 말한 것이 좀 머쓱했는지 나이에 맞지 않게 얼굴을 살짝 붉히며 이야기를 하는 종리수는 곧 특유의 웃음소리를 내며 키득거렸다. 그런 종리수의 말에 제갈효는 다시 미소 지었다.

"겨우 10년을 좀 넘은 사귐이었을 뿐인데도 날 너무 잘 아는구먼. 수, 자네 말대로일세. 굳이 정파의 요청이 없더라도 내가 먼저 나가서 그들을 막아야지. 아직 단이는 이런 혈겁에 휘말려 죽기에는 앞날이 너무 창창하거든. 물론 단아가 그리 쉽게 죽지는 않겠지만 사람 일은 모르는 것이니 말일세. 그건 자네들 두 노물들도 마찬가지고 말야."

제갈효가 미소 지으며 하는 말에 나머지 두 사람의 얼굴에도 잔잔한 미소가 떠올랐다. 하지만 미소를 떠올린 두 사람의 가슴속은 지금 어떨까?

"마교의 발호만을 알았다면 정파의 요청이 없더라도 난 기꺼이 그들을 막으러 가기 위해 검을 들었을 것이네. 하지만 정파가 날 사지로 내보내려 작당을 했다는 것까지 알아버렸으니 그냥은 못 가겠구먼. 그들에게서 받아낼 대로 받아내 주지. 하하하하."

제갈효는 호쾌하게 웃으며 자신의 술잔을 비웠다. 그런 제갈효의 모습에 나머지 둘도 웃으며 술잔을 비웠다. 그런 두 사람의 눈에서부터 뺨으로 길게 이어진 물줄기는 무엇일까? 그렇게 그들은 술에 취해, 정에 취해, 슬픔에 취해 그날 밤을 보냈다.

동녘 하늘이 어스름 밝아오는 새벽. 장원의 풀잎들엔 어느새 아침 이슬들이 하나둘 달려 있었고 전날의 질펀한 술자리에도 불구하고 맑은 눈을 한 제갈효가 뜰에 나와 가만히 동녘 하늘의 어스름 빛을 응시하고 있었다.

"아함, 잘 잤군."

그때 장원 뜰 한쪽 별채의 문이 열리며 개방 방주 진운이 걸어나왔다. 그리고는 제갈효를 발견하고는 멈추어 섰다.

"역시 깨어 있었구먼 그래."

진운의 말에 제갈효는 슬며시 돌아보며 웃음 지었다. 자신 때문에 마음 고생 많이 했을 친구의 심정을 잘 알았기 때문이다.

"자네는 과연 구파에서 무엇을 미끼로 자네를 끌어들이려 할지 짐작하겠는가?"

이른 아침부터 일어나서 만나자마자 대뜸 진운은 이런 질문부터 꺼냈다. 친구의 질문한 바 의도를 파악하지 못한 제갈효는 고개를 갸웃거렸다.

"글쎄, 과연 무엇으로 날 끌어들이려 할까?"

제갈효는 곧 의뭉스러운 표정을 떠올리며 가벼운 눈웃음을 띤 채로 진운에게 되물었다.

"쳇, 역시나 너다운 녀석이군. 이미 대충 짐작은 하면서 말이야. 그들은 이미 나를 통해 네가 무공서에 빠져 있다는 것을 알고 있어. 게다가 그들은 널 사지로 몰려고 하지. 바라는게 크면 미끼가 큰 법. 분명 자공, 그 땡중은 구파의 진산절학을 가지고 올 게다. 지금껏 구파가 구파일 수 있게 해준 절기들을 말이야. 어차피 네 녀석이 그들을 막아선다면 죽는 거야 뻔할 테니 죽을 사람 위로라도 할 겸 슬며시 보여줄 수도 있는 일이지. 아니, 틀림없이 구파의 진산절학을 모아 들고 자공, 그 땡중이 찾아올 게다."

진운의 말에 제갈효는 고개를 끄덕였다.

"과연, 그럴 수도 있겠군. 죽은 자는 말이 없는 법이니. 그런데 과연 그들의 뜻대로 죽은 자는 말이 없을까? 난 그렇게 호락호락 당하고 싶지 않은데 말이야."

제갈효가 얼굴 가득 장난스러운 미소를 띠며 진운을 바라보았다.

"큭큭, 너다운 말이군. 네놈은 어떻게든 그 구파의 진산절학을 남길 생각이렸다. 큭큭큭.”

“저승길 가는 사부의 제자를 위한 약소한 선물이라고 해두지.”

진운은 크게 웃었다.

“큭큭큭, 아하하하하. 자공, 그 땡중도 네 녀석이 그걸 다른 이에게 남길 수도 있다고 충분히 생각하고 대비해 올 텐데. 하긴 네 녀석이라면 그런 거야 우습게 남기겠지. 자공 따위가 상상할 수도 없는 존재니, 너는.”

그렇게 한참을 기분 좋게 웃던 진운이 갑작스레 웃음을 그쳤다. 그리고 한없이 진지한 표정으로 제갈효를 바라보았다. 그런 진운을 제갈효는 묵묵히 바라보았고 어느새 동녘에서는 해가 서서히 떠올라 온세상을 붉게 물들이고 있었다.

“지금 이 순간이 지나면 나는 더 이상 개방의 방주가 아닐 거야. 이제 그만 후개에게 내 자리를 물려줘야지. 그리고 나는 개방 역사상 최초이자 최후의 대죄인이 될 걸세.”

진중한 표정으로 말을 마친 진운은 자신의 허리 어름에 있던 구결의 매듭을 자신의 손으로 뜯어버렸다. 그리고는 품에서 취옥빛으로 빛나는 타구봉을 꺼내 들었다. 그리고는 제갈효가 보라는 듯이 하나하나의 동작을 취하기 시작했다. 그런 그의 입에서는 쉼없이 구결이 흘러나왔고. 그가 제갈효가 보라는 듯이 펼치고 있는 것은 바로 삼십육로타구봉법! 오직 개방의 방주에게만 반드시 구두로 전해진다는 개방 최후 최고의 진산절학이 펼쳐지고 있었다. 오직 방주에게만 전하도록 방규에 엄격히 정해진 개방 최고의 무공이 남경의 이름없는 한 장원에서 펼쳐지고 있었다. 떠오르는 태양 빛에 붉게 물들어 타구봉법을 펼치는 진운의 모습은 엄숙하기 그지없었으며 반사되는 태양 빛에 성스러운 기운마저 감도는 듯했다. 그렇게 288변의 타구봉법을 모두 마친 진운은 가만히 서서는 제갈효를 바라보았다.

"모두 보았는가?"

끄덕.

제갈효는 그저 고개를 끄덕일 뿐이었다.

"이제 나에게 남은 마지막 일은 후개에게 이것을 다시 한 번 보여주는 것이지. 그리고 친구의 죽음을 본 뒤 개방 역사상 최고의 죄인이 되어 처벌을 받을 게야. 난 이렇게라도 하지 않으면 내 자신이 용서가 되지 않는군. 친구를 그저 사지로 내몰고만 있으니 마음 한켠에서도 어쩔 수 없다 하고 있으니… 나라도 자네를 따라가 한 손 거들어야 된다고 생각하면서도 자네 혼자 모든 짐을 떠맡아주길 바라고 있으니. 이 것은 자네에 대한 나의 작은 속죄라고 여겨주게나. 아무 소용도 없는 것이겠지만 말일세……."

그렇게 말하는 진운의 눈에서는 다시 진한 물줄기가 흘러내렸다. 개방의 방주라는 막중한 책임을 진 그는 쉽사리 죽음을 결정할 수가 없었다. 아니, 지금 방주의 사명을 버렸지만 그래도 아직은 죽을 수 없었다. 방주를 맡았던 자가 반드시 이루어야 할 소임. 바로 삼십육로타구봉법의 전수. 총 여덟 개의 구결과 36로(路)로 이루어진 이 타구봉법은 기본적으로 288변(變)을 가지고 있다. 하지만 그건 어디까지나 기본적인 변화다. 이 기본으로부터 파생되어 나오는 변화는 그야말로 무궁무진하다. 그만큼 난해하고도 강맹한 무학이다. 이런 무공을 후개에게 전수하는 것은 하루 이틀 만에 이루어지는 것이 아니다. 단지 한 번 보여주는 것만으로 후개가 익힐 수 있는 그런 만만한 무학이 아닌 것이다. 적어도 후개와 함께 1년은 폐관 수련에 들어야 한다. 그렇기에 지금 죽으러 떠나는 친구와 그 길을 같이 할 수 없는 것이다. 하지만 앞으로 1년 후에 자신은 아마 친구의 뒤를 따르고 있을지도…….

어느새 해는 완전히 떠올랐고 방에서 종리수가 나왔다. 종리수도 밖에서 있었던 일은 대강 짐작하는 듯 그저 묵묵히 있었다. 그런 그들을 보며 제갈효가 입을 열었다.

"내가 지금 죽는 데 있어서 후회되는 일은 없네. 아니, 나에게 소중한 사람들을 지키기 위한 희생이라면 기꺼이 감수해야지. 다만 걱정되는 것이 하나 있다면 그것은 바로 단아 녀석이지. 그래서 내 자네들에게 마지막 부탁을 함세. 단아를 부탁하네. 내 본디 사문은 한반도의 북녘에 있는 성산(聖山), 백두산에 있는 장백파라는 곳이네. 내 단아를 제자로 받아들였음에도 불구하고 아직 사문에 관한 이야기는 자세히 하지 못했구먼. 다만 장백파의 제자라는 이야기만 해주었으니… 이 서책에 내 사문의 위치와 그곳에 대한 자세한 설명이 적혀 있다네. 단아에게 전해주게. 그 녀석도 자신의 사문에 찾아가 인사를 드리고 진정한 제자로서 인정을 받아야지."

제갈효는 지난밤에 쓴 듯한 서책을 하나 품에서 꺼내서는 종리수에게 전해주었다. 지난밤 그들과 그렇게 질펀하게 술을 마시고 어찌 저 책까지 썼는지…….

"이 말도 전해주게나. 나의 서고에 마지막 선물이 있을 거라고."

마직막 선물이 무엇인지 대충 눈치 챈 둘은 조용히 고개를 끄덕였다.

"그럼 이제 소림에서 올 손님을 기다려 보기로 할까. 자네들은 이제 그만들 가보게나. 이제부터는 나 혼자만의 일이니."

말을 마친 제갈효는 다시 별채 안으로 걸음을 옮겼고 그런 제갈효의 모습을 끝까지 지켜보던 둘도 등을 돌리고는 각자의 길로 갔다.

그렇게 종리수와 진운이 떠나고 이틀이 흐른 후 자공 대사가 제갈효를 찾았다.

"아미타불. 제갈 시주, 그간 안녕하셨소이까."

제갈효는 묵묵히 고개를 끄덕였다. 어떤 목적으로 찾아왔는지 뻔히 아는데 심기가 좋을 리는 없었다.

"이미, 개방 방주에게 모든 이야기를 들었소이다."

제갈효의 대답에 자공 대사는 작은 미소를 지으며 입을 열었다.

"그러면 제가 다시금 직접 말씀을 드려야겠군요. 제갈 시주, 천하를 구해주시오. 마교의 교주와 호법들을 막아주시오. 작금의 정파에는 그들을 막을 힘이 없소이다."

제갈효는 그런 자공 대사를 차가운 눈으로 바라보았다. 자공이 그런 제갈효의 눈빛에 가지고 온 비급들을 내놓았다.

"이것들은 제갈 시주께서 마교의 교주와 호법들을 막아주는 데 대한 보답으로 우리 구파가 준비한 작은 보답이외다. 제갈 시주 혼자서만 보신다는 조건 하에 우리 구파의 진산절학의 필사본을 드리지요."

그렇게 말하고는 자공 대사는 눈을 감고 나직이 불호를 외웠다. 제갈효는 고개를 끄덕이고는 열 권의 비급에 손을 가져갔다. 그런 모습에 자공 대사는 제갈효가 승낙했다고 보고 다시 말을 꺼냈다.

"앞으로 100일 후에 천산에서 마교의 교주와 천마팔호법과 생사결을 벌이기로 약조가 되어 있습니다. 남경에서 그곳까지 가려면 적어도 50일 전에는 출발해야 할 겁니다. 제가 그때까지 제갈 시주와 같이 지내도록 하죠.”

자공 대사의 말에 제갈효의 입매에는 짧은 비웃음이 어렸다.

‘결국 이곳에서 나를 감시하며 비급의 내용을 다른 곳으로 빼돌리는 것을 막겠다는 것인가. 우습군. 정파의 치졸한 자존심이……’

“알겠소.”

제갈효는 짧게 대답하고는 자리에서 일어섰다. 마지막에 제갈효의 입매에 어린 비웃음을 자공 대사 역시 보았으나 신색은 담담했다.

‘크크, 그래, 마음껏 비웃거라. 어차피 죽을 목숨, 가는 길에 이 정도는 참아주마.’

그렇게 제갈효는 자신의 방에서 구파의 비급을 보며 50일의 시간을 보냈고 자공 대사와 천산을 향해 길을 떠났다. 물론 필사본들은 자공 대사가 보는 앞에서 삼매진화로 태워 버리고…….

하지만 자공 대사는 알까? 이미 제갈효가 그 필사본들의 내용을 모두 외워 그도 모르는 사이 또 다른 필사본들을 그의 서고 깊숙이 숨겨 놓았다는 사실을. 그도 사람인지라 항상 제갈효를 감시할 수 없었고 그 짧은 순간에 제갈효는 모든 비급을 필사하여 서고 모처에 두었던 것이다. 그 자신과 백리단만이 아는…….

그렇게 제갈효와 자공 대사가 떠나고 사흘 후 제갈효의 장원은 불타고 있었다. 세상의 모든 것을 집어삼키기라도 하겠다는 듯이 장원의 화마는 너울거리며 타올랐다. 혹시라도 제갈효가 남겨놓았을지 모르는 비급들 때문에 그의 장원을 완전히 태워 없애 버리려는 것이다. 이

일을 맡은 무당의 장문인 벽송 도장이 그런 제갈효의 장원을 보며 나
직이 도호를 외울 뿐이었다. 무량수불이라고…….

눈앞에 웅장한 천산의 모습이 펼쳐져 있다. 하늘을 찌를 듯이 솟아
서 온통 하얀 눈에 뒤덮인 대설산의 웅장한 모습을 하고 그 앞에서 인
간이란 얼마나 초라한 존재인지를 몸소 보여주려는 듯이. 천산에 다다
르자 자공 대사의 얼굴에 묘한 미소가 감돌았다. 그렇다. 드디어 제갈
효가 죽을 자리에 도착한 것이다. 물론 그는 죽은 다음에 무림의 구성
이요, 영웅으로 추앙받을 것이다. 그러나 사자(死者)는 사자일 뿐… 결
코 무림에 아무런 영향력을 행사할 수 없다. 그저 이름만이 흩날릴 뿐.
그렇기에 당금 천하에서 가장 영향력이 강한 제갈효가 죽는다는 사실
에 슬그머니 미소가 어리는 것이다. 그때 지금껏 필요한 말 이외에는
일체의 말을 하지 않고 묵묵히 걷기만 하던 제갈효의 입이 열렸다.

"이봐, 땡중. 좋아?"

갑작스런 땡중이라는 호칭에 놀란 자공 대사는 입만 뻐끔거릴 뿐 차
마 무어라 말도 못하고 제갈효를 바라보았다.

"킥킥, 좋겠지. 내가 죽어준다니까. 안 그래? 그동안 구대문파들, 특
히 그중에서도 소림. 그중에서도 자공 땡중, 네놈이 날 제일 싫어했잖
아. 내가 모를 줄 알아. 그렇게 노골적으로 적대감을 드러내는데. 큭
큭, 너, 마교 얘기 듣자마자 춤이라도 추지 않았어? 드디어 날 죽일 건
수 하나 잡았다고. 안 그래? 달마동을 열 수도 있는데 굳이 나보고 혼
자 가서 싸우라는 건 싸우다 뒈지란 소리잖아? 안 그래? 내가 모를 줄
알았어? 설마 이 내가? 허, 황당해서 웃음도 안 나오는군. 그리고 가는
길에 불쌍하니 우리 구파의 진산절학이나 구경시켜 주지. 뭐 이런 생

각으로 나한테 가져왔겠지? 그리고 지금, 아니, 벌써 내 장원은 모두 불탔겠군. 그건 누가 했어? 땡중, 네가 내 길 안내와 감시역인 걸 보니 아마 내 장원을 불태운 건 벽송 말코겠군. 그렇지 않나? 혹시 내가 그냥 죽기 억울해 필사본이라도 남겼을까 봐. 흥, 같잖지도 않군. 날 그렇게 우습게 본 거야? 설마 내가 필사본을 남겨도 그리 허술하게 남겼을라구. 나도 곱게 죽지는 않을 거야. 뭐 내가 죽으면 아무것도 못하게 되겠지만 적어도 너희도 단아, 그 아이만은 건드리지 못할 테지. 천하를 위해 죽은 위대한 영웅의 단! 하나뿐인 제자인데 설마 벌써 건드리기야 하겠어. 하지만 알아둬. 그게 바로 너희 무덤을 파는 것이니까. 큭큭큭, 내가 아무런 안배도 없이 너희를 따라왔을 거라 생각하나? 적어도 작은 복수 정도는 준비해 뒀다구. 그리고 지금 내가 이렇게 기꺼이 죽어주는 건 구역질 나는 너희 정파 나부랭이 때문이 아니야. 내 친우와 제자를 위해서지. 그들을 지키기 위해 가는 거다. 결코 네놈의 검은 속을 모르고 순진하게 속아서 가는 게 아니라구. 그건 분명히 알아두라구. 큭큭, 혼백이 되어서라도 앞으로 얼마나 잘 사나 두고 보지. 그럼 이만.”

가슴속에 쌓인 말을 모두 쏟아내자 한결 후련한 듯 시원한 표정의 제갈효는 천풍신법을 펼쳐 약속된 장소로 날아갔고 그 뒤에 남은 자공대사는 멍한 표정으로 제갈효가 사라진 곳을 바라볼 뿐이었다. 그러다가 곧 정신을 차리고는 얼굴이 흡사 용암이라도 되는 듯이 시뻘게졌다. 그리고 허공에다 대고 고래고래 소리를 질렀다.

“네 이놈, 제갈효!”

천산의 이름 없는 한 초지. 과연 이곳이 천산이 맞나 싶을 정도로 제법 넓은 평지가 펼쳐져 있었다. 그리고 그곳에는 이미 아홉의 인영이 서 있었다. 그들 앞에 제갈효가 나타났다. 그들은 서로를 그저 말없이 묵묵히 바라보았다. 그러다가 제갈효가 검을 뽑았다. 그리고는 검집을 버렸다.

제갈효가 검집을 버림과 동시에 일 대 구의 생사결이 시작되었다. 하나, 둘, 제갈효가 한 명 한 명 그 생명을 끊어갔고 그만큼 제갈효의 몸에 상처도 늘어만 갔다. 그리고 드디어 아홉 번째 사람을 처리하고는 한숨을 돌린 사이 제갈효는 보았다. 자신의 가슴에 박힌 검을… 그리고 자신의 눈앞에서 씨익 웃고 있는 마교 교주를… 제갈효는 눈앞이 가물가물해졌다.

결국 이렇게 죽는 것인가. 적어도 이들은 모두 처리를 해야 편안히 눈을 감을 텐데. 그런 상념이 머리를 스쳐 가며 제갈효는 허공을 바라보았다. 그리고 그의 눈에 비친 세상은 너무나도 광대하고 위대했다. 세상의 모든 것들이 하늘, 태양, 산, 바람, 바다 그 모든 것들이 제갈효에게 빨려들어 오는 듯했고 제갈효는 그 순간 머리 속을 스치는 영감에 따라 검을 움직였다.

제갈효가 잠시 한숨을 돌리면서 자신의 가슴에 박힌 검을 확인하고 다시 검을 움직일 때까지 흐른 시간은 일 수유에도 미치지 못할 짧은 순간. 하지만 제갈효에게는 그사이의 시간이 마치 억겁이라도 되는 듯이 길게 느껴졌고 그 시간 동안 큰 깨달음을 얻었다. 그리고 그 깨달음의 결과가 눈앞에 불신의 빛이 가득한 눈을 부릅뜬 채로 떨어져 있는 마교 교주의 목. 그것을 확인한 제갈효는 하늘을 바라보며 허허롭게 웃었다.

케이가 상념에서 깨어나 하늘을 보자 어느새 어둑어둑해져 있었다. 그리고 그런 그의 옆에서 어느새 케이가 준 것들을 모두 외웠는지 퓨어가 나와서 빤히 쳐다보고 있었다.

〈2권으로 이어집니다〉

이영호 판타지 장편 소설

|오버 더 센츄리|

신(新) 천지개벽(天地開闢)!

문명의 개화는 멀고 먼 시대.
서서히 깨어나는 과거 문명의 씨앗들. 그 중심에 자리할 두 아이가 나타났다.
그들의 등장으로 원시적 문명은 변혁의 거대한 물결에 휩쓸려들고,
세상은 태동의 몸부림에 요동치기 시작한다. 새로운 세계, 문명의 시대를 향한 격렬한 진동을!

**신세기를 여는 소년, 소녀의 창조적 세계로의 파란만장한 모험!
원시와 신비가 살아 숨쉬는 미지의 대륙이 활짝 열린다!**

정한조 판타지 장편 소설

|하레스 천하|

이보다 더 멋드러질 수 없다! 새로운 차원의 영웅 시대 개막!!

제국 간의 전쟁 한가운데 등장한 초 극강 고수!
신화적 영웅 하레스의 강렬무비·통쾌한 활약!
기나긴 전쟁의 사슬을 끊을 자는 그 뿐이다!

**다시금 세계를 휘어잡을, 제국을 뒤엎을,
진짜 초 극강 고수가 판타지 세계에 등장했다!**

도서출판 청어람 www.chungeoram.net   우 420-011 부천시 원미구 심곡1동 350-1 남성빌딩 3F ● TEL : 032-656-4452/54 ● FAX : 032-656-4453 ● Email : eoram99@chol.com

김해수 판타지 장편 소설

| 운명의 업 |

판타지는 살아 있다!

무한한 상상력이 빚어낸 환상의 세계, Fantasy World!
도전과 모험, 사랑과 숙명이 치열함을 뽐내는 무대!
그 무대 위에 새롭게 우뚝 서게 될 『운명의 업』.
가혹한 운명, 화끈한 모험 속에 누리는 유쾌한 삶!

판타지가 보여줄 수 있는 극한적 환상의 세계가 펼쳐진다.

정원용 판타지 장편 소설

| 더위저드 |

사랑을 위하여! 독립을 위하여!
100만 골드를 쟁취하라!

파산 위기에 몰린 대마법사 스승을 위해,
…라기보다 스승에게서 독립하여 잘 살아보기 위해,
그에게는 쟁취하지 않으면 안 될 필수 생존 아이템이 있다.
명예와 사랑, 독립을 위한 필수품! 1,000,000 골드!
너무나 인간적인, 그래서 더욱 치열한 마법사의 삶이 여기 있다!

도서출판 청어람 www.chungeoram.net   우 420-011 부천시 원미구 심곡1동 350-1 남성빌딩 3F ● TEL : 032-656-4452/54 ● FAX : 032-656-4453 ● Email : eoram99@chol.com

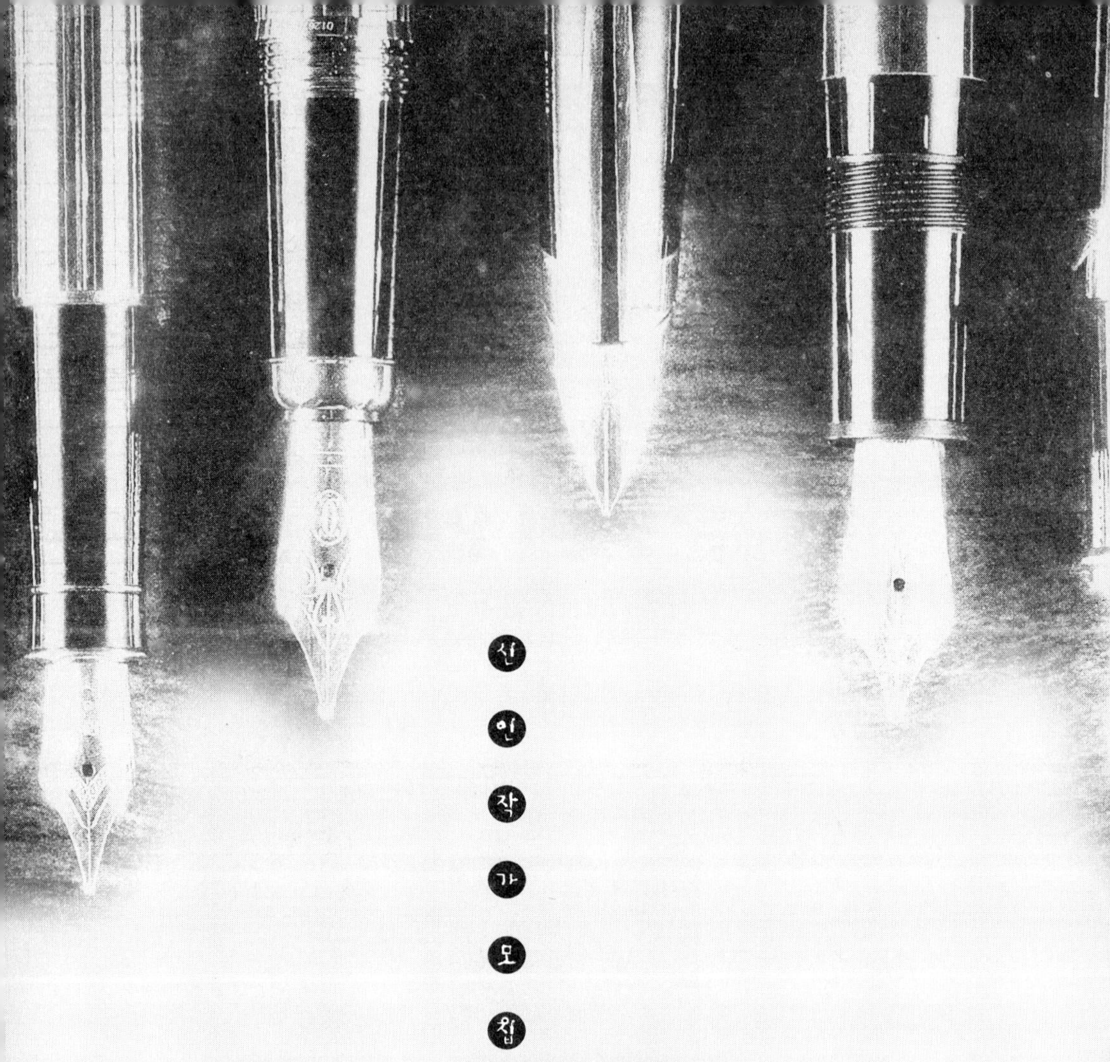